Zu diesem Buch

Auf einer Expedition in den mexikanischen Dschungel kommt ein Weißer in ein kleines Dorf. Ölfieber, Landspekulationen und die fragwürdigen Segnungen der Zivilisation entwurzeln das Leben der Eingeborenen. Der Tod eines indianischen Kindes wird für den Autor B. Traven, dem beredten Freund des mexikanischen Volkes, zum Sinnbild der unbarmherzigen Zerstörung einer alten Kultur. Sein zu Herzen gehendes Buch ist Elegie und Abenteuerroman zugleich.

Noch immer hat sich das Dunkel um Geburt und Herkunft B. Travens nicht völlig gelichtet. Dieser große zeitgenössische Erzähler hat es verstanden, sein Pseudonym zu wahren, obwohl seine Romane in 24 Sprachen übersetzt und in Millionenauflagen verbreitet wurden. Da seine Bücher zuerst in Deutschland erschienen, könnte man vermuten, daß auch ihr Autor deutscher Herkunft sei. So wurde eine Zeitlang angenommen, der Name Traven sei ein Pseudonym für den Münchner Schriftsteller Ret Marut, der in seiner Zeitschrift «Der Ziegelbrenner» in den Jahren 1917 bis 1920 schärfste Kritik an den gesellschaftlichen Zuständen seiner Zeit übte und vor dem Prozeß, den man ihm während der Räteherrschaft machen wollte, über die deutsche Grenze entweichen konnte. Eine andere Auffassung ging dahin, Traven sei norwegischer Abstammung, 1890 in Chicago geboren und seit 1914 in Mexiko ansässig. Durch Mittelsmänner wurde nur bekannt, er sei Landarbeiter, Seemann, Baumwollpflücker, Viehtreiber gewesen, habe jahrelang unter indianischen Stämmen gelebt und gebe in seinen Büchern persönliche Erfahrungen wieder. Heute glaubt man, der Lösung des Rätsels endlich einen Schritt nähergekommen zu sein: man nimmt an, daß B. Traven und ein gewisser Torsvan Torsvan, der bisher lediglich als «Generalbevollmächtigter» und literarischer Interessenvertreter des Schriftstellers aufgetreten war, identisch sind. Zumindest scheint die Meinung nicht unbegründet, daß Torsvan Torsvan der Autor aller nach 1930 erschienenen Romane Travens ist, da er nachweislich von 1920 bis 1930 alle Orte im Süden Mexikos bereiste, die nach 1930 im Werk Travens zu Schauplätzen der Erzählhandlung geworden sind. Doch wer auch immer sich unter dem Namen B. Traven verbirgt, er hat, neben Jack London, die aufregendsten und spannendsten Romane der modernen Weltliteratur geschrieben und sie mit aufrüttelnder sozialer Anklage zu verbinden gewußt. Der 1927 erschienene Abenteuerroman «Der Schatz der Sierra Madre», die Geschichte dreier Goldgräber in Mexiko, wurde auch in der Verfilmung von John Huston (1947) ein Welterfolg. Weitere Werke, die die entwürdigende Macht des Geldes und das Verhängnis fragwürdiger Zivilisation darstellen, sind neben dem vorliegenden Roman «Die Brücke im Dschungel» (1929) der 1955 von Victor Tourjansky verfilmte Roman «Das Totenschiff» (1926; rororo Nr. 126), «Die weiße Rose» (1929; rororo Nr. 488), «Die Rebellion der Gehenkten» (1936), «Regierung» (1931), «Die Baumwollpflücker» (1926; rororo Nr. 509) und «Der Karren» (1930; rororo Nr. 593).

B. TRAVEN

Die Brücke im Dschungel

rororo

ROWOHLT

Aus dem Amerikanischen übertragen von Werner Preusser
Umschlagentwurf Eva Kausche-Kongsbak

1.–25. Tausend	September 1965
26.–30. Tausend	September 1967
31.–38. Tausend	August 1968
39.–43. Tausend	Mai 1970
44.–48. Tausend	Oktober 1971
49.–53. Tausend	Februar 1973
54.–58. Tausend	Mai 1974

Ungekürzte Ausgabe
Veröffentlicht im Rowohlt Taschenbuch Verlag GmbH,
Reinbek bei Hamburg, September 1965

Gesetzt aus der Linotype-Aldus-Buchschrift
und der Palatino (D. Stempel AG)
Gesamtherstellung Clausen & Bosse, Leck/Schleswig
Printed in Germany
ISBN 3 499 10764 3

Den Müttern
jeden Landes, jeden Volkes,
jeder Rasse, jeder Farbe,
jeden Glaubens, jeden Tieres,
jeder Kreatur, die lebt.

1

«Hände hoch, alter Knabe!» «?» «Kannst du nicht hören, blöder Bursche? Hoch die Flossen! Und ein bißchen schnell, bitte!» Durch mein verschwitztes Hemd fühlte ich deutlich, daß es keineswegs ein Zeigefinger war oder ein Bleistift, was mir da von hinten in die Rippen drang. Es war ein Schießeisen. Ich konnte sogar ungefähr das Kaliber erraten: 9,7 mm oder so, und ein ziemlich schweres Ding noch dazu.

Wenn ich der ersten Aufforderung nicht gleich gefolgt war, so einfach deshalb, weil ich glaubte, Halluzinationen zu haben. Zwei Tage lang auf meinem Marsch durch den dichten Dschungel mit meinen beiden Tragtieren, zwei Mules, hatte ich nicht eine Menschenseele getroffen, keinen Weißen, keinen Indianer und keinen Mestizen. Zur nächsten Rancheria war es noch weit, das wußte ich. Am anderen Tag zu Mittag wollte ich erst dort sein. Wer also sollte mich hier aufhalten?

Ein Einheimischer war es nicht; das schloß ich aus seiner Art zu reden. Jetzt machte der Kerl sich an meinem Gürtel zu schaffen und zerrte daran herum. Es war ein ganz schönes Stück Arbeit, die Pistole aus der Tasche zu zerren. Das Leder war steif und trocken wie Holz. Aber endlich hatte er es doch geschafft. Ich hörte ihn ein Stück zurücktreten. Er schleifte die Füße über den Boden, und ich dachte, daß es ein ziemlich langer Kerl sein mußte und daß er entweder schon hübsch bei Jahren oder sehr müde war.

«So, jetzt können Sie sich umdrehen, wenn es Euer Gnaden angenehm ist!»

Zwanzig Meter rechts vom Dschungelpfad, auf dem ich gekommen war, lag ein kleiner Pfuhl mit halbwegs trinkbarem, nicht allzu schmutzigem Wasser. Ich hatte ihn durch das Laubwerk blitzen sehen und an den Maultier- und Pferdespuren, die zu dem Wasserloch führten, außerdem erkannt, daß hier eine Paraje sein mußte, ein Rast- oder

Nächtigungsplatz für Karawanen. So hatte ich meine müden Maultiere hingetrieben, um sie zu tränken. Ich wollte mich ein bißchen ausruhen und durstig war ich auch.

Ich hatte niemand gesehen und nichts gehört. So wunderte ich mich natürlich, als mir die Kanone da, wie von der Hand eines Dschungelgeistes, in den Rücken gestoßen wurde.

Nun sah ich mir den Burschen an. Er war, wie ich ganz richtig vermutet, größer als ich und auch ein bißchen stärker. Er mochte fünfzig oder fünfundfünfzig sein, ein alter Hase; nach der Kleidung zu urteilen, die sich von der meinen nicht wesentlich unterschied: lange Baumwollhosen und hohe Schnürstiefel, dazu ein schmutziges, verschwitztes Hemd und ein breitkrempiger Hut von der billigen Sorte, wie sie in der Republik gemacht werden.

Der Fremde grinste mich an. Unwillkürlich mußte auch ich grinsen. Wir gaben uns nicht die Hand und nannten auch unsere Namen nicht. Es ist ja auch töricht, sich anderen vorzustellen, ohne nach seinem Namen gefragt zu sein.

Er sagte, er sei Verwalter auf einer Vanillepflanzung, ungefähr fünfzig Kilometer entfernt, setzte aber gleich hinzu, daß er viel lieber auf einer Kakaoplantage wäre, wenn er nur eine entsprechende Stelle bekommen könnte. Ich erzählte, daß ich auf eigene Faust Forschungsreisen unternehme und außerdem Präsident, Kassenverwalter und Sekretär einer Ein-Mann-Expedition sei, die kommerziell verwertbare seltene Pflanzen für Medizin und Industrie suche; daß ich aber jede Arbeit annehme, die mir unterwegs geboten werde, und dabei immer hoffe, einmal Goldvorkommen oder Edelsteinfelder zu entdecken.

«Ich wüßte bestimmt davon, Bruderherz, wenn es hier dergleichen gäbe. Bin lange genug in der Gegend und kenne jeden Fleck, jeden Gummistrauch und jeden einzelnen Ebenholzbaum. Aber immerhin, dieser verflucht schöne Dschungel ist ja so groß und so reich ... und überhaupt, es gibt ja so viele Dinge, mit denen man Geld verdienen kann, sofern man es nur versteht, sie richtig zu verwerten und was draus zu machen, wenn's ans Verkaufen geht. Außerdem finden Sie vielleicht wirklich noch einmal Gold oder sogar Diamanten. Sie dürfen nur nicht lockerlassen.»

Ich merkte die Ironie, die aus den Worten nicht herauszuhören war. Sie saß in den Winkeln der fast zugekniffenen Augen des Fremden.

Nachdem er sein Pferd getränkt, seinen Wassersack gefüllt und mit einem verbeulten Aluminiumbecher noch einen letzten Trunk aus dem Teich geschöpft hatte, zog er den Sattelgurt an, den er zuvor gelockert hatte, um dem Pferd das Trinken zu erleichtern, bestieg seine Mähre und sagte: «Zweihundert Meter weit von hier können Sie sich Ihre Kanone wiederholen. Ich bin kein Bandit.

Aber ich kenne Sie! Wer weiß, von welcher Bande Sie sind? Sie sind wohl neu in diesem Erdenwinkel? An Stellen wie der hier, wo wir das Vergnügen hatten, einander kennenzulernen, da läßt sich einer, der die Verhältnisse kennt, auf keine unsicheren Sachen ein. Sie verstehen wohl, was ich meine. Darum habe ich Ihnen für ein Weilchen das Schießeisen weggenommen, nur daß Sie nicht am Ende damit herumspielen. Sie hätten mich womöglich für einen Strolch gehalten, der es auf Ihr Gepäck und Ihre Biester abgesehen hat, und dann hätten Sie mich niedergeknallt, nur aus Angst. Ich kenne Greenhorns. Schnappen über, besonders, wenn sie allein durch den Dschungel zotteln und eine Woche lang keine Menschenseele, nicht einmal einen Geier zu Gesicht bekommen. Sie sehen und hören dann oft so allerlei, führen Selbstgespräche und reden mit Geistern. Sie wissen bestimmt, was ich sagen will. Wer in solchen Fällen als erster das Eisen heraus hat, der ist obenauf, wissen Sie. Ich bin immer heilfroh, wenn ich bei Begegnungen mit Leuten Ihrer Sorte der Schnellere bin; denn vor Greenhorns habe ich zehnmal mehr Angst als vor einem hungrigen Jaguar. Wenn ich so eine Katze treffe, weiß ich wenigstens, was sie will. Kann ihr vielleicht sogar aus dem Wege gehen, aber bei einem Greenhorn, einem Kerl, der allein im Dschungel unterwegs ist, weiß man nie, was er tut, wenn er plötzlich jemanden vor sich stehen sieht.

Also dann, *hasta la vista*, Bruderherz! Viel Glück! Vielleicht finden Sie wirklich noch mal eine neue Gummibaumsorte.»

Ich ging hinter ihm her und sah, wo er meine Pistole fallen ließ. Gleich darauf gab er seinem Pferd die Sporen, und zwei Sekunden später hatte ihn der Dschungel verschluckt.

Als ich wieder mit meinen Mules allein war, kam mir das Vorgefallene mit einemmal irgendwie komisch vor, so als hätte ich nur geträumt. Ich versuchte, im Geiste noch einmal alles vor mir ablaufen zu lassen, und da wurde mir klar, daß jedes Wort, das ich vernommen – mochte es nun meiner Phantasie entsprungen oder wirklich gesprochen worden sein –, voll und ganz den Tatsachen entsprach. Man kann wirklich sehr leicht das Opfer von Halluzinationen werden, wenn man so allein durch den Dschungel zieht. Ich beschloß, mich vor der Dschungelkrankheit in acht zu nehmen, von der der andere geredet hatte. Ich beschloß ferner, das nächste Mal, wenn ich wieder jemand im Dschungel traf, selbst der Schnellere zu sein, und zwar mit genau derselben Methode, die der Fremde an mir praktiziert hatte.

Drei Monate später ritt ich in einer ganz anderen Gegend über die aufgeweichte Plaza eines Indianerdorfes. Da sah ich im Portico eines palmengedeckten Adobenhauses einen Weißen stehen.

«Hallo, Sie! Guten Tag!» rief er mich an.

«Guten Tag. Wie geht's?»

Es war der Mann, der mich vor einigen Wochen mitten im Dschungel aufgehalten hatte. Er nannte sich Sleigh, führte mich sofort ins Haus und stellte mich seiner Familie vor. Seine Frau war Indianerin, eine sehr hübsche Person mit weicher, cremeartig gelblicher Haut, braunen Augen und kräftigen, schönen Zähnen. Sleigh hatte drei Kinder, lauter Jungen, die man ohne weiteres für Jungen aus dem Süden der Vereinigten Staaten halten konnte. Die Frau war mindestens fünfundzwanzig Jahre jünger als er. Das älteste Kind war vielleicht acht, das jüngste drei.

Sleighs Frau schlug mir sechs Eier in die Pfanne, die ich mit Tortillas und gebackenen Bohnen verzehrte. Dazu gab es Kaffee, nach indianischer Art gekocht, mit braunem Blockzucker gesüßt.

Die Frau hatte mich kurz mit *«Buenas tardes, señor!»* begrüßt und dazu, beinahe unmerklich, mit dem Kopf genickt. Sie trug eine aus zwei dicken schwarzen Zöpfen gelegte Haarkrone. Nach der kurzen, mehr argwöhnischen als freundlichen Begrüßung sah ich sie nicht wieder. Auch die Kinder kamen nicht mehr zum Vorschein. Ich konnte sie nur draußen spielen und kreischen hören.

Im Haus sah es armselig aus. Armseliger ging es schon nicht mehr. Möbel gab es so gut wie gar keine. Ein Feldbett, ein primitiver Tisch, drei ebenso primitive Stühle und eine Hängematte – das war alles. Außerdem waren noch zwei altmodische, mit Lehm verputzte Truhen da. Das Haus hatte zwei Türen. Eine ging nach vorn, und die andere führte nach hinten auf einen aufgeweichten, verwahrlosten Hof. Fenster waren keine da, und der Fußboden bestand aus getrocknetem Lehm.

Sleigh, dessen Vornamen ich nie erfahren habe, lud mich nicht ein, über Nacht zu bleiben; nicht weil er sich schämte, mir kein Bett anbieten zu können. Einfach nach der Regel, daß ein Mann, der zu Pferd oder mit einem Maultier durch das Land reitet, selber am besten wissen muß, wann und wo er sich zur Nacht einrichtet. Man drängt niemand, seine Pläne zu ändern. Etwas anderes ist es, wenn der Fremde selbst um Nachtquartier bittet. Dann kann er sicher mit unbeschränkter Gastfreundschaft rechnen.

Ich fragte Sleigh nicht, was er hier treibe und wovon er lebe. Auch er machte keinerlei Anstalten, aus mir herauszubekommen, was mich durch das abgelegene Eingeborenendorf führte.

2

Ein Jahr später unternahm ich zu Pferd einen ziemlich schwierigen Ritt zu den Dschungelgebieten am Huayalexco-Strom. Ich wollte Alligatoren fangen. Die Sache war weit mühsamer, als ich angenommen hatte.

Stellenweise war der Dschungel an den Flußufern so dicht, daß man tagelang mit einheimischen Arbeitskräften hätte roden müssen. Andere Gegenden waren wieder so versumpft, daß man überhaupt nicht ans Ufer heran konnte. So beschloß ich, weiter stromabwärts zu reiten; denn ich hoffte, doch noch ein gutes Gebiet zu finden. Indianer hatten mir erzählt, ich würde unterwegs eine Reihe von Nebenflüssen antreffen, in denen es zu jener Zeit des Jahres von Alligatoren wimmele.

Auf diesem Ritt kam ich eines Tages an eine Pumpstation; sie war Eigentum der Bahn. Man pumpte das Wasser aus dem Strom nach einer zweiten, mehrere Meilen entfernten Pumpstation, und von dort aus wurde es zur nächsten Bahnstation weitergeleitet. An der Bahnstrecke gab es auf einem ungefähr hundertsechzig Kilometer langen Stück kein Wasser. Folglich mußte welches zur Bahnstation hinaufgepumpt werden. Zum Teil wurde es für die Lokomotiven gebraucht; das meiste jedoch wurde mit Spezialtankwagen zu den anderen Bahnstationen und zu Siedlungen an der Strecke gebracht; denn die Leute, die dort wohnten, würden die Stationen und ihre kleinen Dörfer einfach verlassen haben, wenn sie in der trockenen Jahreszeit kein Wasser bekommen hätten.

Der Pumpmeister, oder, wie er sich gern titulieren ließ, *el maestro maquinista,* war Indianer. Bei der Arbeit half ihm ein Indianerjunge, sein *ayudante.* Der Kessel wurde mit Holz geheizt, das indianische Holzhacker auf dem Rücken ihrer Burros aus dem Dschungel herbeischafften. Das übrige Heizmaterial – altes, unbrauchbar gewordenes Bauholz und halb vermoderte Bahnschwellen – stammte von der Bahnstation.

Der Kessel sah aus, als wolle er jeden Augenblick bersten. Die Pumpe erweckte den Eindruck, als sei sie schon über hundert Jahre in Gebrauch; man konnte sie kilometerweit hören. Sie quietschte, heulte, zischte, fauchte, blubberte an allen Ecken und Enden. Jede Schraube, jeder Bolzen, jedes Gelenk machte Lärm. An den ersten Tagen hielt ich mich in sicherer Entfernung, weil ich fürchtete, diese ausgeleierte, malträtierte Sklavenmühle könne jeden Augenblick in die Luft fliegen.

Die Bahn wußte natürlich sehr gut, warum sie diese alte Pumpe noch immer arbeiten ließ, bis sie eines Tages tatsächlich auseinanderfiel. Hätte man sie abmontieren, zur Bahnstation und dann weiter zum nächsten Montage- und Schrottplatz schaffen wollen, so hätte das fast soviel gekostet wie eine neue Pumpe. Da war es billiger, das Ding stehenzulassen, wo es stand, bis es von selbst kaputt ging. Angesichts der Transport- und Montageschwierigkeiten wäre es für die Eisenbahn auch sehr unwirtschaftlich gewesen, im damaligen Zeitpunkt eine neue Pumpe anzuschaffen, zumal sie damit rechnete, daß die amerikanische Gesellschaft, die in der Gegend arbeitete, über kurz oder lang Öl finden und dann bestimmt die Wasserversorgung der Bahnstrecke und des angrenzenden Gebietes übernehmen würde.

Ungefähr vierzig Meter oberhalb der Pumpe führte eine Brücke aus rohbehauenen, schweren Balken über den Fluß. Sie war breit genug für Lastkraftwagen, doch hatte sie kein Geländer. Das war als unnötige Ausgabe erschienen. Hätte die Brücke ein Geländer gehabt, wäre diese Geschichte vielleicht niemals geschrieben worden.

«Alligatoren gibt es hier im Fluß genug, *montones de lagartos, señor,* darauf können Sie sich verlassen», erzählte mir der Pumpmeister. «Natürlich werden Sie begreifen, daß sie nicht direkt hier bei der Pumpe sind.»

Das konnte ich allerdings sehr gut begreifen. Kein anständiger Alligator, der etwas auf sich hält, könnte jemals in der Nähe dieser lärmenden Pumpe leben und dabei mobil genug bleiben, um mit den Tücken des Lebens fertig zu werden.

«Sehen Sie, Señor, ich würde die Biester ja hier herum auch gar nicht dulden, nie im Leben. Sie würden mir meine Schweine und Hühner wegholen, und ob Sie es nun glauben oder nicht: wahr ist es jedenfalls, daß sie sogar kleine Kinder schnappen, wenn man sie zu lange allein läßt.

Nein, nein, hier herum gibt es sehr wenige, vielleicht gar keine, und auch die wenigen sind nur sehr klein, viel zu jung, als daß sich die Kugel lohnte. Weiter unten und auch stromaufwärts, so fünf, sechs Kilometer von hier – da werden Sie sie zu Hunderten finden, ganze Rudel, und Bullen dabei, mein lieber Mann, ich glaube, die müssen dreihundert Jahre alt sein, so groß sind die Biester.»

Ich deutete mit einer Kopfbewegung zum anderen Ufer hinüber. «Wer lebt dort? Ich meine, gleich da drüben, wo die Hütten hervorgucken.»

«Ach dort meinen Sie. Da ist Prärie, *mucha pastura.* Es ist eigentlich eine Art Vieh-Ranch. Ohne Zaun. Alles offen. Sie gehört einem Americano. Hinter der Prärie kommt gleich wieder dichter Dschungel. Reiten Sie noch weiter, immer durch den Dschungel, so ungefähr zehn bis dreizehn Kilometer, dann kommen Sie an ein Ölcamp. Dort wird gebohrt. Versuchsbohrungen. Die Leute probieren, ob sie irgendwo Öl finden. Bisher haben sie noch keins, und wenn Sie mich fragen, nun, ich glaube, sie werden auch keins finden. Es sind die Leute, die diese Brücke hier gebaut haben. Um nach Öl bohren zu können, müssen sie nämlich die ganzen Maschinen hier von der Bahnstation herunterbringen. Ohne Brücke kämen sie mit so schweren Lasten gar nicht über den Fluß. In der Trockenzeit haben sie es ein paarmal versucht, aber die Laster blieben stecken, und es dauerte Wochen, bis sie die wieder flott hatten. Die Brücke hat eine Menge Geld gekostet, weil das Holz zweitausendvierhundert Kilometer weit herangeschafft werden mußte, und das kostet keine Kleinigkeit, Señor, das können Sie glauben.»

«Wer lebt auf der Ranch da drüben?»

«Ein Gringo, wie Sie.»

«Das habe ich schon von Ihnen gehört. Ich meine, wer nach dem Vieh sieht.»

«Habe ich es nicht gerade gesagt? Ein Gringo.»

«Wo wohnt der?»

«Gleich hinter dem Gebüsch dort.»

Ich ritt über die Brücke und zog mein Tragtier hinter mir her.

Hinter einer dichten Wand von tropischen Sträuchern und Bäumen stieß ich auf ungefähr zehn indianische Chozas oder Jacales der üblichen Bauart: mit Palmblättern gedeckte Hütten.

Wo ich hinsah, hockten Frauen mit dicken Zigarren im Mund auf dem blanken Erdboden, auch bronzebraune, zumeist unbekleidete Kinder. Ein paar hatten Hemden oder zerrissene Hosen an. Von den kleinen Mädchen war allerdings keines nackt, aber auch nur dürftig mit fadenscheinigen Röckchen bekleidet.

Von hier aus konnte ich das Weideland übersehen, das der Pumpmeister als Prärie bezeichnet hatte. Die Fläche war ungefähr fünfzehnhundert Meter lang und zwölfhundert Meter breit, auf allen Seiten vom Dschungel eingefaßt. Man konnte noch die Spuren der Lastwagen sehen, die über die Prärie gefahren waren.

Kein Wunder, daß hier eine Indianersiedlung lag. Die Weide war gut. Wasser gab es das ganze Jahr, und mehr braucht der Indianer nicht. Die Weide gehörte zwar nicht ihm, aber das störte ihn nicht. Jede Familie hatte zwei bis drei Ziegen, ebenso viele magere Schweine, ein bis zwei Burros und ein Dutzend Hühner. Der Strom versorgte sie mit Fischen und Krebsen.

Die Männer hatten bis vor einiger Zeit den Boden um ihre Hütten bestellt, wo sie Mais, Bohnen und Chile zogen. Allerdings, seit die Ölgesellschaft angefangen hatte zu bohren, hatten viele Männer in den Camps Arbeit gefunden. Die Männer, die diese Arbeit nicht mochten oder auch nicht bekommen konnten, brannten im Busch Holzkohle. Sie stopften ihre Ware in alte Säcke und transportierten sie mit Burros zur Bahnstation, wo die Holzkohle an Agenten verkauft wurde, die wöchentlich alle Stationen abklapperten.

Weder die Frauen, denen ich begegnete, noch die Kinder beachteten mich sonderlich. Sie hatten sich im Laufe der letzten zwei Jahre schon an die Fremden gewöhnt; denn alle, die mit Last- oder Personenautos oder zu Pferd nach den Ölcamps unterwegs waren, machten in diesem Nest oder an der Pumpstation halt; manchmal nur für ein bis zwei Stunden, doch blieben sie auch häufig länger, wenn sie erst am späten Nachmittag an der Brücke ankamen, oft sogar über Nacht. Selbst die abgebrühtesten Lastwagenfahrer vermieden es nach Möglichkeit, den Dschungel bei Nacht zu durchqueren.

Eine der Hütten war, wenn auch nach indianischer Art gebaut, so doch höher und geräumiger als die übrigen. Sie lag am Ende der Siedlung und hatte einen primitiv angelegten Korral.

Ich ritt heran und zügelte, wie es der Landesbrauch erheischt, mein Pferd in respektvoller Entfernung. Dann wartete ich, bis einer der Bewohner von mir Notiz nehmen würde.

Wie all die anderen Jacales auch, hatte die Hütte keine Tür, nur einen offenen Eingang, der bei Nacht mit einer Art Gitter aus Zweigen und Knüppeln verrammelt wurde, das man an den Pfosten verankerte. Die Wände bestanden aus Stangen, die mit Bast und Lianen zusammengebunden waren. Wenn der Neuankömmling also nicht ein Stückchen vom Hause weg wartete, bis man ihn hereinbat, konnte es passieren, daß er die Bewohner gerade in sehr peinlichen Situationen überraschte.

Ich hatte nur eine Minute gewartet, da trat schon eine Indianerfrau heraus. Sie musterte mich von oben bis unten: «*Buenas tardes, señor!*» und dann: «*Pase, señor,* unser bescheidenes Haus ist das Ihre.»

Ich saß ab, band Pferd und Maultier an einen Baum und trat in die Hütte. Jetzt erst merkte ich, daß ich bei meinem alten Bekannten Sleigh war. Als auch die Frau mich erkannt hatte, begrüßte sie mich nochmals, nun etwas herzlicher. Ich mußte mich in einen ächzenden, alten Korbstuhl setzen, offensichtlich der Stolz des Hauses. Der Mann müsse jeden Augenblick nach Hause kommen. Er sei draußen auf der Prärie und versuche, einen jungen Stier einzufangen, der von einem älteren Bullen angefallen worden war und schwärende Wunden davongetragen hatte.

Es dauerte nicht lange, so hörte ich Sleighs Stimme. Er rief einem Knaben zu, das Tor aufzumachen und den Stier in den Korral zu treiben. Dann kam er selbst ins Haus. Ohne die geringste Überraschung zu zeigen, schüttelte er mir die Hand und ließ sich auf einen sehr niedrigen, primitiven Stuhl fallen.

«Haben Sie keine Zeitung mit? Ich habe bei Gott schon acht Monate keine Zeitung mehr gelesen oder auch nur zu Gesicht bekommen, und Sie können mir glauben, Mensch, daß ich gern einmal wieder wissen möchte, was in der Welt vorgeht.»

«Ich habe den San Antonio ‹Express› mit. Schweißdurchtränkt und zerknittert allerdings, und er ist schon fünf Wochen alt.»

«Fünf Wochen? *Hombre,* das ist für meine Begriffe direkt noch druckfeucht. Geben Sie her!»

Er schickte seine Frau um die Brille, die sie zwischen Palmblättern des Daches hervorzog. Er setzte sich das Ding umständlich, beinahe andächtig auf, und während er die Bügel sorgfältig über die Ohren hängte, sagte er: «Aurelia, gib dem Caballero was zu essen. Er hat Hunger.»

Sleigh las auf jeder Seite nur zwei Zeilen. Dann nickte er beifällig, als wolle er gutheißen, was in der Zeitung stand, faltete das Blatt nachdenklich zusammen, als verarbeite er das Gelesene angestrengt, nahm die Brille ab, stand auf, steckte die Gläser wieder irgendwo zwischen die Palmblätter im Dach und klemmte die Zeitung schließlich ohne ein Wort des Dankes hinter eine Stange an der Wand. Er ging zu seinem Stuhl zurück und sagte: «Gottverdammt, es ist wirklich ein Fest, wieder einmal eine Zeitung zu lesen und zu wissen, was in der Welt vorgeht.»

Sein Verlangen nach einer Zeitung war durch den bloßen Anblick anscheinend vollauf befriedigt. Jetzt wußte er wenigstens, daß die Leute zu Hause immer noch welche druckten. Wenn er gelesen hätte, daß die halben USA und ganz Kanada von der Erdoberfläche verschwunden seien, würde er sicherlich gesagt haben: «Ach Gott, was soll man dazu sagen? Ich habe hier gar nichts davon gemerkt. Na, ist ja egal, so was kommt eben vor. Stimmt's?» Höchstwahrscheinlich hätte er sich kein bißchen gewundert. Er war eben so ein Mensch.

«Ich will hier Alligatoren fangen.»

«Alligatoren, sagen Sie? Prachtvoll. Es gibt Tausende hier. Ich wünsch Ihnen, daß Sie die alle kriegen. Ich kann sie gar nicht von meinen Kälbern und Jungtieren abhalten. Sie machen mir verdammt viel Scherereien. Aber das schlimmste ist, daß der Alte mir die Schuld gibt. Er erzählt jedem, ich verkaufe seine Herde und stecke das Geld selbst ein. Ich kann Ihnen sagen, der Alte, dem die Herde hier gehört, das ist ein gemeiner Kerl. Wie kann ich eine Kuh verkaufen, wenn sie auch noch so jung ist, oder sonst irgend etwas, ohne daß es die ganze Gegend hier weiß? Wollen Sie mir das vielleicht sagen? Aber der ist ja so niederträchtig, der Alte, der hat eine so schwarze Seele; das kann sich kein Mensch vorstellen. Wenn ich mich nicht um seinen Besitz kümmerte, ich schwöre Ihnen, er hätte keine einzige Kuh mehr. Er selbst aber hat Angst vor dem Leben hier in der Wildnis, einfach weil er ein Feigling ist, der Kerl.»

«Hat wohl Geld, der Mann, was?»

«Geld? Ach du mein guter Gott! Wer redet von Geld? Geld wird er gar nicht allzuviel haben. Nur Land und Vieh. Das Dumme ist nur, wissen Sie, daß hier nichts mehr sicher ist, kein Grundbesitz, und das Vieh schon gar nicht. Alles wegen dieser Gauner von Agraristas, verstehen Sie? Na, ist ja egal, jedenfalls bin ich ganz Ihrer Meinung, daß man hier ohne weiteres Hunderte von Alligatoren schießen kann. Ganze Herden kann man schießen, wenn man nur ein bißchen hinterher ist. Es sind alte Bullen dabei, die sind stärker als der schwerste Stier, und es sind gefährliche Burschen, diese riesigen Alligatorenbullen. Wenn Sie so einer erwischt, mein lieber Mann, da bleibt nichts von Ihnen übrig, damit Sie von Alligatoren erzählen könnten. Aber da fällt mir gerade ein: warum versuchen wir es nicht erst einmal mit einer leckeren Antilope?»

«Gibt es hier denn auch so viele Antilopen?» fragte ich.

«Viele ist gar kein Ausdruck. Da können Sie jeden alten Hasen aus der Gegend fragen. Sie gehen einfach in den Busch, und wenn Sie so hundert Meter drin sind, dann nehmen Sie Ihr Gewehr herunter und schießen irgendwo in das Dickicht hinein. Dann gehen Sie noch einmal dreißig Meter oder so und finden vor sich auf dem Boden Ihre Antilope, mausetot. Meistens liegen sogar gleich zwei da. Sie brauchen sie nur wegzutragen. So ist das hier. Ich sage Ihnen, was wir machen. Bleiben Sie ein paar Tage bei mir. Ihre Alligatoren laufen schon nicht weg. Die werden mit Vergnügen noch ein paar Tage warten, bis Sie kommen und sie wegholen. Was haben wir heute? Donnerstag, fein. Sie hätten sich keinen besseren Tag aussuchen können. Meine Frau macht morgen mit den Kindern einen Besuch bei ihren Leuten. Ich bringe sie an die Bahn. Am anderen Tag bin ich wieder hier. Von da an sind wir ganz allein und können tun und lassen, was wir wollen. Die ganze Gegend das ganze Haus gehört uns. Ein Mädchen aus der Nachbarschaft kommt herüber, kocht und besorgt den Haushalt.»

3

Samstag früh kam Sleigh zurück. Inzwischen war ich fischen gegangen, hatte aber nicht viel gefangen. «Heute abend ist Tanz», sagte Sleigh. «Die Geschichte steigt am anderen Flußufer, auf dem Platz da drüben bei der Pumpe. Die Musik hat der Pumpmeister bestellt.»

«Aus seiner Tasche?»

«Natürlich. Sehen Sie, das ist so: Er hat zwei Kisten Flaschenbier und vier Kisten Limonade aus dem Kaufladen bei der Bahnstation kommen lassen. So kriegt er das Geld für die Musik wieder herein.»

«Wieviel Mann hat die Kapelle?»

«Einen Geiger und einen mit einer Gitarre.»

«Das kann ja nicht viel kosten.»

«Freilich nicht. Aber er wird von dem Bier und der Limonade ja auch nicht reich, wenn er auch ein bißchen dabei verdient. Aber das kommt ihm auch zu; schließlich trägt er das Risiko, wenn er die Musik hier heranholt.»

Das Indianermädchen, das Sleigh angekündigt hatte, war schon da und machte sich im Haus zu schaffen. Obwohl sie kaum den Kinderschuhen entwachsen war, hatte sie schon selbst ein Baby.

«Der Kerl, der ihr das Würmchen aufgehängt hat, machte sich aus dem Staub», sagte Sleigh.

Das Mädchen war alles andere als hübsch, eigentlich sogar ausgesprochen häßlich.

«Mir kommt es so vor», sagte ich, «als könne der Mann sie nur bei Nacht gesehen haben oder war betrunken. Als er sie dann bei Tageslicht erblickte oder wieder nüchtern war, wird er einen solchen Schreck bekommen haben, daß er unwillkürlich rannte, so weit ihn seine Füße trugen. Eigentlich müßte das Mädchen ewig mit Dankbarkeit an die Nacht denken, in der es geschah. Ohne die Nacht mit ihrer Dunkelheit wäre sie vielleicht nie im Leben zu einem Kind gekommen. Jetzt, wo sie nun eins hat, kann durchaus noch einmal einer sich für sie interessieren, bloß weil er vielleicht glaubt, sie müsse irgendwelche verborgenen Reize haben.»

Sleigh sah mich eine Weile fragend an, als müsse er meine Worte erst verdauen. Sobald er den Sinn begriffen hatte oder zumindest glaubte, ihn erfaßt zu haben, nickte er und meinte: «Da ist schon was Wahres dran. Sie hat bestimmt ihren Spaß dabei gehabt. Und wenn Sie mich fragen, nun, ich bin überzeugt, daß sie nicht die Spur traurig darüber ist, daß der Kerl fort ist. Das ist es bestimmt nicht. Nur daß sie sich nicht jede Nacht auf die Art amüsieren kann, das verdrießt sie.»

Wir setzten uns und aßen Tortillas und Frijoles, während das Mädchen die paar Fische buk, die ich am frühen Morgen gefangen hatte. Sie legte sie einfach über das offene Feuer und paßte dann nur auf, daß sie nicht anbrannten.

Der Herd war eine simple Angelegenheit, nur eine alte Holzkiste, hundert mal sechzig Zentimeter, die mit Erde angefüllt war und auf vier Pflöcken stand. Am Nachmittag ritt ich mit Sleigh über die Prärie, um nach dem Vieh zu sehen. Wir hielten auch gleich nach frischen Antilopenfährten Ausschau. Wie ich erwartet hatte, waren gar keine Fährten da.

«Sie müssen weggezogen sein», meinte Sleigh. «Das tun sie nämlich manchmal. Dann findet man natürlich keine einzige Fährte.»

Als wir das Nachtmahl aßen, fragte ich Sleigh, ob nur die Leute aus dem Dorf zum Tanz kommen würden. Er sagte, daß mindestens achtzig, vielleicht sogar hundert Personen kommen würden. Sie kämen aus allen Richtungen, aus Niederlassungen, Weilern und Hütten tief drinnen im Dschungel, von kleinen Höfen an den Flußufern, an Teichen und Bächen im Busch. Viele müßten acht bis zehn Kilometer reiten, zu Pferd, mit Maultieren oder Burros, manche sogar noch weiter.

«Wie benachrichtigt der Pumpmeister dann die Leute?»

«Ganz einfach», sagte Sleigh. «Er erzählt jedem Einheimischen, der hier vorbeikommt, daß an dem und dem Samstag bei der Pumpstation getanzt wird und daß die Musik schon bestellt ist. Auf die Art verbreitet jeder Passant die Kunde überall, wo er hinkommt, und die Leute, die davon hören, teilen es wieder ihren Nachbarn und Bekannten und allen denen mit, die bei ihnen vorbeikommen. Es ist erstaunlich, sage ich Ihnen, wie schnell so eine Nachricht sich in einem Umkreis von dreißig Kilometern verbreitet.»

4

Inzwischen war es Nacht geworden, und wir machten uns auf den Weg zur Pumpstation. Als wir bei Sleighs Nachbarn vorüberkamen, sahen wir, daß an einem Pfosten des Portico einer der Hütten eine Laterne hing, die den sandigen Boden vor der Hütte hell erleuchtete. Als wir näher kamen, sah ich einen Indianer auf einer Bank sitzen. Er spielte Geige, war ungefähr fünfundvierzig Jahre alt. Ein paar seidige schwarze Haare – so wenige, daß man sie unschwer zählen konnte – rahmten sein braunes Kinn ein. Ich war überzeugt, daß seine Freunde ihn wegen dieser paar Haare den Bärtigen nannten. Er spielte elend schlecht; gab sich aber große Mühe, Takt zu halten, und das gelang ihm sogar halbwegs.

«Was ist los?» fragte ich Sleigh. «Sie sagten doch, wenn ich nicht irre, der Tanz finde bei der Pumpstation statt.»

«Freilich. Ich weiß selber nicht, was das bedeutet. Auf keinen Fall glaube ich, daß der Tanz hier sein soll.»

«Warum haben die Leute hier den ganzen Vorhof sauber gemacht? Und dann die elegante Laterne? Sieht mir nicht so aus, als ob die es so reichlich hätten, daß sie einfach so zum Spaß Laternen aufhängen könnten.»

«Gleich werden wir erfahren, was das bedeutet. Der Pumpmeister wird es wissen. Warum sollen sie schließlich nicht ihren eigenen Tanz veranstalten, wenn sie Lust dazu haben? Hierherum wird immer an zwei, drei Stellen gefeiert. Vielleicht hat er Krach mit dem Pumpmeister gehabt und will nun seinen Abend machen.»

Inzwischen waren wir am anderen Ufer angelangt. Am Portico der Pumpmeisterhütte hing gleichfalls eine Laterne. Sie leuchtete nicht so hell wie die andere, die wir gerade bei dem Geiger gesehen hatten. Diese hier qualmte, und das Glas war nicht geputzt. Der Platz vor der Hütte war freilich tadellos gekehrt.

Sechs Indianermädchen, die fortwährend über nichts und wieder nichts kicherten, versuchten, auf einer grob zusammengezimmerten Bank zu sitzen, die nicht einmal für drei lang genug war. Sie waren schon für den Tanz herausgeputzt, hatten ihr schönes, dichtes, schwarzes Haar glatt gekämmt und gebürstet. Es fiel ihnen locker über den Rücken hinab und reichte bis zu den Hüften. Auf dem Kopf trugen die Mädchen im Haar festgesteckte Kränze aus feuerroten Feldblumen. Die grellbunten Musselinkleider waren sauber gewaschen und schön gebügelt. Ein intensiver Geruch billiger, stark parfümierter Seife strömte von ihnen aus. Als sie uns kommen sahen, steckten sie die Köpfe zusammen, verbargen die Gesichter hinter ihren Schals und schnatterten und kicherten noch lebhafter als zuvor, so als wisse jede einzelne von Sleigh oder mir ein nettes Histörchen zu erzählen.

Der Pumpmeister stand gegen den Pfosten gelehnt, an dem die Laterne hing.

«Na, was ist los?» fragte Sleigh. «Wird jetzt getanzt oder nicht? Wenn nicht, dann sagen Sie es gleich. Dann krieche ich nämlich ins Bett.»

Der Pumpmeister kratzte sich den Kopf, hustete und spuckte ein paarmal und entgegnete dann: «Wenn ich das nur selber wüßte. Um die Wahrheit zu sagen: die Kapelle ist nämlich noch nicht da. Offen gestanden, glaube ich auch nicht, daß sie überhaupt noch kommt. Es ist schon zu dunkel jetzt. Sie fürchten sich, nach Dunkelwerden durch den Dschungel zu reiten. Ich kann es den Leuten nicht einmal übelnehmen. *Por Jesu Cristo*, ich fürchte mich ja selbst, bei Nacht durch den gottverdammten Dschungel zu reiten, und dabei kenne ich jeden Weg und Steg, jede Vereda, jeden Pfad im Umkreis von dreißig Kilometern. Die beiden Kerle haben bei allen Heiligen versprochen, bis fünf Uhr nachmittags hier zu sein. Sicherlich sind sie gleich bei der Bahnstation von einer anderen Tanzgesellschaft abgefangen worden, die ihnen mehr Geld geboten hat. Da haben sich die Faulpelze bestimmt gesagt: ‹Warum sollen wir in der Sonnenglut stundenlang durch den scheußlichen Dschungel reiten, wenn wir gleich hier an der Bahnstation sogar noch mehr verdienen?› Sie hätten es bestimmt genauso gemacht, Señor, oder vielleicht nicht?»

«Wenn Sie mich fragen, Don Augustín, ich kann da nicht mitreden.

Ich kann nicht einmal ‹Dixie› auf dem Kamm blasen und noch viel weniger Mundharmonika spielen. Herrgott, bin ich müde! Am liebsten ging ich ins Bett.» Sleigh gähnte und riß den Mund weit auf wie ein Scheunentor.

«Zigarette?» Der Pumpmeister hielt Sleigh seinen kleinen Tabaksbeutel hin. Sleigh zog ein Maisblatt heraus, faltete es, klemmte es zwischen Daumen und Zeigefinger, schüttete den schwarzen Tabak darauf, machte es naß, rollte es zusammen.

«Ihnen werden unsere Zigaretten ja nicht schmecken», sagte der Pumpmeister zu mir, während er sich selbst von dem Tabak nahm. «Nehmen Sie eine von diesen hier. Die werden Ihnen mehr zusagen. Ihr Gringos wißt ja nicht, was wirklich guter Tabak ist.» Aus einer anderen Hemdtasche zog er eine Schachtel Zigaretten, eine der bekanntesten Marken aus den Vereinigten Staaten. «Ich rauche das labbrige Zeug niemals», sagte er. «Ich führe die Dinger nur wegen der Ölleute, die hier vorbeikommen; damit die sich wie zu Hause fühlen und ein paar Flaschen Bier bei mir kaufen.»

«Was ist da drüben bei Garcias los?» fragte Sleigh. «Will er Ihrer Abendunterhaltung Konkurrenz machen oder von sich aus auch einen Tanzabend steigen lassen?»

«Schon möglich. Woher soll ich das wissen. Jedenfalls ist sein Ältester über das Wochenende auf Besuch. Er ist von Texas herübergekommen, wo er irgendwo zwischen San Antonio und Corpus Cristi in den Ölfeldern arbeitet, wie er mir erzählte. Er verdient gut dort. Sieht aus wie ein Fürst, der Junge. Vielleicht feiert der Alte seinen Besuch. Er wartet ja immer auf eine Gelegenheit, zu zeigen, was er auf der Geige kann.»

Nach diesem Gespräch gingen wir wieder zu Sleighs Hütte zurück, denn es war klar, daß das Fest nicht so bald beginnen würde. Wie Sleigh mir auf dem Rückweg erzählte, machte er sich Sorgen wegen einer Kuh, die noch nicht nach Hause gekommen war.

Garcia saß noch immer im Portico seines Jacalito und entlockte seiner Geige mit größter Hingabe winselnde Töne.

Jetzt sah ich auch den großen Jungen aus Texas neben seinem Vater sitzen. Er war ungefähr zwanzig, für einen Indianer ziemlich hochgewachsen, sauber gewaschen und anständig gekämmt. Das Hemd, das er anhatte, mußte nagelneu sein; das sah man an den Kniffen, die noch in dem Stoff waren. Irgendwie saß er da wie ein reicher Onkel, der bei armen Verwandten zu Besuch ist. Sein Gesicht verriet deutlich, wie sehr es ihm behagte, von der ganzen Familie verwöhnt zu werden. Auf dem linken Knie hielt er einen Emailbecher. Es war schwarzer Kaffee drin, wie ich einen Moment später sah, als er einen Teil davon ausschüttete. Auf das rechte Knie stützte er den Ellbogen auf, und in der rechten Hand hielt er eine Enchilada, eine mit Käse, Zwiebeln, Hühnerfleisch und Chile gefüllte Tortilla. Durch lange Übung hatte er gelernt zu essen, ohne Arme und Hände mehr als absolut notwendig zu bewegen. Hätte er nicht ab und zu gelacht und ein so freundliches Gesicht gemacht, hätte man glauben können, daß da ein Roboter sein Abendbrot aß und nicht ein Mensch. Er hatte einen zehnstündigen Tanz vor sich, und so war er darauf bedacht, keine Kraft unnötig zu vergeuden. Ihm war es bestimmt egal, ob die Musik kam oder nicht. Sofern nur eine Geige da war und ein paar gutaussehende Mädchen, konnte es bestimmt ein netter Abend werden.

Gerade als wir direkt vor dem Garcia-Haus waren, hörten wir die laute, aufgeregte Stimme eines Kindes: «*Ay, alloh*, Manuelito, was ist los mit dir? Noch immer nicht fertig?» Und als sei er von einem Katapult abgeschnellt, stürzte ein kleiner Junge hinter der Hütte hervor in den Portico. Mit der Behendigkeit eines jungen Leoparden sprang er seinem großen Bruder direkt an den Hals, so daß Kaffee und Enchilada, oder was davon noch übrig war, im Sand landeten.

Kaum hatte der kleine Junge den Hals seines Bruders fest umklammert, fing er an, ihm mit aller Gewalt die Haare zu verwühlen, die der Große sich für den Tanz schon so schön eingefettet und gekämmt hatte. Als die Frisur schließlich der eines Wilden glich, hämmerte der Kleine mit den Fäusten so rabiat auf Nacken, Kopf und Schultern seines Bruders los, daß das bedauernswerte Opfer des rasenden Angriffs schließlich aufstehen mußte. Mit klangvollem, gutmütigem Lachen versuchte der Große, den kleinen Bengel von seinem Nacken abzuschütteln. Carlosito, so hieß der Kleine, konnte sich nun nicht mehr halten und ließ sich am Rücken seines Bruders hinabgleiten. Kaum hatte er festen Boden unter den Füßen, ging er in Boxerstellung und forderte den anderen zum Kampf heraus. Manuelito ging darauf ein und sagte, nun werde er dem Kleinen einmal zeigen, wie ein richtiger Preisboxer boxt.

Carlosito war nicht richtig in Form. Seit seiner frühesten Kindheit daran gewöhnt, barfuß zu gehen, war er heute unsicher auf den Beinen. Wenn er die Füße heben wollte, hatte er das Gefühl, als seien sie am Boden festgenagelt; als trage er eiserne Klammern, die ihm jede Bewegungsfreiheit raubten. Die ganze Behendigkeit in seinen Bewegungen, seine Leichtfüßigkeit, der einer jungen Antilope ähnlich, all das war plötzlich dahin, ohne daß er wußte wieso, und als er nun boxen wollte, geriet der kleine Kerl ins Wanken und konnte sich kaum auf den Beinen halten.

Manuel hatte seinem kleinen Bruder nämlich ein paar amerikanische Schuhe als Geschenk mitgebracht. Die Sohlen dieser Schuhe waren blank poliert und glatt wie Glas. Carlosito hatte die neuen Schuhe natürlich gleich anziehen müssen, um dem Spender zu zeigen, wie sehr sie ihm gefielen. Da er noch nie in seinem Leben Schuhe an den Füßen gehabt hatte, war es kein Wunder, daß er sich unsicher fühlte und daß seine kleinen Füße nicht recht damit fertig wurden.

Garcia kratzte unermüdlich auf seiner Geige herum, ohne sich im mindesten von dem Lärm stören zu lassen.

«Der Kleine liebt seinen großen Bruder abgöttisch», sagte Sleigh, als wir unseren Weg zu seinem Palais fortsetzten. «Komische Dinge gibt es auf dieser Welt. Diese beiden Jungen sind nur Halbbrüder. Den großen und noch einen, der ungefähr fünfzehn Jahre alt ist, hatte Garcia mit seiner ersten Frau. Der zweite, eben der Fünfzehnjährige, ist nicht ganz richtig im Kopf. Jedenfalls nehmen wir das hier alle an, auch ich. Er kommt auf die ausgefallensten Ideen und macht die blödsinnigsten Sachen. Den Kleinen hat Garcia mit seiner zweiten Frau, seiner jetzigen. Sie ist sehr jung, über zwanzig Jahre jünger als er. Sie scheinen aber sehr glücklich miteinander zu sein. Zanken sich niemals.

Manuel, der Große, ist einzig und allein deshalb hergekommen, um seinen kleinen Bruder zu besuchen, den er genauso gern hat wie der Kleine ihn. Er hat so ziemlich seine ganzen Ersparnisse ausgegeben, nur um hierher zu fahren und dem Kind ein paar neue Schuhe und eine Hawaii-Gitarre mitzubringen. Die Reise nimmt allein schon mehr Zeit in Anspruch, als er hier verbringen kann. Der zweite, ich meine den Beschränkten, der macht sich überhaupt nichts aus seinen beiden Brüdern. Auch an seinem Vater und seiner Stiefmutter hängt er nicht. Oft denke ich mir, er müsse eifersüchtig auf den Kleinen sein – warum, weiß ich nicht –, und er wartet bloß auf eine Gelegenheit, ihm etwas anzutun. Ab und zu spielt er ihm üble Streiche, sengt ihm die Füße an, wenn er schläft, reißt ihm ein Büschel Haare aus, wirft Schlangen nach ihm oder setzt ihm Zecken in den Pelz. Das ist mit ein Grund, daß wir ihn für übergeschnappt halten.»

Inzwischen waren wir bei Sleighs Hütte angelangt. In einer Ecke des großen einzigen Raumes, den es in der Hütte gab, hatte das Mädchen auf dem Lehmfußboden ihr Bett zurechtgemacht. Es war nichts weiter als eine Petate, eine Art Bastmatte. Auf der Matte lag eine alte, durchlöcherte Wolldecke zum Zudecken, und über dem primitiven Bett war ein Moskitonetz aufgespannt.

Kaum waren wir drin, ging Sleigh auch schon wieder hinaus, um nachzusehen, ob die fehlende Kuh jetzt da wäre.

Das Mädchen hockte sich, ohne von mir Notiz zu nehmen, auf den Fußboden, schob ihr Kleid beinahe bis zu den Hüften hinunter und stillte das Baby. Als das Baby genug hatte, zog sie das Kleid wieder hoch und kroch, den Säugling in einem Arm haltend, unter das Moskitonetz. An den Bewegungen des Netzes sah ich, daß sie sich auszog. Dann hörte ich, wie sie mit einem ausgiebigen Seufzer die Glieder streckte. Mit dem Seufzer wollte sie wohl sagen: «So, Leute, ich glaube, ich habe die Ruhe verdient. Jetzt könnt ihr mir den Buckel herunterrutschen.» In Wirklichkeit hätte jedes Kind die Arbeit tun können, die sie im Laufe des Tages geleistet hatte. Ihr war es gleichgültig, ob sich außerhalb der Hütte ein lustiger Abend mit Musik und Tanz vorbereitete oder eine Tragödie. Sie hatte ihr Baby, ihr Essen und ein trockenes Plätzchen zum Schlafen. Mehr wollte sie nicht auf dieser Welt.

5

Es war ziemlich finster in der Hütte. Die kleine Lampe, eine mit Petroleum gefüllte Blechdose, in der eine Wollsträhne als Docht steckte, rußte und gab nur mattes Licht. Es verlieh dem düsteren, primitiven Raum etwas Unheimliches. Wenn man das Zimmer bei dieser Beleuchtung sah, konnte man gar nicht glauben, daß es irgendwo auf der Welt so etwas wie Zivilisation gab. Ich war gewärtig, jeden Augenblick die Geister toter Indianer oder irgendwelche Fabelwesen erscheinen zu sehen. An allen Ecken und Enden sah ich Schatten umhertanzen, wenn die rußende Flamme in dem leichten Zugwind flackerte, der durch die Ritzen in den Wänden kam. An den Holzbalken, die das Palmblätterdach trugen, glaubte ich dicke Spinnen, Taranteln und riesige schwarze Skorpione krabbeln zu sehen.

Ab und zu wurde das Flämmchen so klein, daß ich durch die Wandritzen die Lichter in den benachbarten Jacales schimmern sah. Aber auch das Bewußtsein, daß es ganz in der Nähe noch andere Hütten gab, in denen Menschen wohnten, ließ mich nicht behaglicher fühlen. Ich kannte die Leute ja nicht. Es waren alles Indianer, und wenn sie, abergläubisch wie sie waren, einmal glaubten, ich könnte ihnen oder ihren Kindern Unheil bringen, dann schlichen sie womöglich herein und wollten mich umbringen und meine Leiche in den Fluß werfen. Noch bevor Sleigh zurück wäre, würde jede Spur von dem, was mir widerfahren, verwischt gewesen sein.

Käfer, Motten, Moskitos und Nachtfalter, größer als meine Hand, kamen durch die offene Tür herein. Sie umschwirrten die kleine Lampe; doch statt den Raum zu beleben, ließen sie ihn nur noch unheimlicher erscheinen.

Hier und da drang vom Fluß ein gurgelndes oder plätscherndes Geräusch herauf; denn das Ufer war keine zwanzig Meter weg. Nicht nur die Luft um mich her, auch die Erde war, so schien es mir, von einem nie verstummenden Seufzen, Pfeifen, Ächzen, Zischen, Summen und Wimmern erfüllt. Klagend schrie draußen in der Prärie ein Burro. Ein paar andere gaben ihm Antwort, als wollten sie ihm Mut machen angesichts der nächtlichen Gefahren. Dann brüllte eine Kuh. Ein Maultier lief bis dicht an die offene Tür, als werde es gejagt von einem wirklichen oder vielleicht auch nur eingebildeten Feind. Als es in die Hütte lugte und drinnen einen Menschen in aller Seelenruhe sitzen sah, erholte es sich von seinem Schrecken, oder was immer es sein mochte, beschnupperte den Boden und trottete ruhig auf die Weide zurück. Ab und zu drangen Gesprächsfetzen und der Klang gedämpfter Stimmen an mein Ohr. Ein schrilles Lachen zerriß die nächtliche Stille und war im selben Augenblick schon wieder verklungen.

Aus einer anderen Richtung kam das Kreischen einer Frau. Eine Sekunde lang hing der Schrei in der Luft, dann fiel er zur Erde und wurde von dem rumorenden Dschungel verschluckt. Als er vorüber war, erschien die Nacht noch tiefer, die Finsternis noch dichter. Der Wind trug ein paar verschwebende Geigentöne mit herüber. Sie hörten sich an, als tanzten sie durch die Nacht; aber bevor sie noch richtig an mein Ohr gelangten, waren sie schon wieder dahin.

Und da, plötzlich, wie ein Schatten, steht Sleigh im Hütteneingang. Alles was ich von dem Schatten sehen kann, ist das Gesicht. Sein unerwartetes, lautloses Erscheinen benimmt mir den Atem. Ich bin froh, daß er in diesem Moment mein Gesicht nicht sehen kann.

«Teufel noch mal, hoffentlich hat dieses faule Stück von Mädchen mir einen Schluck Kaffee übriggelassen.» Seine Worte geben mir die Fassung wieder. «Sakrament, habe ich einen Durst!»

Das Mädchen, das faule Stück, versteht kein Englisch, aber das Wort «Kaffee» hat sie mitgekriegt, und aus dem fragenden Ton entnimmt sie, was Sleigh will.

Ohne unter dem Moskitonetz hervorzukommen, sagt sie: «Auf dem Herdfeuer steht noch etwas.» Natürlich antwortet sie auf spanisch.

Solange Sleigh weg war, hatte sie fest geschlafen. Ich hatte es an ihren tiefen, ruhigen Atemzügen gemerkt. Trotzdem hatte sie mit ihren scharfen indianischen Sinnen Sleigh sofort kommen hören, während ich, der ich hellwach dem Eingang gegenübersaß, sein Kommen nicht bemerkt hatte.

«*De veras?*» sagte Sleigh. «Das ist beinahe so gut, als wenn man in der Prärie einen Diamanten findet.» Mit müden Bewegungen geht er nach hinten, wo der Emailtopf mit Kaffee auf der glimmenden Herdasche steht.

«Und Sie, Gales? Auch noch eine Tasse Kaffee?»

«Nein, danke.»

Das Mädchen schnarcht schon wieder. So rasch sie sich von ihren Träumen losgerissen hat, so rasch versinkt sie wieder darin.

Sleigh saß vor mir. Nachdem er eine Weile gedöst hatte, sagte er: «Der Teufel soll den ganzen Betrieb holen. Ich kann diese verdammte Kuh nicht finden. Nicht einmal für tausend Dollar könnte ich sie nach Hause bringen. Sie hat ihr Kalb hier im Korral, das verfluchte Biest. Sonst kommt sie abends immer zurück. Auch mittags, wenn es zu heiß wird und das Vieh von Bremsen geplagt wird, kommt sie immer mit den anderen her, um sich unter die Bäume zu legen. Ich bin felsenfest davon überzeugt, daß wir einen Löwen in der Gegend haben, vielleicht sogar ein paar. Perez, einer der Nachbarn, hat eine feine Milchziege, die ist schon seit ein paar Tagen weg. Er glaubt auch, daß wir Löwen hier haben. Die Ziege kommt bestimmt nie wieder. Die ist weg für immer. Die Kuh war immer ganz pünktlich, beinahe wie eine Uhr. Irgendwas stimmt hier nicht mit dem ganzen verfluchten Laden, das sage ich. Na ja, wir werden sehen, was morgen ist. Jetzt, in der stockfinsteren Nacht, kann ich nichts machen, absolut gar nichts.»

Nach einer Minute ist er eingeschlafen, aber obwohl er schläft, nickt und murmelt er zu dem, was ich sage, als wäre er wach. Manchmal runzelt er sogar die Stirn oder er lächelt.

«Hallo, Sie!» rufe ich plötzlich. «Hören Sie, wenn Sie schlafen wollen, dann schlafen Sie meinetwegen, aber lassen Sie mich hier nicht zu den Wänden predigen.»

«Schlafen? Wer schläft hier? Ich schlafe?» schnauzt er, als hätte ich ihn beleidigt. «Ich schlafe nicht. Ich schlafe überhaupt nie. Das ist ja der Krampf hier. Habe gar keine Zeit zum Schlafen. Ich habe jedes Ihrer Worte gehört. Von dem Dieb da, dem Barreiro, haben Sie gesprochen. Oh, den kenne ich doch seit vielen Jahren. Habe ich ihn vielleicht nicht gekannt, als ich da unten bei Coacoyular auf der Kakaopflanzung war? Er ist ein Dieb, das stimmt, und ein Mörder dazu, wenn Sie wissen wollen, was ich von ihm halte.»

«Was ist nun eigentlich mit dem Tanz?» frage ich ihn. «Den ganzen Tag wird von nichts anderem geredet als von dem Tanz heute abend. Ist jetzt Tanz oder nicht? Wenn nicht, macht's auch nichts, dann geh ich eben schlafen. Ich habe die Nase voll von dem Gequatsch von Tanz und so, wenn nie etwas draus wird.»

«Schon gut, schon gut, regen Sie sich bloß nicht deswegen auf! Immer mit der Ruhe! Man muß alles an sich herankommen lassen. Wir gehen nochmals zur Pumpe rüber und sehen nach, was los ist. Ich bin überzeugt, daß der Pumpmeister das Problem inzwischen gelöst hat. Der will doch nicht sitzenbleiben mit seinem Bier und der Limonade.»

Ohne jede Hast zog Sleigh seine lange Lederhose aus, suchte umher, bis er einen zerbrochenen Kamm gefunden hatte, kämmte sich das Haar in einer Art, wie es die Schlächter und Kneipenwirte vor fünfundzwanzig Jahren getragen haben, zog sich eine lange gelbe Baumwollhose an und sagte dann: «So, von mir aus kann der Tanz losgehen. Machen wir uns auf die Beine. Wenn ich doch nur eine Ahnung hätte, wo die verdammte Kuh steckt!»

Als wir an Garcias Haus vorbeikamen, sah ich, daß die Laterne noch immer an dem Porticopfosten hing. Garcia saß allerdings nicht mehr auf der Bank. Auch die beiden Jungen waren nicht mehr zu sehen. Durch die Ritzen in der Wand sah ich ganz flüchtig Garcias Frau. Sie putzte sich gerade bei dem trüben Schein einer Lampe, wie Sleigh eine hatte.

«Na also!» sagte ich zu ihm. «Es wird also doch getanzt. Die Señora macht sich schon fein für das große Ereignis.»

6

Man sieht die Hand vor den Augen nicht, so finster ist die Nacht. Kein Stern ist zu sehen, wo die Sterne doch in den Tropen sonst so hell leuchten. Am Flußufer angelangt, müssen wir uns an die Brücke herantasten. Die Laterne des Pumpmeisters drüben gibt uns ungefähr die Richtung an. Eine Weile suchen wir, mehr mit den Händen als mit den Füßen tappend, und dann stehen wir endlich auf den dicken Bohlen. Rüber geht's.

«Sakrament!» schimpfe ich los. «Viel hat nicht gefehlt, und wir hätten ein Bad im Fluß genommen. Man muß aufpassen wie bei einem Drahtseilakt. Einen Zoll weiter nach links, und ich wäre von dieser Drecksbrücke runtergekippt.»

Sleigh ließ das kalt. Gleichmütig brummte er: «Weiß Gott, man muß sich wirklich sehr in acht nehmen, wenn man bei Nacht heil über die Brücke kommen will! Ein Betrunkener hat keine Aussichten ohne Geländer.»

«Wie tief, glauben Sie, kann der Fluß hier bei der Brücke sein?»

«So zwischen zweieinhalb und viereinhalb Meter. An den Ufern ist er flach. Im Durchschnitt dürfte er zweieinhalb haben. Genau in der Mitte ist der Fluß – soweit man bei der müden Strömung überhaupt von Fluß reden kann – ungefähr viereinhalb Meter tief.»

«Tief genug, daß man auf Nimmerwiedersehen drin verschwinden kann», sagte ich. «Auch wenn einer gut schwimmen kann, schwimmt er womöglich, wenn es so stockdunkel ist wie heute nacht, im Kreise herum, ohne daß er's weiß. Kommt vielleicht überhaupt nicht mehr ans Ufer.»

Während ich so mit Sleigh redete, hatte ich fast ganz vergessen, auf den Weg zu achten, war wieder einfach drauflosgegangen. Auf einmal sah ich direkt unter meinen Stiefelspitzen ein zweites Licht. Ich erschrak so sehr, daß ich wie angewurzelt stehenblieb, um das große Wunder zu bestaunen: ein Licht im Wasser. Ich staunte allerdings nicht lange; denn ich merkte gleich, daß das Licht im Wasser nur ein Spiegelbild der Laterne des Pumpmeisters war. Mit dem rechten Fuß war ich an die Begrenzungsleiste gestoßen, die ungefähr fünfzehn Zentimeter breit und ebenso hoch war, gerade hoch genug, um die Lastwagen vor dem Abrutschen zu bewahren, wenn die Brückenbohlen in der Regenzeit mit glitschigem Lehm vollgeschmiert waren. Wäre ich ein klein wenig rascher gegangen, hätte ich bestimmt, als ich an die Leiste stieß, Übergewicht bekommen und wäre in den Fluß gestürzt.

Am Ende der Brücke sahen wir ein paar junge Burschen, lauter Indianer, auf dem Bohlenrand sitzen. Sie sangen mexikanische Lieder und auch amerikanische, die ins Spanische übersetzt waren. Ihre Beine baumelten über den Brückenrand und schlenkerten im Takt der Lieder mit. Der Gesang hielt sich zumeist in einem Bereich von bloß sieben Tönen. Manchmal sprangen die Stimmen aber auch ganz unvermittelt um zwei volle Oktaven höher. Da die Burschen so hohe Töne gar nicht singen konnten, plärrten sie einfach drauflos, so laut es ging. Überall sonst auf der Welt hätte sich so ein Gesang idiotisch angehört. Hier aber, in der warmen Tropennacht, in der Umrahmung des schwarzen, immerfort drohenden Dschungels, aus dem tausend und aber tausend Stimmen, allerhand Gewisper und Melodien drangen, wo die Weisen mit dem sanften Geplätscher des Flusses verschmolzen, wirkte er durchaus natürlich, irgendwie harmonisch abgestimmt auf den gesamten Kosmos.

Links von der Brücke lag die Pumpstation. Rechts tat sich eine weite, offene sandige Fläche mit sehr grobem, stellenweise niedergetrampeltem Gras auf. Vor zehn Minuten war gerade eine Maultierkarawane angekommen, die nun auf diesem Platz kampierte. Sie bestand, wie ich im weiteren Verlauf des Abends von einem der Maultiertreiber erfuhr, aus sechzehn Lasttieren, drei Reitmules und einem Pferd. Die Karawane brachte Handelsware von der Bahnstation in die Dschungeldörfer und in die Sierra jenseits des Dschungels. Die Treiber, drei Mann, waren natürlich Indianer. Als wir kamen, luden sie gerade die Maultiere ab. Ein zwölfjähriger Junge war dabei, Feuer zu machen.

Beim Pumpmeister sah es ein bißchen bunter und lebendiger aus als vor einer Stunde. Er putzte eine zweite Laterne, und als er sie für schön genug hielt, hängte er sie an einem anderen Pfosten des Vorbaues auf.

Die Musik war immer noch nicht gekommen, und jetzt gab es auch gar keine Hoffnung mehr, daß sie noch kommen könnte. Freilich hatten sich inzwischen viele Männer, Frauen und junge Mädchen eingefunden.

Die Frauen waren alle hübsch herausgeputzt. Sie trugen farbenfreudige Musselinkleider, das Billigste, was es gab. Alle trugen Strümpfe und Schuhe mit hohen Absätzen. Hüte trugen sie nicht, doch hatten die meisten Schals, Rebozos, oder dünne schwarze Schleier mit, die sie sich auf dem Heimweg zum Schutz gegen die feuchtkühle Morgenluft um den Kopf binden konnten.

Die Männer waren so angezogen wie immer. Viele kamen barfuß, doch hatten manche auch Schuhe an, und einige trugen sogar schäbige Wickelgamaschen. Die meisten hatten allerdings die gewöhnlichen, selbstgemachten Huaraches, die Indianersandalen, an den Füßen. Wer Kinder besaß, hatte sämtliche mitgebracht.

Die Leute waren gekommen, um zu tanzen, zumindest aber um einen vergnügten Abend zu haben, und so mußte etwas getan werden.

Garcia hatte endlich sein Publikum gefunden. Er saß auf einer der wenigen improvisierten Bänke außerhalb des Vorbaus, dicht bei einem der Pfosten, an denen die Laternen hingen, und fiedelte unentwegt. Ohne erkennbare Unterbrechung ging er von einer Weise zur nächsten über. Kein Mensch tanzte zu der Musik, die er da machte, aber das störte ihn nicht. Er war anscheinend vollauf zufrieden, wenn nicht sogar glücklich, weil er Leute um sich hatte, die ihn spielen hörten, die ihm zuhören mußten, ob sie wollten oder nicht. Niemand brüllte ihn an, mit dem schier unerträglichen Gekrächz und Gewimmer seiner Geige Schluß zu machen.

Jeder wartete, aber niemand konnte eigentlich sagen, worauf. Es sah so aus, als harrten alle eines großen Musikers, der einer Ansammlung von so vielen Menschen einen Sinn geben konnte; denn wie die Dinge lagen, mußte eine so große Zahl von Gästen sonst recht sinn- und zwecklos erscheinen.

Man bedenke, daß die Frauen sich unter beträchtlichen Mühen für diesen Abend hergerichtet, sich mit parfümierter Seife gewaschen, Stunden um Stunden ihr Haar gekämmt und gebürstet hatten. Jeder Fetzen, den sie am Leibe trugen, war rein. Sie hatten die schönsten Gewänder angelegt, die sie besaßen. Mochten ihr Gazekleider auch die billigsten sein, die die syrischen Wanderkrämer führten, kosteten sie doch immerhin so viel, daß die Indianer deswegen Monate hindurch an allen Ecken und Enden sparen mußten. Ihre Kleider und ihr Haar hatten die Frauen mit den schönsten, seltensten Blumen geschmückt, die sie auftreiben konnten, und schließlich hatten sie noch zu allem Überfluß den acht, zehn oder auch zwölf Kilometer weiten Maultier- oder Burroritt durch den dunstigen Dschungel unternommen, hatten Sümpfe durchqueren, Flüsse durchwaten müssen. Und das sollte nun alles vergebens gewesen sein?

Das ging einfach nicht. Jeder wollte am anderen Morgen Erlebnisse mit nach Hause nehmen, die für mindestens zwei Monate Gesprächsstoff lieferten. Es ist ja sonst so gar nichts los in diesen kleinen Siedlungen und Dörfern tief drinnen in Busch und Dschungel.

Niemand gab dem Pumpmeister die Schuld. Er konnte nichts dafür. Er hatte alles getan, was er konnte, um die Musik zu bekommen. Außerdem war ja auch niemandem damit gedient, wenn irgend jemand oder irgend etwas für das Mißlingen des Festes verantwortlich gemacht wurde. Es sollte eben so sein; Schicksal.

7

Die verheirateten Frauen saßen überall schwatzend und lachend auf Bänken, Planken, alten Bahnschwellen und Benzinfässern herum. Die jungen Mädchen kicherten, beobachteten die vorbeikommenden Burschen, machten kritische Bemerkungen oder Witze über sie, erzählten sich Geschichten von ihnen und tauschten das Neueste aus der Skandalchronik aus. Ab und zu standen zwei oder drei Mädchen auf, um hinter ein paar Burschen herzuschlendern, auf die sie ein Auge geworfen hatten, oder sie taten so, als kümmerten sie sich gar nicht um sie, und gingen nach der anderen Seite, wobei sie aber sehr wohl wußten, daß die Burschen ihrer Wahl ihnen folgen würden. Nach einer Weile kamen sie zurück und nahmen ihre Plätze wieder ein. Sobald sie saßen, erhoben sich andere Mädchen, um das gleiche Spiel zu treiben, das älteste Spiel der Welt und noch immer das beliebteste, ein Spiel, das man mit Autos, Universitäten, Radios und Nachtclubs genausogut spielen kann wie ohne.

Die Kinder balgten sich, rannten umher, wälzten sich auf dem Boden, spielten Fangen, schrien, johlten und sahen den Maultiertreibern in ihrem Lager zu. Ein Junge, der nach den anderen Steine geworfen und ihnen weh getan hatte, wurde von seiner Mutter gerufen. Er bekam vor allen Leuten eine Tracht Prügel. Dabei stimmte er ein derartiges Geheul an, daß die Umstehenden glauben mußten, er werde umgebracht. Kaum hatte er seine Freiheit wieder, sauste er los und verprügelte die Buben, die ihn verpetzt hatten; nur lief er dieses Mal so weit weg, daß die Mutter ihn nicht mehr rufen konnte.

Die größeren Jungen, die zwischen zwölf und fünfzehn, saßen in Gruppen zusammen und prahlten mit ihren Kräften und sonstigen Fähigkeiten. Sie erzählten sich die unglaublichsten Geschichten von großen Schlangen, Tigern und Löwen, die sie bei der Suche nach verlaufenen Ziegen und Burros im Dschungel getroffen haben wollten. Dann führten sie einander allerlei Kunststücke vor, zeigten, was sie alles mit den Fingern, Händen, Armen und mit dem ganzen Körper anstellen, wie sie die Glieder verrenken und verbiegen konnten. Einige erregten die allgemeine Bewunderung, weil sie die Augen dermaßen verdrehen konnten, daß man nur noch das Weiße sah. Andere tischten den Jüngeren Schauergeschichten auf, zum Beispiel wie ein Alligatorbulle sie beim Schwimmen und Tauchen im Fluß am Bein erwischt hatte. Sie warfen sich auf die Erde, wälzten sich umher und führten auf diese Weise vor, wie sie sich losrissen und welchen Kampf sie zu bestehen hatten, bevor sie sich ans Ufer in Sicherheit bringen konnten.

Alles rauchte, Männer, Frauen und Kinder. Die jungen Mädchen allerdings nicht; denn die Burschen sagten, nichts tue der Liebe mehr Abbruch als ein Kuß von den Tabaklippen eines süßen Mädchens. Die anderen rauchten Zigaretten, die sie sich aus Maisblättern und schwarzem Tabak drehten. Mütter, die ihre Babys an der Brust hatten, bliesen den Säuglingen Tabakqualm ins Gesicht, um sie vor den Moskitos zu schützen.

Die Männer lungerten in kleineren Gruppen herum, redeten, lachten, schnitten auf, und gelegentlich bestellten sie auch eine Flasche Bier für sich und eine Limonade für ihren weiblichen Anhang. Niemals ließen sie ihre Frauen und Töchter ganz aus den Augen.

Mit Sleigh, dem Pumpmeister und einem Indianer, der bei der Ölgesellschaft arbeitete, stand ich auf halbem Weg zwischen der Brücke und der Pumpe, etwas näher am Fluß als bei der Hütte des Pumpmeisters. Ich stand mit dem Gesicht zum Fluß, doch konnte ich in der nächtlichen Finsternis weder das Wasser noch die Brücke erkennen. Wenn ich meine Augen nach links wandte, konnte ich das Feuer im Lager der Maultiertreiber sehen. Der Junge schüttete gerade Kaffee in den über dem Feuer hängenden Blechkessel, während die Männer Tortillas rösteten und Käse und Zwiebeln schnitten.

Durch das Buschwerk am anderen Ufer schimmerten matte Lichter. Wenn der leichte Wind die Sträucher bewegte, wurden die kleinen Lichtpunkte abwechselnd verdeckt und wieder sichtbar. Das Licht kam hauptsächlich aus den Hütten, in denen sich die Frauen zum Tanz zurechtmachten. Teilweise rührte es aber auch von den großen, tropischen Leuchtkäfern her, die uns rings umschwirrten.

Die Burschen, die auf unserer Seite der Brücke saßen, sangen noch immer. Ihr Repertoire war anscheinend unerschöpflich, doch schienen die Weisen immer die gleichen zu sein. Trotzdem gab es Unterschiede, und die Indianer konnten sie sogar heraushören.

Wo ich hinsah, überall war Leben, überall wurde gelacht und überall spielten lärmend die Kinder.

8

«Ich sage, sie werden wieder zementieren, und zwar nächste Woche schon», meinte Ignacio wichtigtuerisch. Ignacio war der Mann, der im Ölcamp arbeitete und nun hier mit Sleigh, dem Pumpmeister und mir stand und redete.

«Wie tief seid ihr jetzt?» fragte Sleigh.

«Ungefähr vierhundert Meter, glaube ich.»

«Es ist nicht einzusehen, warum sie das Loch auszementieren sollten, wenn sie noch nicht tiefer sind.» Der Pumpmeister, der in Wirklichkeit keine Ahnung von Ölbohrungen hatte, wollte mit seiner Weisheit Eindruck schinden. Von vorbeikommenden Ölarbeitern hatte er ein paar Redensarten aufgeschnappt. Jetzt quasselte er munter drauflos: «Warum sollen die schon bei vierhundert Meter zementieren? Es gibt Bohrungen, die bis siebenhundert Meter runtergetrieben werden.»

«Erzählen Sie mir doch nichts!» sagte Ignacio. Er spielte den Fachmann. Seit ungefähr drei Monaten arbeitete er erst bei der Ölgesellschaft, und seine Haupttätigkeit bestand darin, auf seinen Schultern Eisenrohre zu schleppen. «Ob Sie es glauben oder nicht, jedenfalls wollen sie Montag oder Dienstag zementieren. Da gehe ich jede Wette ein, mit jedem von Ihnen.»

Garcia kratzte noch immer auf seiner Fiedel, doch schwerte sich niemand um seine winselnde Aufforderung zum Tanz.

Der Gesang der Burschen auf der Brücke wurde leiser, so als seien ein paar Stimmen ausgefallen oder alle mit der Zeit doch einmal müde geworden.

In diesem Augenblick geschah etwas Eigenartiges. Ich hatte das Gefühl, als mache sich in der Luft eine geheimnisvolle Macht breit, wie ein riesiges geflügeltes Untier. Eine Art Lethargie ergriff die Menge. Manche fingen an zu gähnen, und wie auf Kommando hörte auf einmal alles zu reden und zu lachen auf. Etwas wie Müdigkeit, eine gedrückte Stimmung griff um sich.

«Sie können mir nie im Leben einreden, was es für einen Sinn haben soll, bei vierhundert Meter zu zementieren.» Der Pumpmeister griff das alte Thema von neuem auf. Mir schien es, als sei es ihm jetzt im Grunde vollkommen egal, was die Ölleute hier oder sonstwo in der Welt vorhatten, und als rede er bloß, um die merkwürdige Stille zu brechen, die sich um uns ausbreitete: Keiner von uns dreien ging auf die Äußerung des Pumpmeisters ein. Die Luft war schwer, bleiern wie vor einem Gewitter.

Und da, gerade als alle drauf und dran waren, den Mund aufzutun, um dem geheimnisvollen Schweigen ein Ende zu setzen, drang vom Fluß ein lautes Platschen herauf, nachdem lange Zeit nicht einmal das leiseste Gurgeln zu hören gewesen war.

Das Geräusch war kurz, aber in seiner besonderen Art gar nicht zu verkennen. Trotzdem schien es niemand sonst bemerkt zu haben. Kein Mensch kümmerte sich darum. Es war ein Platschen, wie man es jeden Tag sicher ein dutzendmal hören konnte.

Mir allerdings war es, als rufe der Fluß: «Vergeßt mich nicht, Leute! Ich bin noch immer da und werde euch alle überleben!»

Ich blickte Sleigh voll ins Gesicht. Er sah mich ebenfalls an. Ich wußte, daß ihm ein bestimmter Gedanke durch den Kopf ging, und hätte gern erfahren, ob er nicht das gleiche dachte wie ich. Er hatte das Platschen gehört, tat aber so, als schenke er dem Geräusch ebensowenig Beachtung wie die anderen.

Was war das nur für ein Geräusch? War vielleicht einer der Burschen, die da auf der Brücke saßen, nur so zum Spaß in den Fluß gehüpft? Nein, das war es nicht. Dann hätte ich jemand im Wasser schwimmen oder strampeln hören müssen. Aber nach dem lauten Plumps war es gleich wieder still gewesen. Auch blieb das Gelächter und Gejohle aus, mit dem die anderen Burschen einen solchen Sprung bestimmt begleitet hätten.

Am Ende hatte jemand bloß einen großen Stein oder ein Stück Holz in den Fluß geworfen.

Garcia fiedelte schon wieder. Er mußte mit der Zeit schon ganz lahme Finger haben, aber er fiedelte immer weiter.

Vielleicht war ein großer Fisch aus dem Wasser herausgeschnellt, um sich ein Maulvoll Moskitos zu holen. Nein, ein Fisch war das auch nicht. Es hatte sich ganz anders angehört. Wenn mir doch nur einfallen wollte, womit sich das Geräusch vergleichen ließ; aber mir fiel beim besten Willen nichts ein.

«Man fragt sich natürlich, warum die zementieren wollen», fing Ignacio wieder an. «Ich werde es Ihnen sagen. Weiter drinnen im Dschungel haben sie auch schon zwei Löcher auszementiert. Da sieht man, wie sie es machen, diese Gringos. Sie wollen nämlich nichts weiter, als unser armes Land auspowern, wollen es noch ärmer machen und werden selbst noch tausendmal reicher dabei, als sie es sowieso schon sind. Sie bohren so lange, bis sie auf Öl stoßen. Kaum haben sie welches, zementieren sie sofort das Loch wieder zu, damit das Öl drin bleibt. Wenn sie es einmal in der Hand und gut verschlossen haben, dann kommen sie und sagen, sie hätten nicht einen Tropfen gefunden, nicht einmal eine Nasevoll Erdgas. So machen sie es, die verdammten Ausländer, diese Americanos.»

Der Pumpmeister schüttelte den Kopf. «Ach wo, das machen die Gringos nicht. Dazu kenne ich sie zu gut. Wenn sie Öl finden, dann holen sie es auch heraus, bis zum letzten Tropfen. Sie kratzen sogar noch den Schlamm zusammen und filtrieren alles Öl heraus, das darin zurückgeblieben ist. Was glauben Sie, Don Nacho, wieviel es die Leute kostet, ein Loch siebenhundert Meter tief oder noch weiter hinunterzutreiben? Mindestens dreißigtausend Dollar oder so, gutes amerikanisches Geld. Manche Löcher kosten sogar noch mehr, bis zu fünfzigtausend Americano-Dollar. Glauben Sie vielleicht, sie werfen ihr gutes Geld für nichts und wieder nichts hinaus? Wenn es Pesos wären, dann eher. Aber glauben Sie mir, ihr Geld ist gutes Geld, lauter Dollars. Das ist ja Blödsinn, wenn einer sagt, sie bohren die Löcher und zementieren sie dann aus, sobald sie Öl gefunden haben.»

Vielleicht war es ein Hund. Nein, ein Hund konnte es auch nicht gewesen sein. Ein Hund würde im Wasser einen Mordsspektakel machen. Die Buben würden ihn von allen Seiten anrufen, um ihn zu ärgern, um ihn zu verwirren, damit er nicht ans Ufer findet. Nach dem Plumps war aber nicht mehr das leiseste Geräusch zu hören gewesen. Sogar eine Katze hätte ein bißchen Lärm gemacht. Aber man hatte ja nur ein kurzes, lautes Platschen gehört, dann nichts mehr.

Ignacio lachte. Er war in alle Geheimnisse der amerikanischen Ölgesellschaften eingeweiht. «Nur Sie, Don Augustín, können so daherreden; denn Sie sind eben ein *maestro maquinista* und haben niemals mit Leuten vom Ölfach zu tun gehabt. Können Sie denn nicht begreifen, *hombre*, warum die das Loch schon bei vierhundert Meter auszementieren, statt bis tausend oder dreizehnhundert Meter hinunterzugehen? Für einen, der den Rummel kennt wie ich, ist das doch ganz leicht einzusehen. Einfach weil sie schon bei vierhundert auf Öl gestoßen sind. Warum sollten sie da noch weiterbohren? Deshalb zementieren sie jetzt.»

Manuel, der große Bruder aus Texas, stand mit einem Mädchen zusammen. Er redete beinahe pausenlos auf sie ein, aber sie kicherte bloß. Er war anders als alle anderen Burschen, die sie kannte. Das konnte sie sehen. Er arbeitet ja auch in Texas. Er sieht die weite Welt, und so weiß er auch gleich, was ein nettes Mädchen ist, wenn er eins trifft. Draußen in Texas hat er gelernt, die hübschen, aufgeweckten Mädchen von den stumpfsinnigen zu unterscheiden. Sie gab ihm deutlich genug zu verstehen, daß sie jederzeit zu allem bereit war, wenn er nur was sagte. Wenn er wieder mal zu Besuch kam, würde er ihr bestimmt ein schönes Kleid mitbringen, so eines, wie es die Gringofrauen in Texas alle Tage anhaben. Er war ein richtiger Pocho geworden da oben in Texas. Er sprach sogar Amerikanisch, und da war sie natürlich furchtbar stolz, daß er gerade sie diesen Abend zum Tanzen geholt hatte.

«Don Nacho, hören Sie einmal zu», sagte der Pumpmeister. «Erzählen Sie mir bloß nicht solche Geschichten von den Gringos. Meinetwegen kann sie ja alle ruhig der Teufel holen; ich weine ihnen keine Träne nach. Aber daß sie blöd sind, das können Sie mir nicht weismachen. Sie mögen sein, was sie wollen, meinetwegen gottlose Heiden, die nicht an die heilige Jungfrau glauben; aber blöd sind sie nicht.»

«Ich habe doch nicht gesagt, daß sie blöd sind, Don Augustín. Sie müssen mir die Worte nicht im Munde verdrehen. Ich meine ja gerade das Gegenteil, verstehen Sie das nicht? Sie sind gerieben, das ist es, und das wollte ich sagen. Wenn sie bei vierhundert kein Öl gefunden hätten, warum sollten sie da zementieren? Sie würden mindestens noch vierhundert Meter tiefer bohren, um sicherzugehen; denn sonst ist ja das ganze gute Geld beim Teufel, das sie schon in die Bohrung hineingesteckt haben. Und jetzt sage ich Ihnen, warum sie zementieren. Es ist geheim, aber deshalb ist es nicht weniger wahr. Sehen Sie, bei vierhundert haben sie Öl gefunden, und zwar in rauhen Mengen. Jetzt zementieren sie das Loch zu, behalten sich aber alle Eigentumsrechte darauf vor. Dann gehen sie her und sagen, sie hätten nichts gefunden, nicht einmal den leisesten Hauch Erdgas. Warum sagen sie das? Nun, weil sie das ganze Gebiet ringsherum noch nicht gepachtet haben. Wenn sie jetzt den Grundbesitzern einreden können, daß auf ihren Ländereien keine Ölvorkommen sind, dann kriegen sie alle Pachtverträge, die sie haben wollen, und noch dazu für ein paar hundert Dollar. Sonst würden nämlich andere Gesellschaften mit mehr Geld herkommen und die Pachtsätze dermaßen in die Höhe treiben, daß diese Gesellschaft die Gründe entweder sausen lassen oder hundertmal mehr dafür anlegen müßte, als sie die Sache so kostet. Sowie sie alle Plätze in der Hand haben, hinter denen sie her sind, kommen sie zurück und reißen die auszementierten Löcher wieder auf, und dann sollen Sie sehen, was hier passiert. Das Öl wird rauschen wie der Strom in der Regenzeit.»

Der Pumpmeister sah ein, daß er den Scharfsinn seines Freundes und Nachbarn Ignacio unterschätzt hatte. Seine Augen wurden größer. Er sah den anderen bewundernd an und sagte: «Na ja, Don Nacho, da muß ich mich wohl geschlagen geben. Sie sind im Recht; denn was Sie da zuletzt gesagt haben, das kann gut stimmen. Es ist nämlich genau das, was ich von diesen Gringos schon immer erwartet habe. Sie

Sie erwarten das Öldorado . . .

... und schon ist im Urwald die Rede vom Geld – vom Geld der anderen natürlich.

Man mag dem weißen Mann vieles nachsagen, aber gewiß nicht, daß er sein Geld vernachlässige; er mag manches versäumt haben, aber er versäumt es nie, sich um sein Geld zu kümmern – ob er nun Millionen scheffelt (was mitunter als unfein gilt) oder ein paar Hunderter spart (was immer als tugendhaft gilt).

klauen uns nicht nur unser ganzes Öl, sondern auch unser Land, das ist die Gemeinheit. Wenn sie die Gründe nämlich für hundert Dollar erwerben, statt einen angemessenen Preis dafür zu bezahlen, sagen wir zehntausend Dollar, dann ist das für mich eine hundsgemeine Gaunerei. Von diesen Dingen, von derart schmutzigen Machenschaften sollte man die Regierung verständigen. Aber blöd sind sie nicht, wie ich schon hundertmal gesagt habe. Das wird mir mit jedem Tage klarer. Wenn ich auch offen zugebe, daß sie eine dreckige Gaunerclique sind, richtige Cabrones.»

«Na, jetzt sehen Sie es selbst, Don Augustín», rief Ignacio triumphierend. «Was habe ich gesagt? Man braucht ja nur die Augen und Ohren aufzumachen, wenn man mit ihnen zu tun hat. Dann erfährt man gleich und ohne große Mühe, wieso die so schweres Geld verdienen. Mir können die nichts mehr vormachen, mir nicht. Kein einziger von denen. Ich habe die Spitzbuben durchschaut.»

Wenn diese Leute, die von Haus aus so überaus höflich sind, in Gegenwart von Sleigh und mir in einem solchen Ton von den Amerikanern sprechen, so war das ein Beweis dafür, daß sie uns nicht zu den Gringos und Gaunern zählten, und das einfach deshalb, weil wir keine Leute vom Ölfach waren.

Inzwischen hatte sich zu Garcia ein Mann gesetzt. Er hatte ihm die Geige weggenommen und sie sich nach Indianerart an die Brust gesetzt. Die Mädchen blickten alle mit hoffnungsvollen Augen auf, weil der Mann die Fiedel so schwungvoll in die Hand nahm, als wolle er Garcia nun einmal zeigen, wie man richtig Geige spielt.

Die ersten zwanzig Töne spielte er so unerhört gut, daß die Mädchen gleich an ihren Kleidern zupften und sich das Haar zurechtstrichen, während die Burschen rasch einen Blick nach den Bänken und Bahnschwellen warfen, auf denen die Mädchen saßen. Aber gerade als die Burschen aufsprangen und auf die Damen ihrer Wahl lossteuern wollten, gerieten die Töne in Verwirrung, und so unvermittelt die Musik angefangen hatte, so plötzlich endete sie nun mit einem jämmerlichen Quäken. Emsig bemüht, die Scharte auszuwetzen, stimmte der Geiger eine neue Weise an; aber es war leicht zu merken, daß er noch zehnmal schlechter spielte als Garcia, der wenigstens Takt halten konnte.

Grinsend übernahm Garcia wieder die Geige. Während er sie stimmte und sich mit dem Ohr auf die Saiten niederbeugte, ließ er die Blicke in die Runde schweifen, als wolle er sagen: «Na, jetzt könnt ihr einmal selbst sehen, wer hier wirklich spielen kann.»

Garcia fing wieder an. Offenbar unter dem Eindruck der lebhaften Weisen, die er gerade vernommen, fiedelte er jetzt mit mehr Schwung. Zwei Mädchen standen auf und fingen zu tanzen an. Garcia war im siebenten Himmel, als er merkte, daß es jemand gab, der seine Musik ernst nahm. Nach ungefähr zwanzig Tanzschritten sahen die Mädchen ein, daß man nach Garcias Mischmasch von Melodien unmöglich tanzen konnte. Wenn wenigstens noch eine Gitarre als Begleitung dagewesen wäre, dann wäre vielleicht so etwas wie Tanzmusik herausgekommen, so schlecht der Geiger auch fiedelte.

Allein, kein Mensch dachte daran wegzugehen; ja, es gab nicht einmal jemand, der sich auch nur die leiseste Enttäuschung anmerken ließ. Kein einziger betrachtete die Party als gescheitert. Vernünftige Tanzmusik wäre nett gewesen. Sie hätte ein bißchen Leben in das Ganze gebracht. Aber da nun einmal keine zu haben war, versuchte jeder, sich auch so nach besten Kräften zu amüsieren.

Die meisten der Anwesenden hatten einen weiten Weg hinter sich. In einer dermaßen finsteren Nacht konnten sie auf keinen Fall durch den Dschungel zurück. Nun sie einmal da waren, glaubten sie irgendwie, es würde noch etwas geschehen, einfach weil etwas geschehen mußte, um den Mühen, denen sie sich unterzogen hatten, um hier zusammenzukommen, einen Sinn zu geben. Wo so viele Leute auf einem Haufen sind, da geschieht immer etwas. Kein Mensch, nichts kann das verhindern. Es ist ein Naturgesetz.

Wir beide, Sleigh und ich, mischten uns nicht in die Unterhaltung, die in unserer Gruppe geführt wurde. Nur gelegentlich sagten wir: «Ach nein!», «Wirklich?», «Mag sein» oder «Gewiß doch».

Ignacio, der Mann, der so gut Bescheid wußte, wie die Ölmagnaten ihre Millionen verdienen, ging von uns weg. Er suchte sich ein paar andere Leute, denen er mit seiner Weisheit imponieren konnte. Daß es ihm gelungen war, die Bewunderung des hochgeachteten *maestro maquinista* zu erregen, daran dachte er bestimmt noch viele Jahre. Der Pumpmeister konnte ihn jetzt bitten, worum er wollte – er bekam es. Für jemand, der einen bewundert, tut der Mensch alles.

9

Eine junge, überaus hübsche Frau kam auf uns zu. Sie trug ein billiges, meergrünes Gazekleid. Durch das Kleid hindurch konnte man ihren weißen, reich mit Spitzen besetzten Unterrock sehen. Ihr sauber, beinahe pedantisch gekämmtes und zurechtgemachtes dichtes schwarzes Haar zierten zwei großte rote Blumen. An die Brust hatte sie sich ein Feldblumensträußchen geheftet, ein zweites an den Gürtel. Man sah sofort, daß die Frau Geschmack hatte; denn die Blumen paßten in den Farben so gut zu ihrem Kleid, daß sich eine feine und dennoch natürliche Harmonie ergab. Die Lippen hatte sie sich eine Nuance heller als dunkelrot geschminkt, und während viele andere Frauen sich das Gesicht kreideweiß puderten, verwendete diese ockerfarbenen Puder. Allerdings begleitete sie wie alle anderen der schwere Duft der stark parfümierten Seife, die die syrischen Hausierer verkauften.

«Haben Sie Carlosito nicht gesehen?» Sie fragte nur so obenhin, ohne jede Beunruhigung. Als kümmere sie unsere Antwort nicht im mindesten und als frage sie bloß, um überhaupt etwas zu sagen. «Er hat nämlich noch nicht Abendbrot gegessen. Er ist ja so ausgelassen, weil Manuel über das Wochenende hier ist. Das Kind vergißt Essen und Trinken und alles andere.» Sie lachte laut, wie sie so an die Wildheit des Jungen denken mußte, und versuchte, ihn nachzumachen. Sie fuchtelte mit beiden Armen in der Luft herum, und mit den Füßen begann sie zu trippeln und zu hopsen. «‹*Buenas noches, mamasita!*› und ‹*Adiosito, mamasita!*›, ‹*Comó estás, mamasita, linda, cielito?*› und ‹Ich muß zu meinem *hermano* Manuelito laufen! . . .› So treibt er es die ganze Zeit, so kommt er und geht er, so läuft er hin, so läuft er her. Nicht eine Minute bleibt er still auf demselben Platz. Er ist wie der Wind. Ich kann ihn nicht fassen, kann ihn nicht halten. Ja, so sind die Kinder nun einmal. Aber sein Abendbrot sollte er schließlich doch essen. Na ja, verhungern wird er schon nicht, wenn er auch einmal nichts bekommt, nicht wahr?» Sie lachte nicht nur mit dem Gesicht, sondern mit dem ganzen Körper. «Wenn das keine glückliche Mutter ist . . .» sagte ich mir im stillen.

Der Pumpmeister gähnte. Er machte kein Hehl daraus, daß das Getue der Frau ihn langweilte. Dann sagte er: «Hier war der Kleine nicht. Ich habe ihn zuletzt am späten Nachmittag gesehen, als er bei meiner Frau für einen Centavito grüne Chile holen kam.»

«Ja, das stimmt. Ich habe ihn geschickt. Das ist aber schon lange her. Seitdem ist er schon mindestens zwanzigmal wieder zu Hause gewesen. Aber ich werde ihn schon finden, lassen Sie nur.» Sleigh blickte genauso uninteressiert drein wie der Pumpmeister und sagte: «Ich nehme an, daß er hier mit anderen Jungen Fangen gespielt hat. Vielleicht auch nicht. Jedenfalls habe ich ihn nicht gesehen. Aber hier laufen ja die ganze Zeit so viele Knirpse rum.»

«Ist schon gut, Caballeros, lassen Sie nur! Es ist ja gar nicht so wichtig. Wenn er Hunger hat, kommt er ganz von selbst nach Hause. Er weiß, wo seine Bohnen stehen. Sie sind fertig, und er braucht sie bloß zu nehmen. Ich habe ja nur gemeint, ich frage lieber einmal. Laßt euch nur nicht stören, Caballeros!»

Die Frau ging mit einem strahlenden Lächeln weiter.

Gemächlich trat ein Mann zu uns heran. Er grüßte und fing von dem neuen Kessel zu reden an, der dem Pumpmeister schon vor zwei

Jahren zugesagt, aber noch immer nicht geliefert worden ist und wahrscheinlich noch weitere zwei Jahre auf sich warten lassen wird.

Ich blickte der hübschen Frau nach und beobachtete, wie sie zu Manuel ging, der ein Stückchen weiter mit seinem Mädchen stand. Er hörte sie an, und ich sah, wie er den Kopf schüttelte. Ohne sich durch die kleine Unterbrechung stören zu lassen, fuhr er fort, sich mit dem Mädchen zu unterhalten, das nach wie vor überglücklich war, mit ihm zusammensein zu können.

Ohne Sleigh zu fragen, wußte ich jetzt, daß die junge hübsche Frau die Garcia war, die Mutter des kleinen Carlos und die Stiefmutter Manuels, der nur drei oder vier Jahre jünger war als sie.

Die Frau ging zum Portico hinüber, wo ihr Mann noch immer auf der Bank saß. Im Augenblick spielte er einmal nicht, weil er sich gerade eine Zigarette drehte. Er hörte sich ihre Frage mit der Miene des Mannes an, der Tag für Tag hundertmal dieselbe Frage vorgesetzt bekommt, und während er die Zigarette befeuchtete, schüttelte er den Kopf, als wolle er sagen: «Laß mich bloß jetzt mit dem Kind in Ruh. Ich habe im Moment andere Sorgen.»

Eine Minute lang stand die Frau neben dem Portico, unter einer der Laternen. Sie wußte anscheinend nicht recht, was sie nun tun, wohin sie jetzt gehen sollte. Aus ihrer unbewegten Haltung schloß ich, daß sie über etwas nachdachte. Gewiß suchte sie sich zu vergegenwärtigen, wann und wo sie das Kind zuletzt gesehen, was der Junge gesagt oder getan haben mochte und ob er ihr nicht vielleicht gesagt hatte, wohin er gehen wollte.

Langsam setzte sich die Frau wieder in Bewegung, mischte sich unter die Leute, sah bald hierhin, bald dorthin, ließ ihre Blicke auf den Buben verweilen, die im gleichen Alter waren wie ihr Carlosito.

Je weiter die Leute von dem schwachen Licht der beiden Laternen weg waren, um so gespenstischer sahen sie aus. Ihre tiefbraunen Bronzegesichter tauchten vollkommen in das nächtliche Dunkel zurück, so daß man nur noch ihre Hüte und die weißen Kleider sah. Manchmal glaubte man, nur Anzüge umherspazieren zu sehen, über denen auf geheimnisvolle Weise die Hüte dahinschwebten.

Von Zeit zu Zeit sah ich die Garcia zwischen den Gruppen umherirren. Mir kam es so vor, als verrieten ihre Bewegungen jetzt eine gewisse Nervosität. Unruhig deutete sie mit dem Kopf nach verschiedenen Richtungen und blickte angestrengt in das Dunkel der Nacht.

Garcia hatte seine Fiedel wieder angesetzt. Während der letzten halben Stunde hatten auch ein paar andere zu spielen versucht, aber es war klar, daß es keinen besseren Geiger am Platze gab als Garcia.

Irgendwoher aus den Tiefen der Nacht drangen die klagenden Weisen einer Mundharmonika. Wieder faßten sich ein paar Mädchen ein

Herz und versuchten zu tanzen, aber aufs neue mußten sie zu ihrem Verdruß erkennen, daß es keinen Zweck hatte.

Die Frau des Pumpmeisters, die auf einem rohgezimmerten Stuhl neben dem Portico gesessen und mit zwei anderen Frauen geplaudert hatte, stand auf, nahm eine der Laternen herunter und ging in ihre Hütte.

Als nur noch die eine trübe Lichtquelle übrig war, wurde es auf dem Platz vor dem Hause noch düsterer, noch unheimlicher.

Das Lagerfeuer der Maultiertreiber war dem Verlöschen nahe. Die drei Männer und der Junge kamen auch auf den Platz herüber und gesellten sich zu den anderen. Sie trafen gleich ein paar Bekannte und beteiligten sich schon nach wenigen Augenblicken an der allgemeinen Unterhaltung.

Die Garcia kam von der Brücke heran. Sie ging jetzt rascher, als habe sie es auf einmal eilig. Kaum stand sie vor uns, sagte sie: «Der Junge ist nirgends zu finden. Das Kind ist weder da noch dort. Ich weiß nicht, wo er steckt. Was glauben Sie, wohin er gelaufen ist?»

Ihr noch vor einer Viertelstunde lächelndes, glückstrahlendes Gesicht hatte schon in den letzten zehn Minuten einen ernsten Ausdruck angenommen. Doch nun verriet es Sorge und Unruhe. Angst war es noch nicht. Sie zog die Brauen hoch, riß die Augen weit auf, starrte uns an und durchforschte unsere Gesichter alle der Reihe nach. Zum ersten Male, seit ich sie erblickt, trat in ihre Augen etwas wie Argwohn, wir könnten vielleicht etwas wissen, uns etwas denken, das wir aus diesem oder jenem Grund, vielleicht aus purem Mitleid, vor ihr verbargen.

Abermals sah sie uns an, hilflos wie ein verwundetes Tier. Sie durchbohrte unsere Gesichter förmlich mit ihren sengenden Blicken. Aber sie fand nichts, schüttelte den Kopf und faltete die Hände vor der Brust.

Wieder ging mit ihren Augen eine Veränderung vor. Die leise Vorahnung, die sie erst ein paar Sekunden zuvor beschlichen, war nun bereits halb zur Gewißheit geworden. Mit aller Gewalt trachtete sie, dieses Gefühl abzuschütteln. Aber es gelang ihr nicht.

Na also! Jetzt war der große Musikmeister doch endlich erschienen. Er schickte sich an aufzuspielen. Der Tanz, auf den alle gewartet hatten, konnte beginnen. Es würde ein wilder, wirbelnder Tanz werden, das war sicher, ein Tanz, bei dem die Trompeten und Posaunen des Jüngsten Gerichtes erschallen würden. Langsam nahmen die Tänzer ihre Plätze ein.

«Machen Sie sich keine Gedanken, Carmelita», sagte der Pumpmeister in väterlichem Ton. «Das Kind ist müde geworden und hat sich gewiß irgendwo schlafen gelegt, wie es Kinder manchmal so machen. Das ist doch gar nichts Außergewöhnliches.»

«Er ist nicht zu Hause. Ich habe überall nachgesehen, habe jeden Winkel, jede Nische durchstöbert.»

«Er wird bei anderen Kindern in einer anderen Choza sein. Bestimmt ist er da irgendwo.»

«O nein, ich habe überall gefragt, in allen Jacales.»

«Regen Sie sich nicht auf, Carmelita. Vielleicht ist er unter eine Decke oder einen Petate gekrochen oder hat sich in einem Haufen alter Säcke versteckt. Er kann ja auch aufs Dach geklettert sein, weil es dort oben kühl ist, und ist dann eingeschlafen.»

Die Garcia gibt zu, daß ihr das Dach noch gar nicht eingefallen ist. Der Junge steigt wirklich oft auf das Dach ihrer Hütte oder einer anderen, allein oder auch zusammen mit anderen Buben. Stimmt, er hat ja erst letzte Nacht auf dem Dach geschlafen. Es ist zwar ziemlich unbequem, auf einem schiefen Dach zu schlafen, aber Buben haben eben ihre eigene Vorstellung von Bequemlichkeit.

Von neuem zog Hoffnung in das Herz der Frau ein. Sie eilte zurück zur Brücke und hinüber ans andere Ufer.

Die Frau des Pumpmeisters kam mit der Laterne zurück. Sie hängte sie wieder auf, und der Platz wurde von neuem in helleres Licht getaucht. Die Schatten wichen in den Dschungel zurück.

10

Garcia fiedelte wieder. Er ließ sich nicht aus der Ruhe bringen. Hundertmal war das Kind nicht zum Abenbrot gekommen, und hundertmal hatte er es an den unmöglichsten Stellen suchen müssen. Ein dutzendmal, wenn nicht öfter, hatte der Junge sich einfach einen Burro genommen. War weggeritten, nur weil es ihm Spaß machte, obwohl er ganz gut wußte, daß es bei seiner Rückkehr eine gehörige Tracht Prügel setzen würde. Diese Weiber, ach du lieber Gott, die glauben gleich immer wer weiß was, wenn ihre Kinder einmal nicht an ihrer Kittelfalte hängen!

Hol's der Teufel! Garcia fühlte sich nicht gekränkt, obwohl niemand mehr versuchte, zu seiner Fiedelei zu tanzen. Ihm machte das überhaupt nichts aus. Wenn einer besser spielen kann, warum meldet er sich dann nicht? Aber das ist es ja eben. Es ist keiner da, der besser spielen kann. Er würde ihm seine Geige gern und mit dem größten Vergnügen borgen. Aber es ist einfach keiner da. Er ist der einzige, der spielen kann. Er kennt alle Foxtrotts, Onesteps, Danzones, Bostons und Blues. Sie geraten ihm, das muß freilich zugegeben werden, alle ein bißchen durcheinander, und man muß schon eine Weile genau hinhören, bevor man weiß, was er spielt oder doch wenigstens spielen möchte. Auch wenn man nach einem Dutzend Töne felsenfest davon überzeugt ist, daß er einen Walzer spielt, muß man schließlich doch einsehen, daß es ein Twostep ist, aber das machte ja nichts. Musik ist Musik.

Ab und zu spielte wieder einer Mundharmonika. Der Musikant war nicht zu sehen. Doch auch ohne das war unschwer zu erraten, daß die Mundharmonika von Hand zu Hand ging; denn zwischen den einzelnen Weisen konnte man die Spieler miteinander reden hören. Zuweilen verstand man auch, was sie sagten: «Caray, du Esel, laß mich einmal. Du verstehst ja nichts von Musik. Ein Ochse spielt besser als du. Du kannst das Ding ja nicht einmal richtig halten.»

Die Burschen auf der Brücke sangen nicht mehr. Ob sie noch auf der Brücke saßen, konnte ich nicht erkennen. Vielleicht erzählten sie sich Geschichten. Es konnte aber auch sein, daß sie zu den Mundharmonikaspielern hinübergegangen waren, um gleichfalls an dem Instrument ihre Kunst zu erproben.

Da wir vier – Sleigh, der Pumpmeister, ich und noch ein anderer Mann – zwischen der Brücke und dem Pumpmeisterhaus standen, mußten alle Leute, die über die Brücke kamen und zu der Hütte wollten, zwangsläufig an uns vorbei. Als die Garcia von ihrer Nachschau zurückkehrte, um mit der Frau des Pumpmeisters zu sprechen, blieb sie bei uns stehen.

In ihrem Gesicht stand nun bereits die Angst. Es war keine Unruhe mehr wie noch vor zehn Minuten. Fragend richtete sie ihre weit aufgerissenen Augen auf uns. Dennoch hielt sich irgendwo ein winziger, letzter Hoffnungsschimmer. Sie wollte nicht fragen, damit dieser letzte Strohhalm der Hoffnung ihr nicht entrissen werde. Sie dachte, daß wir ihr vielleicht sagen würden, wir hätten, während sie zu ihrer Hütte gelaufen war, etwas über den Verbleib des Kindes erfahren. Keiner von uns konnte den fragenden Blick länger ertragen. Mir durchbohrte er regelrecht das Herz.

Ich mied ihre Augen und richtete meine Blicke auf ihre Frisur. Ihr schönes Haar, erst so sauber gekämmt und zurechtgemacht, war inzwischen in Unordnung geraten. Sie war aufs Dach geklettert und mußte auch im Gebüsch bei ihrer Hütte herumgekrochen sein.

«Auf dem Dach ist er auch nicht, Señores.» Aufatmend fühlten wir uns von ihren Augen erlöst, als sie sprach. «Die Nachbarn haben auch ihre Häuser durchsucht. Er war nicht zu finden.» Sie sagte das mit der weinerlichen Stimme eines kleinen Mädchens, das jeden Augenblick losheulen wird. «Nein, nein, drüben auf dem anderen Ufer ist er nirgends.» Jedes einzelne dieser Worte sprach sie so abgemessen, als laste ein schweres Gewicht darauf.

Ein paar Sekunden lang schien sie selber nicht zu wissen, ob sie eine Antwort von uns erwarten sollte oder nicht. Sie holte tief Atem und ging zu ihrem Mann hinüber. Ihr Gang hatte die jugendliche Spannkraft verloren.

Während Garcia unermüdlich weiterfiedelte, redete sie mit aufgeregten Gebärden auf ihn ein. Plötzlich hielt sie inne und sah ihn ungeduldig an.

Garcia führte den Bogen noch ein letztes Mal kräftig über die Saiten. Dann wandte er den Kopf, die Geige noch immer über dem Herzen an die Brust drückend, wie es alle Indianer machen, und blickte seine Frau aus großen, traurigen, verträumten Augen an.

Mit einemmal straffte sich sein ganzer Körper. Er war Indianer. Überdies an Jahren und Lebenserfahrung bedeutend gereifter als sie. Er sah in ihren Augen viel mehr, als sie ihn merken lassen wollte. Sie mochte sich vor ihrem Mann nicht lächerlich machen. Die Indianerfrauen sind so. Doch er wußte jetzt, was sie nicht sagen konnte und wollte. Sein Unterkiefer sank herab wie der eines Sterbenden. Langsam nahm er die Geige von der Brust und stützte sie auf sein linkes Knie. Und während er die Geige absetzte, sah er den großen Musikmeister kommen, sah er, wie er ihm das Instrument aus der Hand nahm. Garcia wußte, daß es jetzt Musik geben würde, stärkere Musik, als ihm lieb war.

Das Kind wurde jetzt noch keine Stunde vermißt. Oftmals war es schon halbe Tage lang fort gewesen, Stunden um Stunden hatte niemand gewußt, wo der Junge herumstrolchte. Aber noch nie hatte Garcia die Augen seiner Frau von solcher Angst erfüllt gesehen.

«Manuel!» rief die Frau.

Der kam sofort. Im Weggehen rief er seiner Begleiterin noch ein paar Scherzworte zu.

In munterem Ton, in dem das Lachen noch fortschwang, fragte er: «Was gibt's, Mütterlein?»

«Wir können Carlos nicht finden», gab sie mit bebenden Lippen zurück. Sie sah ihm ernst in die Augen und hoffte, von ihm das eine Wort zu hören, das sie von ihrer steigenden Herzenspein erlösen konnte.

Das breite Lächeln in Manuels Gesicht wurde noch um ein paar Nuancen strahlender, als er sagte: «Aber Mutter, ich habe ihn doch gerade erst gesehen.»

«Wo?» rief die Mutter, und ihre Züge hellten sich auf, als sei der Lichtschein von hunderttausend Sonnenstrahlen darauf gefallen.

«Wo?» wiederholte Manuel. «Ja wo denn nur? Ach ja, hier natürlich. Er wollte sich in mein Seidentaschentuch schneuzen, und er tat es auch. Dann steckte er es mir wieder in die Hosentasche. Hier, da ist es ja noch. Dann bearbeitete er meine Beine mit den Fäusten, sprang mir mit seinen neuen Schuhen auf die Zehen, um mich fuchtig zu machen und zu einem Boxkampf herauszufordern. Im nächsten Augenblick war er schon wieder weg, flinker als ein junger Kojote.»

«Du sagst, das war erst vor kurzem, Manuelito?»

«Ja freilich, Mutter. Gerade eben, nur ein paar... ich meine... warte einmal... vielleicht...»

«Vielleicht was? Vielleicht was? So rede doch, Muchacho!» Die Frau packte ihn am Arm und schüttelte ihn heftig. Er war einen Kopf größer als sie.

«Ja warte... wenn ich mir die Sache richtig überlege... es kann auch schon zehn Minuten her sein oder eine Viertelstunde.»

Die Frau heftete die Blicke an Manuels Lippen, um die Worte schon zu erhaschen, bevor sie noch an ihr Ohr drangen.

«Laß mich nachdenken, Mutter. Ich habe mich die ganze Zeit mit Joaquina unterhalten. Wenn ich bedenke, über was wir alles so gesprochen haben... Nun, es kann auch schon eine halbe Stunde her sein, seit ich den Kleinen gesehen habe, vielleicht sogar noch länger. Ich glaube, ja, ich glaube wirklich, es ist noch länger her. Eine Stunde vielleicht. Seitdem habe ich ihn nicht mehr gesehen. Hier herum war er nirgends. Stimmt schon, Mutter, es kann gut sein, daß es schon vor beinahe einer Stunde war.»

Das Gesicht der Frau verdüsterte sich. Dann schien es einzuschrumpfen. Aus bebenden Lippen drangen zaghaft die Worte: «Nachdem er hier bei dir war, kam er noch einmal zu mir hinüber. Er brachte mir Bindfaden, um den ich ihn geschickt hatte und womit ich mir dieses Sträußchen hier an mein Kleid heften wollte. Das war aber schon, nachdem du ihn getroffen hattest.»

In ihrer steigenden Angst zwang sie sich, klar zu überlegen und jede noch so kleine Einzelheit zusammenzutragen. Sie suchte die Erinnerungsfetzen in eine genau eingeteilte Zeitfolge einzuordnen. Sie hoffte auf diese Weise ganz präzise festzustellen, wann das Kind verschwunden war, so als wisse sie, daß die genaue Minute seine Auffindung möglich machen könnte. «Ja, ja, das war hinterher. Ich weiß genau, daß es hinterher war; er erzählte mir noch, daß er dir das Tuch aus der Tasche zog; daß er es dir am liebsten weggenommen hätte, weil es ein so schönes Seidentuch ist, und daß er es bestimmt stibitzt hätte, wenn du nicht ein so lieber Manuelito wärst, den er viel zu gern hat, um ihm etwas zu stehlen.»

Manuel suchte mit den Augen den Platz ab. Er meinte, sein kleiner Bruder müßte jeden Augenblick aus der Finsternis auftauchen. Das Kind war Manuel so lebhaft gegenwärtig, daß er gar nicht an etwas Schlimmes glauben konnte. Einer, der so lebhaft und so quecksilbrig war wie Carlos, konnte nicht einfach verschwinden wie eine Feder. Es mußte eine Spur da sein oder einen Kampf gegeben haben. Zumindest hätte man einen Schrei oder sonst irgendwas hören müssen.

Garcia stand langsam auf. Eine Weile wußte er nicht, was er tun sollte. Die Geige hatte er auf die Bank gelegt. Er merkte, daß er in der rechten Hand noch einen Gegenstand hielt, sah hin und erkannte den Bogen. Er wandte sich um und legte ihn neben die Geige. Dann starrte er mit leeren Augen in die Nacht.

Die Frau des Pumpmeisters trat zu Manuel und seiner Stiefmutter. Ein paar Frauen folgten ihr, und auch zwei Männer kamen näher, um zu hören, was geschehen sei. Vorläufig wußten nur die Garcias und wir vier, daß das Kind verschwunden war.

Die Frau des Pumpmeisters redete auf die Garcia ein. Sie habe doch selbst Kinder, sagte sie, und es gebe das ganze Jahr über keinen einzigen Tag, an dem sie nicht das eine oder das andere Kind stundenlang suchen müsse. Meistens entdecke sie es dann an Stellen, wo keine christliche Seele je ein Kind vermuten würde. Ach Gott, sie seien auch schon in einem hohlen Baum aufgefunden worden. Niemand habe sich erklären können, wie sie sich da hineingezwängt hatten; denn das Loch sei eigentlich viel zu klein gewesen, und man habe die Bengel mit einer Axt heraushauen müssen.

«Kinder ... hören Sie auf, erzählen Sie mir nichts von Kindern. Von kleinen Buben ganz zu schweigen. Unseren Roberto haben wir einmal im Kessel gefunden. Ein glücklicher Zufall, daß noch nachgesehen wurde, bevor man ihn voll Wasser ließ und das Feuer anzündete.»

Auch andere Frauen, lauter Mütter, zogen die Ängstlichkeit der Garcia ins Lächerliche. Sie sagten, sie würde sich nicht so viele Gedanken machen, wenn sie ein Dutzend solcher Bälger hätte und nicht bloß den einen.

«Erzählen Sie mir nichts von diesen kleinen Halunken», sagte die eine. «Unkraut vergeht nicht. Die kleinen Tagediebe kommen immer wieder nach Hause. Das ist ja das Dumme. Ich wäre froh, wenn ein paar von den meinen einmal ganz wegblieben und für sich selbst sorgen wollten. Regen Sie sich nur nicht auf, Carmelita. Sobald Carlos Hunger bekommt, ist er wieder da und wird Himmel und Hölle in Bewegung setzen, wenn er seine Frijoles und Tortillas nicht fix und fertig vorfindet. So ein Junge, der kann wie ein Moskito davonschwirren, ohne daß ihn jemand sieht. Sie werden ihn früh genug wiedersehen und ihm eine anständige Tracht Prügel verabreichen, damit er weiß, wo er hingehört. Sie sind wie die jungen Hunde, ganz genauso sind sie, diese Bengels.»

Manuel war fortgegangen. Nach ein paar Minuten hörten wir ihn in der Dunkelheit rufen: «Carlos! Carlosito! Ich habe Bonbons, Carlosito! Wo bist du? Bonbons habe ich, Carlos, Carlosito!» Die Stimme wich immer weiter in die Nacht zurück und war schließlich kaum noch zu hören.

Das Gespräch versiegte. Alles lauschte auf eine Antwort. Aber es war nur das Wimmern, Singen, Zirpen und Summen des Dschungels zu vernehmen, von Zeit zu Zeit unterbrochen von den fernen Rufen Manuels.

Manuels Rufe weckten auch bei anderen Gruppen das Interesse an dem, was vorging. Alles geriet in Bewegung, um Aufstellung zu nehmen zu dem Tanz, dessen unhörbare Begleitmusik von Minute zu Minute lebhafter wurde.

Der Pumpmeister ging zu dem offenen Schuppen hinüber, in dem die Pumpe und der Kessel standen. Er zündete Streichhölzer an und leuchtete in alle Ecken. Die Leute, die in seiner Nähe standen, verfolgten jede seiner Bewegungen und glaubten, er müsse den Knaben jeden Augenblick aus irgendeinem Versteck hinter oder unter der Pumpe hervorziehen. Als er aber schließlich mit leeren Händen zurückkam, dachte jeder, es sei eigentlich recht töricht, anzunehmen, das Kind könne unter der Pumpe sein, im Kessel oder im Aschenkasten.

Die Garcia blickte hilfesuchend von einem zum anderen. Gedankenlos knabberte sie an den Fingern ihrer Hand, die sie, zur Faust geballt, gegen den Mund preßte. Ihre Augen glichen denen eines Tieres, das eine Gefahr herannahen sieht und nicht weiß, wie es sich verteidigen soll. Ein Gedanke schoß ihr durch den Kopf. Sie nahm die Faust vom Mund und barg sie in der Linken. Für einige Augenblicke preßte sie beide Hände an die Brust. Dann drehte sie sich kurz entschlossen um und eilte auf die Brücke zu. Nach ein paar Schritten blieb sie stehen. In äußerster Verzweiflung ließ sie den Kopf sinken. Langsam glitten die Arme am Körper hinab, bis sie wie leblos niederbaumelten. Die Frau wandte sich von der Brücke ab und kam, die Füße schwer nachschleppend, zu unserer Gruppe zurück.

Der alte Garcia stand bei uns, und da ihm nichts Besseres einfiel, fing er an, sich eine Zigarette zu drehen.

«Carlos! Carlosito! Carluchito!» Einmal aus dieser Richtung, dann aus jener, manchmal näher, manchmal weiter weg war Manuels kräftige Stimme zu hören, die nach dem kleinen Bruder rief. Doch nur der Dschungel antwortete mit seinem Gewimmer.

Angespornt von Manuel, bildeten die Burschen ein halbes Dutzend Zweier- und Dreiergruppen und schwärmten nach allen Richtungen aus. Bald darauf hörte man überall die Rufe: «Carlosito!» Nach jedem Ruf war es ein paar Sekunden still, damit der kleine Carlos Zeit hatte zu antworten und damit man ihn hören konnte, auch wenn er noch so leise rief. Es war, als verstumme sogar der Dschungel für einen Augenblick, um das kleine Kind retten zu helfen.

11

«Señora! Señora Garcia! Señora Garcia!» Die hellen, frohlockenden Stimmen zweier Knaben durchbrachen die monotonen Rufe. Die jugendlichen Stimmen frischten die lastende Atmosphäre auf wie eine kühle Brise, die an einem Hochsommertag die drückende Mittagsschwüle von einer baumlosen Ebene hinwegfegt. Noch einmal hallten die munteren, befreienden Stimmen durch die Nacht wie Hörnerklang, dann kamen die beiden Buben in einem fort rufend und schreiend, wie die Teufel über die Brücke gerannt.

«Na also, sehen Sie! Was habe ich gesagt, da ist der Junge endlich!» rief die Frau des Pumpmeisters mit einem Seufzer der Erleichterung. «Habe ich nicht hundertmal gesagt, daß ein kerngesunder Bub wie Carlos nicht einfach so verschwinden kann? Na, Gott sei Dank, nun ist alles wieder in Ordnung!»

Die Gesichter verloren ihr sonderbar verkrampftes Aussehen und wurden wieder zu normalen Menschengesichtern. Überall wo Leute zusammenstanden, schwirrten hastig gesprochene Worte hin und her. Jeder wollte rasch etwas sagen und vor allem betonen, daß er es schon lange so kommen gesehen habe. Manche gingen sogar so weit, sich zu brüsten, sie hätten die ganze Zeit gewußt, wo der Junge stak.

Ein paar junge Burschen und Mädchen zogen sich wieder an den Rand des Platzes zurück, weil ihnen der viele Lärm um nichts nun auf einmal langweilig wurde. Purer Unsinn, diese ganze Aufregung. Wie konnte denn auch ein Junge verschwinden, wo hundert Menschen versammelt waren?

Die Garcia schluckte hinunter, was ihr seit geraumer Zeit in der Kehle gesteckt hatte. Dann befeuchtete sie ihre ausgetrockneten Lippen. Als habe sie eine Stunde lang nicht mehr geatmet, holte sie tief Luft. Irgendwie jedoch blieb sie der Freude über die günstige Wendung der Dinge, von der alle anderen ergriffen waren, ein wenig fern. Zwar regte sich neue Hoffnung in ihrem Herzen, aber Zweifel behielt doch die Oberhand. Sie hatte sich schon so sehr in den Gedanken verbissen, daß ihr Junge unwiederbringlich verloren sei, daß es ihr jetzt schwerfiel, ihrem Denken eine neue Richtung zu geben. Vielleicht war sie sich auch nicht einmal selbst darüber im klaren, was sie in diesem Augenblick empfand. Tief drinnen in ihrem Herzen saß noch immer etwas, das ihren Bedenken neue Nahrung gab. Man konnte es in ihren Augen lesen, in denen sich Zweifel und Argwohn mit einem Fünkchen Hoffnung und einer Spur Glauben an einen günstigen Ausgang mischten.

Die beiden Knaben kamen bei unserer Gruppe an. Atemlos begannen sie: «Señora Garcia, Sie suchen ihren Chiquito, ihren kleinen Carlos, nicht wahr, Señora?»

«Ja, ja, natürlich sucht sie ihn. Wir suchen ihn alle schon die ganze Zeit.» Es war nicht die Garcia, die den Jungen Bescheid gab. Es waren andere Frauen aus unserer Gruppe, und diese Frauen drängten die beiden nun, rasch zu erzählen. «Also, wo steckt er? Schnell, schnell, heraus mit der Sprache!»

Die Garcia starrte die beiden Buben an, als seien sie aus einer anderen Welt.

«Carlos ist nach Tlalcotitlan geritten. Dort ist er hin», sagte der ältere der beiden, sich mehrmals verhaspelnd, weil er so hastig sprach und vom Laufen noch ganz außer Atem war.

«Ja, das stimmt», bestätigte der jüngere. «Es stimmt ganz gewiß, Señora Garcia, da können Sie Gift drauf nehmen!»

«Na also, dann ist ja alles gut», sagte die Frau des Pumpmeisters, und sie klopfte der Garcia freundschaftlich auf die Schulter.

«Habe ich das nicht schon lange gesagt?» mischte sich eine andere Frau ein. «Ein Junge kann nicht einfach so aus der Welt verschwinden.»

Die Männer sagten gar nichts. Die meisten ließen uns stehen und gingen wieder zu ihren früheren Gruppen zurück, um ihre unterbrochenen Gespräche fortzusetzen.

Die Garcia runzelte die Stirn, als bereite es ihr große Mühe, ihre Gedanken zu sammeln. Regungslos sah sie die beiden Knaben an, ohne etwas zu sagen.

Unter diesem durchdringenden Blick wurden die Buben ein wenig verwirrt, und sie wären am liebsten fortgelaufen. Die Garcia aber packte den einen am Arm, und da blieb der andere auch zurück.

«Ihr sagt, er ist nach Tlalcotitlan geritten?»

«Ja, Señora, gewiß, so ist es.»

«Worauf ist er nach Tlalcotitlan geritten?»

«Auf einem Pferd, Señora.»

«Auf wessen Pferd? Auf wessen Pferd kann er weggeritten sein?» Die Garcia fragte die beiden in ruhigem, eisigem, beinahe furchteinflößendem Ton. Eine zum Tode Verurteilte, die nur noch eine Stunde zu leben hat, konnte einen neuentdeckten, wichtigen Zeugen, dessen Aussage einen Strafaufschub bringen könnte, nicht viel anders ausfragen.

«Wessen Pferd war es?» fragte sie noch einmal, da noch keiner der beiden Buben geantwortet hatte.

Endlich sagte der ältere: «Ein Junge, der größer war als ich, ist an uns vorbeigeritten. Er saß auf einem schönen weißen Pferd.»

«Ja, das stimmt, Señora», sagte der jüngere. «Er saß auf einem schönen weißen Pferd. Carlos stand gleich neben mir, und der große Junge auf dem weißen Pferd sagte ...»

«Der Junge auf dem weißen Pferd», setzte der ältere nun wieder den Bericht fort, sagte: ‹Willst du nicht mitkommen, Carlos? Ich reite sehr schnell.›»

«Und was gab Carlos zur Antwort?»

«‹Reitest du nach Tlalcotitlan?› fragte Carlos. Der Junge auf dem weißen Pferd sagte darauf gar nichts, sondern nickte nur mit dem Kopf. Dann meinte Carlos: ‹Das ist fein. Da kann ich ja mit dir nach Tlalcotitlan reiten und mir einmal richtig Bonbons kaufen. Mein großer Bruder ist nämlich heute aus Texas zu Besuch gekommen. Er hat mir zwanzig Centavitos gegeben.› Darauf erwiderte der Junge auf dem weißen Pferd: ‹Ist gut, dann komm nur mit. Mein Pferd ist sehr schnell, mächtig schnell. Wir sind dort, ehe du denkst.› Mit diesen Worten hob er den kleinen Carlos auf, und da rannte das Pferd schon los und war nicht mehr zu sehen.»

Sobald einer der beiden in seinem Bericht innehielt oder nicht gleich weiterwußte, setzte der andere die Erzählung fort. Wenn nicht alle Anzeichen trogen, mußte die Geschichte wahr sein. Knaben in dem Alter saugen sich keine solchen Geschichten aus den Fingern.

Die Garcia forschte in den Kindergesichtern. Die beiden sahen ihr frank und frei in die Augen. Dann prüfte die Frau die Gesichter der Umstehenden. Ihre Blicke wanderten von einem zum anderen, auch wenn die Gesichter nicht deutlich zu erkennen waren.

In diesem Augenblick tauchte Manuel wieder auf. Ein paar Jungen waren ihm nachgegangen und hatten ihm gesagt, was es beim Pumpmeisterhaus Neues gab.

Die Garcia sah ihren Stiefsohn an. Dann wandte sie sich abrupt um und rief, beinahe schreiend: «Ich glaube es nicht!» Und noch einmal: «Ich glaube euch nicht! Carlos reitet nicht von daheim fort. Bestimmt nicht, wenn Manuel hier ist und er weiß, daß Manuel Montag früh schon wieder weg muß. Da wird er sich keine Minute entgehen lassen, in der er mit Manuel zusammen sein kann. Und wenn er wirklich nach Tlalcotitlan hätte reiten wollen, hätte er es bestimmt erst Manuel gesagt und ihn aufgefordert, mitzukommen.»

«Aber es ist wahr, Señora. Er ist mit dem großen Jungen fortgeritten», beteuerte der ältere Knabe.

«Wer war es denn?» fragte die Garcia plötzlich.

«Wir wissen es nicht.»

«Was? Ihr kennt ihn nicht! Ihr kennt den Jungen nicht einmal?»

«Nein, wir kennen ihn nicht, Señora», sagte der ältere zum zweitenmal, und der jüngere meinte: «Einmal habe ich ihn hier schon mit einem beladenen Burro vorbeikommen sehen. Aber er hielt nicht an, nicht einmal um Wasser zu trinken, was doch sonst alle tun, die hier durchkommen.»

Der Pumpmeister trat heran und fragte: «Wie hat der Junge auf dem Pferd denn ausgesehen?»

Bisher waren die beiden Jungen in allem durchaus sicher gewesen. Als sie nun aber diese neue Frage zu beantworten suchten, wurden ihre Angaben immer unzusammenhängender, und sie verwickelten sich sogar in Widersprüche. Keiner konnte sich genau erinnern, wie der Junge ausgesehen hatte. Auf die Frage, ob er ein Indianer, Mexikaner oder Weißer gewesen war, entgegneten sie, so genau hätten sie ihn nicht angesehen und es sei auch viel zu dunkel gewesen, um zu erkennen, ob es ein Indianer oder Weißer war. Außerdem hätten sie mehr auf das schöne Pferd geachtet als auf ihn. Als die Umstehenden fortfuhren, in sie zu dringen, konnten die beiden nicht einmal den Sattel beschreiben, auf dem der Junge gesessen hatte. Der jüngere versteifte sich darauf, daß das Pferd gar keinen Sattel gehabt hatte, während der ältere das Gegenteil behauptete. Auch über die Kleidung des Jungen konnten sie keine Angaben machen. Der Zeitpunkt jedoch, an dem er Carlos zu dem Ritt eingeladen haben sollte, erschien in Anbetracht der Stunde, zu der man das Kind zuletzt gesehen hatte, durchaus plausibel. Es mußte gegen acht Uhr gewesen sein, und es war etwa acht, als das Kind die Hütte verließ und wie ein Wiesel nach dem Platz rannte, an dem es Manuel und seinen Vater wußte. Seitdem hatte man ihn nicht mehr gesehen.

Alle Anwesenden, mit Ausnahme der Mutter, glaubten, was die beiden Buben erzählten. Einige Männer erklärten, sie hätten ein paar Leute vorbeireiten sehen, darunter einige in Richtung Tlalcotitlan. Man meinte, die beiden hätten gar keinen Grund, eine solche Geschichte zu erfinden, noch dazu in einer so ernsten Situation. Sie hätten ja gar nichts davon und würden höchstens eine anständige Tracht Prügel bekommen, sollte sich herausstellen, daß sie bewußt gelogen hatten.

Garcia erwachte aus seiner Lethargie. Er sah sich nach einem Pferd um. Es war gut möglich, daß der fremde Junge auf dem Pferd noch weiter ritt als Tlalcotitlan und daß er Carlos dort seinem Schicksal überließ. Es ist nichts Außergewöhnliches, daß Buben anderen Kindern solche Streiche spielen, besonders kleineren. Über die Folgen machen sie sich keine Gedanken.

Die Läden waren in Tlalcotitlan um diese Zeit schon zu, und eine Straßenbeleuchtung gab es dort nicht. Vielleicht saß der kleine Carlos irgendwo in einem finsteren Winkel, einsam und verlassen. Womöglich weinte er, oder er schlief dort gar. Selbst wenn ihn zufällig gute Menschen auffanden, konnte er nicht einmal sagen, wo er hingehörte; denn die Ansiedlung, in der sein Vaterhaus stand, hatte keinen Namen und war selbst auf den besten Karten nicht eingezeichnet. Es waren eben einfach ein paar Hütten am Strom, und derartige Niederlassungen gibt es zu Tausenden in der Republik.

Garcias Tätigkeit – er sattelte das Pferd, saß auf und ließ sich eine Menge Ratschläge geben, welcher der kürzeste und beste Pfad durch den Dschungel sei, denn eine Straße gab es nicht – erfüllte seine Frau mit neuer Hoffnung.

Jedenfalls hielt sie es für Hoffnung, wenn in Wirklichkeit ihre Gedanken auch bloß für ein paar Minuten abgelenkt wurden. Es war ihr eine Erleichterung zu wissen, daß ihr Mann sich aufmachte, den Jungen zu finden. Sie setzte sich zu anderen Frauen auf eine Bank und nahm nach kurzer Zeit an der allgemeinen Unterhaltung teil, die sich um alltägliche Dinge drehte.

Manuel stand gegen einen Baum gelehnt. Er hatte, jedenfalls für den Augenblick, kein Verlangen, sich zu den Mädchen zu gesellen, wie es alle anderen Burschen taten, da die Aufregung nun wieder vorüber war. Nach einigen Minuten schlenderte er jedoch gemächlich wieder zu seinem hübschen Mädchen, und beide verschwanden in den undurchdringlichen Schatten.

Sleigh hatte sich um das Ganze kaum gekümmert. Ich hätte gern gewußt, was passieren mußte, um ihn aus seiner Gleichgültigkeit zu wecken. Manchmal hielt ich ihn einfach für denkfaul. Dann dachte ich mir wieder, er sei vielleicht ein sehr abgeklärter Mensch, der erkannt hatte, daß man nichts tragisch nehmen soll, nicht einmal den eigenen Tod. Sein Vieh interessierte ihn, das mußte ich zugeben. Oft erschien mir allerdings sogar dieses Interesse zweifelhaft. Wahrscheinlich kümmerte ihn das Vieh nur, weil er dafür bezahlt wurde. Es kann natürlich auch sein, daß ihm das Vieh wirklich am Herzen lag, daß er sich bloß nichts anmerken lassen wollte. Als die allgemeine Aufregung auf ihrem Höhepunkt war, meinte er, er wolle lieber nach Hause gehen und nachsehen, ob die fehlende Kuh doch noch angetrudelt sei. Er kam dann gerade noch zurecht, um den Bericht der beiden Buben anzuhören. Danach half er Garcia, das Pferd besorgen und satteln.

Jetzt stand er wieder neben mir. Er berichtete in seiner schleppenden Art, daß die gottverdammte Kuh immer noch nicht da sei und daß er alles darum geben würde, zu wissen, wo sie sich herumtreibe.

12

Plötzlich rief ein Junge nach Manuel. Nach einer Weile trat dieser aus der Dunkelheit. Ich trat näher, um zu hören, was der Junge von Manuel wollte.

«Es ist gar nicht wahr, Manuel, daß Carlos nach Tlalcotitlan geritten ist», fing er an. «Ich weiß genau, daß Carlos mit einem anderen Jungen nach Pacheco ritt. Nicht zu Pferd, sondern auf einem Burro.»

«Hast du das gesehen?» fragte Manuel ungläubig.

«Gewiß doch. Wenn ich es nicht gesehen hätte, würde ich es nicht sagen. Hältst du mich für einen Lügner, oder was glaubst du eigentlich?»

«Warum hast du das nicht gleich gesagt?»

«Ganz einfach. Habe ich denn gewußt, was die beiden anderen euch erzählt haben?»

Die Garcia hatte die letzten Worte gehört. Sie sprang auf, packte den Jungen ungestüm bei den Schultern und rief: «Was hast du da eben gesagt?»

Der Junge erzählte seine Geschichte noch einmal von vorn und schwor bei allen Heiligen, er habe Carlos mit einem anderen Buben auf einem Burro fortreiten sehen, und zwar auf dem Weg nach Pacheco.

Die Garcia ließ den Kopf zwischen die Schultern sinken. Ihr ganzer Körper sackte in sich zusammen. Den Mund hatte sie weit offen, und ihre Augen flackerten wie die einer Irren.

Der Pumpmeister packte sie am Arm und schüttelte sie. «Na, jetzt regen Sie sich bloß nicht gleich so auf, Carmelita», sagte er. «Beruhigen Sie sich doch! Lassen Sie sich nicht so gehen! Warten Sie erst einmal ab, bis Ihr Mann aus Tlalcotitlan zurückkommt. Bis dahin können Sie nichts, aber schon gar nichts machen.»

Die Frau schwieg. Es war klar zu sehen, daß sie gar nicht hingehört hatte.

Einer der Maultiertreiber aus dem Lager sagte: «Ich kenne den Weg nach Pacheco. Er ist schon bei Tag fürchterlich und bei Nacht noch zehnmal schlimmer. Wer ihn nicht sehr gut kennt, hat bei dieser Finsternis keine Aussichten, heil durchzukommen. Trotzdem, wenn mir jemand ein Maultier borgt – mit einem Pferd wird es nicht gehen –, reite ich nach Pacheco und sehe nach, ob das Kind dort ist. Unsere Maultiere sind zu müde. Von denen kann ich keines nehmen. Für diesen Weg nicht.»

Sofort stellte jemand ein Maultier zur Verfügung. Als der Mann aufsaß, kam ein Junge auf einem Burro angeritten und bot ihm seine Begleitung an. Er sagte, er kenne den Weg auch.

«Habt ihr genug Zündhölzer?» rief der Pumpmeister hinter den beiden her. Er wußte, sie würden sie brauchen, um an schwierigen Stellen des beschwerlichen Pfades ein bißchen Licht zu haben.

«Ja, ja, haben wir», riefen sie zurück.

Die Garcia blickte in die Dunkelheit hinaus, in der die beiden Reiter eben verschwunden waren. Ihre Finger krallten sich in ihr Haar, und sie wandte sich wieder zu der Hütte des Pumpmeisters. Der schwache

Hoffnungsschimmer, den sie ein paar Minuten gehabt, war verblaßt. Zwar hatte sie sich keinen Augenblick große Hoffnungen gemacht, aber nun wurde sie wieder von der Gewißheit überfallen, von der sie gleich zu Anfang durchdrungen gewesen war, sogleich als der Junge vermißt wurde.

Was niemand unter der Sonne wissen konnte, sie, die Mutter, wußte es mit Bestimmtheit: ihr Junge würde niemals wiederkommen! Herz und Instinkt, der untrügliche Instinkt des Einfachen, einer indianischen Mutter, sagten ihr die Wahrheit. Mochten noch alle anderen hoffen, sie hoffte nicht mehr. Sie hatte auch niemals wirklich an ihrem Gefühl gezweifelt, hatte sich nur selbst etwas vorgemacht, um nicht den Verstand zu verlieren.

Und jetzt, wo sie ihrer Sache gewiß war, faßte sie sich wieder, und das Flackern schwand aus ihren Augen. Als habe sie einen heroischen Entschluß gefaßt, richtete sie sich auf. Ihre Gestalt straffte sich. Man mußte etwas unternehmen. Sie mußte etwas für ihr Kind tun. Es galt, keine Zeit zu verlieren. Was auch passiert sein mochte, sie mußte ihren Carlos wiedersehen, ihn noch einmal in den Armen halten, an ihr Herz drücken und sein süßes Gesichtchen mit Küssen bedecken. Sie mußte ihn finden, und sollte sie ihn den Klauen des Teufels entreißen. Auf jeden Fall wollte sie haben, was noch von ihm geblieben war.

Mit festen Schritten eilte sie über die Brücke heim in ihre Hütte. Gleich darauf zwängte sie sich mit einer Laterne durch das Gebüsch am anderen Ufer des Flusses. Bald verschwand sie in dem Dickicht, bald tauchte sie vorn am Ufer wieder auf. Sie ließ die Laterne von ihrer Hand herabbaumeln und streckte den Arm weit über das Wasser vor. Sie rief ihr Kind mit den zärtlichsten Kosenamen ihres wunden Herzens. Das Ganze wirkte gespenstisch. Jeder wartete auf ihren gräßlichen Schrei.

Hin und wieder stand sie bewegungslos am Ufer und dachte darüber nach, was nun zu tun sei. Regungslos hingen ihre Arme herab. In der Rechten hielt sie die Laterne, die ihr Kleid anstrahlte. Ihr Gesicht lag zum Teil im Schatten, und dieses Gesicht war anders als alle Gesichter, die ich bis dahin gesehen. Es sah aus wie die Schöpfung eines irren Bildhauers, der die Natur zu übertrumpfen suchte.

Auf unserer Seite drängten sich die Leute dicht am Ufer. Sie sahen der Mutter zu, die mit einer Laterne ihr Kind suchte: zwei Lager und dazwischen der Fluß. Zwei entgegengesetzte Welten. Die eine Kummer und Schmerz, die andere bereit zu helfen, aber dennoch irgendwie froh, daß es den anderen traf, daß ein erbarmungsloses Geschick einen anderen zu Boden gestreckt.

Einige Männer gingen über die Brücke, um der einsamen Mutter zu helfen. Planlos krochen sie in den Büschen und Sträuchern am Ufer umher. Sie glaubten selber nicht, daß sie das Kind dort finden würden. Sie wollten der Mutter nur zeigen, daß sie bereit waren, alles zu tun, was sie konnten, um ihr beizustehen.

Nach einer Weile kam die Mutter wieder zu uns zurück. Als sie über die Brücke ging, hielt sie die Laterne über das Wasser, aber das Licht drang kaum in das lehmige, gelbe Wasser.

Die Frau des Pumpmeisters ging zu ihr, legte ihr eine Hand auf die Schulter und sagte: «Warten wir ab, liebe Carmelita. Bevor man nichts Genaues weiß, sollten wir uns nicht zu sehr quälen. Kommen Sie, setzen Sie sich zu uns, und lassen Sie das Grübeln! Zerbrechen Sie sich nicht unnütz den Kopf! Ihr Carlos ist bestimmt mit dem Jungen fortgeritten, ganz sicher. Wenn die Männer zurückkommen und keine Spur von ihm gefunden haben, dann ist noch immer Zeit, sich Gedanken zu machen. Aber sie finden ihn gewiß. Jetzt können wir gar nichts machen. Alles Ängstigen hat keinen Zweck. Vorläufig gibt es nur eines: abwarten.»

«Carlos ist nicht fortgeritten», sagte die Garcia, und ihre Stimme klang fest und überzeugt. «Er reitet nicht fort, wenn Manuel zu Hause ist.»

«Aber, aber, Carmelita! Wer sagt denn das? Kinder ... ach du mein Gott!» Die Pumpmeistersfrau lachte. «Sie haben ja nur das eine. Was wissen denn Sie von diesen Bälgen! Ich kenne mich besser aus. Ich habe fünf. Was man sich nie im Leben träumen läßt, genau das machen sie.»

Die Garcia stellte ihre Laterne auf den Boden. Sie wandte den Kopf zum Fluß und blickte mit müden, kummervollen Augen in die Dunkelheit. Dann sah sie wieder die Frauen an, und blickte, ohne ein Wort zu sagen, von einer zur anderen. Obwohl sie rings von lauter Nachbarn und Freunden umgeben war, kam sie sich vor, als sei sie mutterseelenallein auf der Welt. Sie ließ den Kopf sinken und schloß für ein paar Sekunden die Augen. Dann auf einmal reckte sie sich empor, und sie schrie: «Mein Junge ist im Fluß. Der Junge ist ertrunken!»

Alle waren sprachlos. Sie standen wie vom Donner gerührt. Einige Frauen bekreuzigten sich. Die Pumpmeistersfrau rang nach Atem und stieß endlich keuchend hervor: «Carmelita, um Gottes willen, bei der Heiligen Jungfrau und ihrem heiligen Kind Jesu Cristo, unserem Herrn und Meister, versündigen Sie sich nicht so fürchterlich an Gott! Wie können Sie etwas so Entsetzliches sagen? Haben Sie den Verstand verloren, Frau? Kommen Sie zu sich! Beruhigen Sie sich doch!»

Die Garcia seufzte schwer. Sie fühlte sich befreit von dem dicken Klumpen in der Kehle, der sie seit einer halben Stunde zu ersticken drohte. Sie reckte den Hals und beschrieb mit dem Kopf einen großen Kreis, um das Schreckgespenst vollends abzuschütteln. In ihre

Augen trat ein beinahe brutal kaltblütiger Ausdruck. Endlich hatte sie sich wieder in der Hand.

Während noch alles wie vor den Kopf gestoßen dastand, begann die Garcia zu reden, so klar verständlich und so fließend, daß man glauben konnte, sie sage etwas auswendig Gelerntes auf. Ihre ganze Angst redete sie sich von der Seele. Darum sprach sie so schnell. Sie faßte all das zusammen, was ihr über den Verbleib des Kindes durch den Kopf gegangen war.

«Wie ausgelassen das Kind heute abend und schon den ganzen Nachmittag über war! Niemals habe ich den Jungen so gesehen. Wild, ungestüm, nie zu fassen. Selbst wenn ich ihn an einen Pfosten gekettet hätte, wäre er losgekommen, so wild war er. Er wußte beinahe überhaupt nicht mehr, was er tat und wohin er rannte. Länger als zwei Minuten konnte ich ihn nie zu Hause halten, und schon mußte er wieder zu Manuel rüberlaufen. Dann sauste er los wie der Wind. Er kennt den Weg zur Brücke und die Brücke selbst ganz genau, besser vielleicht als wir alle; denn seit er überhaupt laufen konnte, ist er immerzu rübergerannt. So rannte er heute wieder einmal los, ohne auch nur auf den Gedanken zu kommen, daß er von der Brücke stürzen könnte; er konnte sie ja mit verbundenen Augen überqueren. Dieses Mal aber hatte er seine neuen Schuhe an den kleinen Füßen, diese feinen Schuhe mit den polierten und lackierten Sohlen, auf die er so stolz war. Mit diesen Schuhen war er nicht mehr der alte; aber woher sollte er das wissen? Er trat nicht so sicher auf wie sonst, wenn er barfuß lief, und er hatte seine Beine nicht mehr richtig in der Gewalt. Wie sollte er, ein Kind, ahnen, wie anders es ist, wenn man Schuhe trägt? Als ich heute abend über die Brücke ging, bin ich selbst beinahe hinuntergefallen. Ich sah die Laterne hier am Pumpmeisterhaus hängen und ging geradeswegs auf das Licht zu. Erst als ich gegen die Leiste stieß und beinahe übergekippt wäre, fiel mir ein, daß die Brücke ja gar nicht direkt auf die Choza hier zuführt, sondern mehr nach rechts verläuft. Als das passierte, da dachte ich mir gleich: Wenn der Junge so ungestüm und gedankenlos über die Brücke gerannt ist, wie seine Wildheit es vermuten läßt, ist es leicht möglich, daß er über den Rand stürzte und in den Fluß fiel. Darum habe ich, als ich herüberkam, sofort nach dem Kind gefragt. Wenn mir das auf der Brücke nicht passiert wäre, dann hätte ich gar nicht an ihn gedacht, bis er mir wieder zu Gesicht gekommen wäre. Und glaubt mir, als ich nach dem Jungen fragte und niemand ihn gesehen hatte, da wußte ich mit einem Schlage, daß es schon zu spät war; denn mein Herz war plötzlich voll von einem quälenden Schmerz.»

Niemand unterbrach die Mutter in ihrer langen Rede. Viele Minuten lang verharrte alles in Schweigen. Sie dachten über das nach, was sie soeben gehört. Die ganze Überlegung hatte so viel für sich, daß die meisten der Anwesenden zu glauben anfingen, es müsse sich tatsächlich so verhalten, wie sie es geschildert hatte.

Die Pumpmeistersfrau ergriff als erste wieder das Wort. «Jetzt hören Sie einmal zu, Carmelita! Nehmen Sie doch Vernunft an. Was Sie uns da erzählen, das ist ja vollkommen unmöglich. Es kann nicht sein. Wenn das Kind wirklich von der Brücke gestürzt und in den Fluß gefallen wäre, dann hätte das doch bestimmt jemand gemerkt. Man hätte es plumpsen gehört, das ist doch ganz klar.»

Sturz von der Brücke und in den Fluß. Ein Plumpsen und Platschen. Ich riskierte einen Seitenblick und begegnete den Augen Sleighs, der mich im selben Moment ansah. Keiner von uns hatte das Verlangen, etwas zu sagen.

«Nein, nein, das ist ganz unmöglich», sagte ein Mann. Wir hätten es ja gehört. Wenn so ein Junge ins Wasser fällt, dann gibt es einen Platsch, oder vielleicht nicht? Hat jemand etwas platschen hören? Ich jedenfalls nicht. Außerdem schreit so ein Junge, wenn er ins Wasser fällt. Er schreit doch um Hilfe, brüllt aus Leibeskräften. Er schlägt um sich und macht einen Höllenspektakel, so daß man ihn im Umkreis von einer Meile hört. Nein, nein, das kann mir niemand erzählen, daß er ins Wasser gefallen ist, mir nicht.»

«Natürlich, er würde brüllen», bemerkte der Pumpmeister. «Ich kenne den Jungen, das darf ich wohl sagen. Es verging das ganze Jahr über kein Tag, an dem er nicht schwimmen ging, und dabei schlug er immer dermaßen um sich, machte er stets einen solchen Krach, daß man glauben konnte, er habe den ganzen Fluß für sich allein gepachtet. Er bewegt sich im Wasser so sicher wie ein Fisch, der Junge. Er wäre bestimmt herausgekommen, ob er nun Schuhe anhatte oder keine; und selbst wenn er sich aus irgendeinem Grunde nicht zu helfen gewußt hätte, dann hätte er jedenfalls gelärmt wie der Teufel, da können Sie sich drauf verlassen.»

Die Garcia hörte sich alles an, Wort für Wort. Nicht einmal hatte sie die Reden der anderen unterbrochen. Jetzt aber glaubte sie, ihren Buben verteidigen zu müssen. «Natürlich wäre er aus dem Wasser herausgekommen, und auch allein. Er hätte auch geschrien, klar. Aber wie sollte er denn schreien? Er hatte seine neuen Schuhe an und war nicht sicher auf den Beinen. Er rannte, so schnell er konnte, über die Brücke und war mit seinen Gedanken schon bei Manuel. So stieß er mit seinen Schuhen gegen den Rand. Wäre er farbuß gewesen, hätte er sich irgendwie halten können, aber die Sohlen waren spiegelglatt. Bevor er noch wußte, wie ihm geschah, stürzte er schon und schlug mit dem Kopf gegen die Kante oder gegen einen Pfeiler. Er verlor sofort das Bewußtsein, und bevor er noch wieder zu sich kam, lag er schon drin, hatte den Hals voll Wasser und konnte keine Luft mehr bekommen. Er konnte gar nicht mehr um Hilfe schreien.»

Als die Garcia diese Meinung vorgetragen hatte, die zeigen sollte, daß sie keineswegs sinnloses Zeug dahergeredet hatte, blieb sie still. Sie hatte nichts mehr zu sagen. Kein Mensch konnte ihr weismachen, daß es anders gewesen sei. Sie wußte, daß der Junge im Wasser lag und daß sie ihn herausholen mußte, und um die Aufgabe kreisten nun alle ihre Gedanken.

13

Die Leute ließen sich freilich keineswegs überzeugen. Sie sagten, sie bilde sich das alles nur ein, weil sie ganz außer sich sei. Irgend jemand erinnerte sich an die Burschen, die ungefähr zur selben Zeit, als Carlos in den Fluß gefallen sein sollte, auf der Brücke gesessen und gesungen hatten. Die Burschen erklärten, nichts gesehen und nichts gehört zu haben. Sie hätten mit dem Gesicht zum Wasser am diesseitigen Ende der Brücke gesessen und nur ihre Lieder im Kopf gehabt, und behaupteten steif und fest, das Kind könne nicht in den Fluß gefallen sein, ohne daß sie es bemerkt hätten. Allerdings, fügten sie hinzu, sei die Nacht so finster, daß sie den Jungen nicht hätten sehen können, selbst wenn er nur eine halbe Brückenlänge entfernt gewesen wäre. Auf platschende Geräusche im Wasser hätten sie nicht weiter achtgegeben, weil sie ganz in ihren Gesang vertieft gewesen wären. Schließlich machten Fische, wenn sie aus dem Wasser sprangen, um Fliegen und Moskitos zu fangen, dasselbe Geräusch.

«Also, da hören Sie es selbst, Carmelita», sagte der Pumpmeister. «Die Burschen, die haben den ganzen Abend dicht dabei gesessen und nichts gehört, nicht das leiseste verdächtige Geräusch. Da können Sie sehen, daß Sie sich ganz grundlos solche Gedanken machen. Es kann einfach nicht so gewesen sein, wie Sie sich das vorstellen.»

Die Garcia schwieg still.

Jeder brachte eine andere Ansicht vor, um die Garcia davon zu überzeugen, daß sie im Unrecht war. Keiner gab ihr recht.

Ein paar Männer, die bemerkt hatten, daß ich mich an der Debatte nicht beteiligte, fragten mich rundheraus, was ich von dem allen halte.

Ich wußte, wo das Kind war. Auch Sleigh wußte es. Ich sah, wie er die Achseln zuckte, als wolle er an meiner Stelle antworten. Dann erwiderte ich: «Was soll ich sagen, Amigos? Ich weiß doch nicht, was es hier herum für Winkelwerk, für hohle Bäume und unterirdische Gänge gibt, in denen sich kleine Jungs verbergen können. Was soll ich da also sagen? In den Fluß fallen kann jeder, warum nicht ein Kind.»

«Ja, glauben Sie denn wirklich, daß er ins Wasser gefallen sein kann?»

«Ich habe Ihnen gesagt, was ich denke. Es ist möglich. Möglich ist überhaupt alles unter der Sonne. Folglich ist es auch denkbar, daß der Junge ins Wasser gefallen ist. Wo Wasser ist, kann jederzeit jemand hineinfallen, ob er will oder nicht. Das ist nun eben so mit dem Wasser.»

«Der Señor hat ganz recht», sagte ein Mann, der in meiner Nähe stand. «Erinnert ihr euch nicht? Es ist erst ein Jahr her, da ertrank doch in diesem Fluß, nur drei Kilometer stromabwärts, der Ägypter, ich meine den, der seine Choza dort unten hatte und Zwiebeln und Salat zog, und sie auf dem Markt zu verkaufen.»

«Ja, das weiß ich noch sehr gut», entgegnete ein anderer. «Aber da lag die Sache ganz anders. Der Ägypter badete im Fluß und geriet unvermutet in eine tief ausgewaschene Stelle oder in irgendeinen Strudel. Er verschwand im Wasser und kam nicht wieder hoch.»

Ein alter Indianer kam auf uns zu. Er trat dicht heran und fragte mich: «Was meinen Sie, Señor? Was könnten, was sollen wir tun?»

Ungefähr fünfzig Menschen redeten aufeinander ein, stritten, aber keiner hatte bisher davon gesprochen, was man tun konnte. Der alte Indianer war der erste.

«Wenn Sie mich fragen, dann schlage ich vor, daß man den Fluß beiderseits der Brücke und außerdem ein Stückchen stromabwärts, fünfzig Meter weit, gründlich absucht. Wenn der Junge wirklich ins Wasser gefallen ist, dann werden wir ihn finden. Dann wissen wir wenigstens, was los ist. Wenn aber die Männer, die ihn suchen gegangen sind, zurückkehren, ohne ihn an einem der beiden Orte gefunden zu haben, oder wenn wir ihn unterdessen nicht aus dem Fluß gezogen haben, so wissen wir, daß wir den ganzen Dschungel durchsuchen müssen.»

Die Garcia war wieder über die Brücke gegangen. In einer Hand die Laterne haltend, stand sie am anderen Ende der Brücke. Nach einer Weile trat sie dicht an den Rand heran und hielt die Laterne so weit über das Wasser hinaus, wie es irgend ging. Plötzlich stieß sie einen gräßlichen Schrei aus.

Ein paar Jungen rannten zu ihr hinüber, kamen aber gleich wieder zurück, tupften sich an die Stirn und sagten: «Die Señora muß übergeschnappt sein. Es ist gar nichts zu sehen im Wasser.»

Dieser Feststellung bedurfte es kaum: denn selbst wenn das Kind an der betreffenden Stelle im Fluß gelegen hätte, die Garcia hätte es nicht sehen können, zu lehmig war das Wasser, zu matt das Licht der Laterne.

Trotz allem fuhr die Garcia fort zu schreien. Kaum war einer ihrer langen, klagenden Schreie verhallt, setzte sie schon zum nächsten an, und jeder war langgezogener als der vorhergehende. So jammern die einfachen Indianerfrauen, die den Tod eines geliebten Menschen betrauern. Es war kein Weinen, sondern ein Geheul, eine Anklage wider den Himmel, das Geheul eines Tieres, dem der Tod den Partner oder das Junge entrissen hat. Dennoch hörte ich aus diesem urwüchsigen Geheul das gleiche Herzeleid mitschwingen, das aus dem stillen Schluchzen einer Weißen spricht.

Wären die anderen Frauen gleichfalls überzeugt gewesen, daß das Kind ertrunken war, hätten sie in das Klagegeheul der Garcia eingestimmt, und sie hätten das mit der ganzen Selbstverständlichkeit getan, zu der eben Mütter fähig sind, wenn sie ihr Herz, ihre Seele dem Leid und dem Schmerz einer anderen Mutter erschließen; denn nur eine Mutter weiß, was eine Mutter und Ehefrau leidet, wenn sie den Verlust eines geliebten Menschen betrauert; denn wird eine Mutter heimgesucht, trifft die gleiche Heimsuchung im selben Augenblick auch alle anderen Mütter auf Erden, wo immer sie leben mögen. In alle Ewigkeit wird es so sein, daß nicht eine Frau allein, eine Garcia im mittelamerikanischen Dschungel, furchtbaren Schmerz erdulden muß. Es ist immer die Frau schlechthin, die da leidet, es sind alle Frauen auf der Welt, die da weinen.

Die anderen Frauen waren eben nicht überzeugt, daß das Kind tot sei. Sie behielten ihre Ruhe. Einige riefen ihre Kinder zu sich, als seien die Kleinen in Gefahr, und sie drückten ihre Lieblinge an die Brust, den sichersten Platz auf der Welt, den sie ihnen bieten konnten.

Zwei Männer überquerten die Brücke und geleiteten die Garcia, so behutsam und liebevoll sie nur konnten, auf unsere Seite zurück, wo man sie auf eine Bank unter dem Vorbau des Pumpmeisterhauses setzte.

Die Frau des Pumpmeisters gab der Garcia Wasser zu trinken, setzte sich neben sie, strich ihr in ihrer mütterlichen Art über das Haar und trocknete ab und zu mit einem Zipfels ihres Schals ihre Tränen.

Die Männer standen herum und wußten schon wieder nicht, was sie in dieser Situation tun, wie sie sich verhalten sollten. Sie fühlten sich nicht wohl in der Gegenwart einer Mutter, die ihr Kind verloren hatte und nun tiotz aller Sympathie, die man ihr erwies, allein war auf der Welt. Irgendwie fühlten sie sich von einem Schuldgefühl bedrückt, und so schlurften sie umher und versuchten, sich nach Möglichkeit zu drücken. Niemand sprach ein Wort. Immer, wenn die Frau von neuem aufschrie, verzogen sich die Gesichter. Das Unbehagen wurde am Ende dermaßen unerträglich, daß sie zu tun begannen, was alle Männer auf dem Erdboden tun, wenn sie sich überflüssig vorkommen. Sie entfalteten eine emsige Geschäftigkeit ohne bestimmtes Ziel.

Ohne viel zu reden und ohne auf jemand zu warten, der das Ganze in die Hand nahm, rannten sie hin und her wie Ameisen. Einige schleppten Holz, andere nahmen ihre Machetes und gingen in den Busch, um neues Holz zu holen. An beiden Ufern wurden riesige Scheiterhaufen entzündet. Sie wurden so angelegt, daß die Brücke auf beiden Seiten beleuchtet war. Einer zog sich aus und watete in den Strom hinaus. Entlang der Brücke begann er zu tauchen. Es war ein kühnes Unterfangen, ein Spiel mit dem Tod.

Das Flußbett war versumpft und voller Schlingpflanzen der verschiedensten Art. Auch gab es tropische Wassersträucher und Buschwerk, weiter stromaufwärts von den Ufern losgerissen, das sich nun, von der Strömung angetrieben, zwischen den Brückenpfosten verfangen hatte. Dieser Unterwasserdschungel war verseucht mit Wasserschlangen, Krebsen und jungen Alligatoren, von den hunderterlei sonstigen Wassertieren ganz zu schweigen.

Beim Schwimmen an der Oberfläche kommt man schwerlich in Gefahr. Der Taucher freilich kann sich leicht verfangen. Trotzdem zog sich ein paar Minuten später noch ein zweiter Mann aus. Auch er begann zu tauchen. Nach kurzer Zeit sah man im Wasser sechs Bronzeleiber. An den Ufern und auf der Brücke drängten sich Frauen und Mädchen, um zuzusehen, wie die nackten Männer nach dem Kinde suchten. Die hageren, sehnigen Leiber, die ganz jugendlich wirkten, obwohl die meisten Männer schon Familienväter waren, sahen aus, als steckten sie in einem metallisch glänzenden dünnen Goldtrikot. Ihr dichtes, langes und drahtiges Haar erschien noch schwärzer und dichter, wenn sie den Kopf aus dem Wasser hoben. In tiefen Zügen atmend, blickten sie zur Brücke hinauf, von wo aus ihnen Männer und Frauen zusahen.

Sie sprachen kein Wort.

Dennoch konnte man in ihren dunkelbraunen Augen unschwer die Antwort auf die unausgesprochene Frage lesen: «*Nada, nada!* – Nichts, nichts!»

Zu den Tauchern im Wasser hatte sich indessen ein sehr alter, weißhaariger Indianer gesellt. Sein Körper war zwar noch wohlgeformt und schlank, aber nicht so sehnig, kraftstrotzend und gelenkig wie die der anderen. Auch war seine Haut nicht so goldüberhaucht und sein Brustkasten nicht so kräftig gebaut. Er konnte sich nicht so lange unter Wasser halten wie die Jungen, doch immer wenn die anderen, jüngeren, zu ermüden drohten, war er derjenige, der sie wieder anfeuerte.

Mit einem langen Eisenhaken in der Hand, der an einem Lasso festgebunden war, stieg der Pumpmeister auf die Brücke. Langsam ging er am Rande entlang, warf den Haken immer von neuem ins Wasser und zog ihn am Grund entlang. Jedesmal, wenn er etwas gefunden zu haben glaubte, zog er den Haken hoch. Aber es waren stets nur ein paar Pflanzen oder Zweige.

Sleigh stand in der Nähe der Pumpe.

Ich ging zu ihm hin und sagte: «Wenn wir ein Boot hätten, da ließe sich mehr machen. Ein Jammer, daß der Pumpmeister keines hat.»

«Ein Stückchen stromabwärts ist ein Boot. Es gehört einem Holländer, der dort Hühner und Tomaten züchtet, doch keinen Groschen verdient. Er hat ein Boot, ein selbstgemachtes, aber es sind mindestens fünf Kilometer bis dorthin, wenn nicht sechs. Außerdem ist der Weg so schlecht, daß man vor Tagesanbruch unmöglich hinkäme.»

Wir gingen zusammen zu einer anderen Gruppe, wo Sleigh von Dingen zu reden anfing, die gar nichts mit dem Kind zu tun hatten. Das war gut so. Man kann nicht ununterbrochen von ein und demselben reden. Das Leben mußte weitergehen, ob der Junge nun tot war oder nicht.

14

Es war ein überwältigendes Bild, großartig, zu Herzen gehend, erfüllt von sprühendem Leben. Es spielte in allen Farben, wandelte sich unausgesetzt. Auf beiden Ufern brannten gewaltige Feuer. Die Flammen schlugen hoch in die Luft empor, züngelten im leichten Nachtwind. Vielgestaltige Schatten, lange und kurze, dicke und dünne, huschten bald hierhin, bald dorthin, spielten auf dem Boden und liefen über das Wasser, die Brücke entlang, bis sie am Ende von der dunklen Wand des Dschungels verschluckt wurden, doch nur, um Sekunden später schon wieder hervorzutreten. Auf der Brücke standen zwei Dutzend Männer und Burschen in einer Reihe. Sie hielten Fackeln und brennende Stecken über das Wasser. Andere flitzten behende wie Rehe an den Ufern hin und her, um neue Feuer zu entfachen oder einem Taucher zu leuchten, der nach Licht gerufen hatte. Lange Rauchfahnen bezeichneten den Weg der Fackelträger.

Bronzebraune Männer und Burschen schleuderten frisches Holz in die Feuerbrände. Ganze Schwärme, Tausende, Millionen von Funken stiegen zum nachtdunklen Himmel auf.

An manchen Stellen der Brücke knieten Jungen. Sie beugten sich mit ihren Fackeln weit über den Rand hinaus, und aus dem lehmigen Wasser tauchte immer wieder triefnaß ein schwarzer Schopf.

Frauen und Mädchen in ihren lebhaften, farbenfreudigen, wenn auch billigen Tanzkleidern, mit Blumenkränzen im Haar und kleinen

Sträußchen an Brust und Gürtel gingen die Brücke auf und ab. Viele trugen Säuglinge auf dem Arm, andere führten Kinder an der Hand. Ab und zu lief gleich ein halbes Dutzend Leute plötzlich zu einer bestimmten Stelle, wenn jemand gerufen hatte, so daß sie glaubten, er habe etwas von Bedeutung gesehen oder aufgefunden.

Über unsere Köpfe zog der Rauch in kleinen Wölkchen und abgerissenen Schwaden – sonderbare gespenstige Nachtvögel, Geister, die im selben Augenblick Gestalt anzunehmen und wieder zu zerfließen schienen.

Das Wasser sah aus, als trieben Tausende von Goldmünzen auf dem Fluß. In diesen Goldstrom hinein sprangen braune nackte Menschen. Sie tauchten wieder auf, schwammen an einen Brückenpfosten heran, wischten sich das Wasser aus dem Gesicht und schüttelten ihren dichten schwarzen Haarschopf. Dort hielt sich ein Taucher mit einer Hand an einem Pfosten fest und zog sich mit der anderen Dornen aus den Beinen. Ein zweiter stieg aus dem Wasser und trat an eines der Feuer, um sich Hände und Füße zu wärmen. Den Rücken dem Fluß zukehrend, das Gesicht den Flammen zugewendet, streckte er seine Arme vor und machte die Hände rasch auf und zu, während ein Freund ihm eine brennende Zigarette zwischen die nassen Lippen schob.

Ein Kind erwachte aus seinem Schlummer und wimmerte. Ein anderes, durch das erste aus dem Schlaf geschreckt, fing zu schreien an. Sofort kamen die Mütter herbeigelaufen, um die beiden Kinder an die Brust zu nehmen.

Die Kinder waren inzwischen fast alle eingeschlafen. Sie lagen um den Portico auf dem Erdboden, wo sie sich, immer ein paar zusammen, dicht aneinandergekuschelt hatten, um sich warm zu halten und weil sie sich so geborgener fühlten. Manche waren in Decken gewickelt und sahen aus wie Holzscheite. Andere hatten die Mütter mit baumwollenen Lumpen zugedeckt. Einige lagen auf Matten, wie man sie Pferden unter den Sattel legt, und wieder andere schliefen auf alten Zuckersäcken. Viele hatten sich ganz einfach auf dem blanken Sandboden ausgestreckt.

Den größeren Kindern machte die ganze Geschichte natürlich riesigen Spaß. Sie sahen den Suchenden zu oder schlossen Wetten ab, welcher Taucher am längsten unter Wasser bleiben würde. Andere interessierten sich mehr für die Feuer und Fackeln. Ein paar Witzbolde aus der heranwachsenden Generation spielten den kleineren Buben und Mädeln manchen bösen Streich. Ein paar Jungen, die nie zum Musizieren Gelegenheit gehabt, konnten nun endlich an den Mundharmonikas, die sie aus den am Ufer liegenden Hosen der Taucher stibitzten, ihr Talent erproben.

Man hatte den Eindruck, als amüsiere sich jeder auf seine Art; als versuchten alle, den Abend, der noch vor zwei Stunden ein völliger Fehlschlag zu werden drohte, nach besten Kräften zu genießen.

Sogar die Maultiere der Karawane beteiligten sich auf ihre Weise an dem bunten Leben und Treiben. Die Tiere grasten in der Nähe des Ufers. Ab und zu schrien sie in die Nacht hinaus. Von der Prärie her antworteten ihre Artgenossen. Wenn sie den Männern im Weg standen, die sich am Wasser zu schaffen machten, bekamen sie gelegentlich einen Tritt. Sie faßten das aber als freundschaftliche Geste auf und rührten sich nicht vom Fleck – bis sie von sich aus weiterzuziehen beschlossen. So machen es die Störrischen immer, und sie fahren gut dabei.

Die Nacht wurde langsam kühl.

Zusammen mit einer Nachbarin kochte die Pumpmeistersfrau in ihrer Küche Kaffee. Es war eine recht pompöse Küche, das gaben selbst die Nachbarn zu. In keiner Hütte der Ansiedlung gab es eine Küche, die auch nur annähernd so luxuriös eingerichtet war. Nirgends sonst war die Küche vom Wohnraum getrennt, der in allen anderen Häusern gleichzeitig der einzige Raum des Hauses war. Wenn der Pumpmeister eine regelrechte Küche besaß, so war das ein Beweis dafür, daß er einer höheren Klasse angehörte. Als Herd diente eine mit Erde gefüllte Holzkiste, wie in Sleighs Haus. Der Pumpmeister und Sleigh waren die einzigen Mitglieder der Gemeinde, die vornehm genug waren, diese letzte Errungenschaft auf dem Gebiet des Herdbaues ihr eigen zu nennen. Der Stolz der Küche im Pumpmeisterhaus aber und die eigentliche Ursache dafür, daß jedermann diese Küche für die schönste und modernste der Welt hielt, waren die diversen Töpfe und Teller. Es war zwar nur irdenes Geschirr, aber es war mit allen möglichen Ornamenten reich verziert. Auf manchen Gefäßen waren Blumen, Bienen, Eichhörnchen, Schmetterlinge, Antilopen, Vögel, Tiger, Löwen, Hunde und Kojoten abgebildet, obwohl von all diesen Blumen, Insekten, Vögeln und Vierbeinern nicht ein einziges Exemplar so aussah wie in Wirklichkeit. Die Darstellungen stammten von einem indianischen Maler, der ganz und gar nicht mit der Arbeit des Schöpfers zufrieden war und glaubte, er hätte das bedeutend besser gekonnt, wenn er nur die Macht gehabt hätte, Lebendiges zu erschaffen. Das Geschirr war zum Teil sauber auf einem Bord aufgereiht, zum Teil hing es in Reih und Glied an Brettern. Diese wiederum waren an den Pfosten festgenagelt, die das Dach trugen. Alle Frauen, die die Pumpmeisterin besuchten, standen stets von neuem versunken, mit glänzenden Augen vor diesen aufgereihten Töpfen, als blickten sie ins Paradies. Alle anderen Familien in der Niederlassung verwendeten Töpfe und Gefäße der primitivsten Art, und das meiste davon war halb zerbrochen oder gesprungen. Zwei Familien – und dazu gehörten auch die Garcias –

hatten überhaupt nur Scherben. Die Pumpmeistersfrau allerdings war so vornehm, daß sie ihr herrliches Geschirr tatsächlich verwendete, statt es etwa bloß zu Paradezwecken aufzustellen.

Der Kaffee wurde mit braunem Rohzucker gesüßt. In einem anderen Topf kochten schwarze Bohnen. An der Wand lehnte eine ungefähr fünfzig Zentimeter im Quadrat messende Blechplatte zum Backen der Tortillas. In einem Schilfrohrkorb, der an einem rostigen Draht von einem Querbalken herabbaumelte, wurden die von der letzten Mahlzeit übriggebliebenen Tortillas aufbewahrt. Aber auch andere Lebensmittel waren darin. Der Korb war die Speisekammer des Hauses.

Die Garcia war wieder zu ihrer Hütte gegangen. Was sie dort wollte oder zu finden hoffte, hätte sie wohl selbst nicht sagen können, wenn einer sie danach gefragt hätte. Als sie zurückkam, die Laterne in der Hand, mit der sie schon verwachsen zu sein schien, sah sie ein paar Minuten den Tauchern zu. Aber so, als fischten diese nach Dingen, die ihr vollkommen gleichgültig waren. Dann ging sie, die Füße nachschleppend, traumverloren zum Pumpmeisterhaus zurück.

Manuel saß, vor sich hinstarrend, mit verdrossenem Gesicht auf einer Bank. Er sah seine Stiefmutter neben sich stehen; mit weit aufgerissenen, glasigen Augen starrte er sie an. Dann fiel ihm etwas ein. Er sprang auf, überquerte die Brücke und wanderte auf dem sandigen Pfad, der durch den Dschungel nach fernen Dörfern führte, in die Nacht hinaus.

15

Unermüdlich senkte der Pumpmeister seinen Haken in das Wasser. Mit sachkundigem Griff suchte er sorgsam den Grund ab, bemüht, das richtige Gefühl dafür zu bekommen, was bloß Gestrüpp war und was der Leichnam des Kindes sein konnte. Hin und wieder zog er ein Knäuel triefender Wasserpflanzen herauf. Die Taucher wurden langsam müde. Immer seltener gingen sie unter Wasser, und immer länger wurden die Pausen, in denen sie sich an den Brückenpfosten festhielten. Ein paar gingen überhaupt nicht mehr zu den Brückenpfosten und schwammen oder wateten ans Ufer, um endlich wieder festen Boden unter den Füßen zu haben.

Der weißhaarige alte Mann mußte ganz aufgeben, und kurz darauf schwammen auch alle anderen an Land, zogen sich an und stellten sich rings um die Feuer. Viele hatten blaue Lippen und überanstrengte blasse Gesichter.

Selbst die Feuer schienen müde zu werden. Sie loderten lange nicht mehr so kräftig, und die Männer und Burschen, die zuvor in den Busch gegangen waren, um Holz zu holen, hatten auch genug und ruhten sich aus. Nach und nach erstarben die Feuer, und binnen kurzem glimmten nur noch Aschenhäufchen. Und die Stecken und Äste, die, solange sie lichterloh brannten, als Fackeln dienten, glichen nun schwarzen, mit verblassenden Funken übersäten Knüppeln.

Eine Laterne am Hause des Pumpmeisters war ausgebrannt. Man schickte einen Jungen über die Brücke, bei den Nachbarn um Petroleum zu bitten.

Zwei Taucher standen bei einem Feuer und rauchten Zigaretten. Sie hatten sich bloß ihr Hemd um die Lenden geschlungen und würden jederzeit von neuem getaucht haben, wenn man sie darum gebeten hätte.

Das rege Leben und Treiben am Fluß und im Wasser selbst hatte viele Leute inzwischen umgestimmt; vielleicht hatte die Garcia doch recht. Wenn andere noch immer nicht daran glauben wollten, dann nur deshalb, weil ihrer Meinung nach kein Mensch, nicht einmal ein kleiner Junge, ohne um Hilfe zu rufen, ertrinken konnte. Der Tod war ein so großes Ereignis, daß er einfach nicht lautlos kommen konnte, außer bei alten Leuten, die im Bett starben. Die Erfahrung hatte sie gelehrt, daß der Tod stets mit viel Geschrei, Gekreisch, Schimpfen und Fluchen, mit einer Schießerei, Messerstecherei oder Schlägerei, mit dem Sturz eines Pferdes, einem fallenden Baum, einem unvermutet abstürzenden Felsblock oder dergleichen einherging. Wenn einer in den Fluß oder in den See fiel, so schrie er um Hilfe. Jedenfalls gab es immer Lärm, wenn ein Mensch den Tod erlitt, und so konnten sie nicht begreifen, daß der Tod inmitten so vieler erwachsenen Männer und Frauen, die sich zu fröhlichem Tanz zusammengefunden hatten, lautlos ein Kind holen konnte. Niemals kam der Tod auf diese Weise! Sie hatten den Fluß nur abgesucht, um der tiefbetrübten Mutter zu zeigen, daß sie sich keineswegs verlassen fühlen sollte, daß sie von guten Freunden umgeben sei und jeder einzelne von ihnen bereitwillig alles opfern würde, was er besaß, nur um das Kind wieder herbeizuschaffen.

Nun hatte wieder jemand eine Idee. Zwei Männer suchten eine lange Stange. Als sie etwas Geeignetes gefunden hatten, fingen sie an, zu beiden Seiten der Brücke den Grund damit abzustochern; sie glaubten, mit einer dünnen, biegsamen Stange würden sie den Leichnam ertasten, wenn das Kind wirklich an der Brücke im Fluß lag.

Wiederum änderte sich das Bild von Grund auf.

Rings um die verlöschenden Feuer standen oder hockten plaudernd und rauchend die Männer und Burschen. Die schwach glimmenden Scheiterhaufen beleuchteten sie dürftig; sie glichen Schattengestalten. An einem Feuer wurde eine hitzige Debatte geführt. Es waren nur halbe Sätze und unzusammenhängende Worte zu hören; aber durch den tanzenden Rauch sah man die lebhaften, einprägsamen Gesten.

Ein paar Männer und Frauen saßen auf der Brücke. Knaben zogen aus den Scheiterhaufen glimmende Stecken und Zweige, schwenkten sie durch die Luft und zeichneten alle möglichen Phantasiegebilde an die schwarzen Wände der Nacht.

Irgendwo wurde Mundharmonika gespielt. Zwei Mädchen sangen traurige Weisen. Man konnte sie nicht sehen, das Gebüsch verbarg sie. Hinter dem Pumpenschuppen war das Gekicher einer jungen Frau zu hören, in das sich die unterdrückte, aber dennoch lebhafte, eindringliche Stimme eines Mannes mischte. Von anderswo, aus den Tiefen des nächtlichen Dunkels, drang das schrille Zanken einer Frau. Ein leichter Windstoß trug die gedämpften Worte herüber: «Schrei nicht so, sie können dich ja hören!» Und die Frau antwortete: «Halt's Maul, du Esel!» Hinter dem Lager der Karawane pfiff sich jemand eins. Das Pfeifen klang anmaßend, überheblich, als habe der Mann, der da pfiff, gerade eine schwierige Situation gemeistert.

Vor dem Pumpmeisterhaus bildeten sich langsam wieder Gruppen. Die Leute unterhielten sich, aber in ziemlich müdem Ton; denn was immer einer sagte oder sagen wollte, es war schon hundertmal gesagt worden.

Frauen und Mädchen gingen umher oder saßen auf Bänken, Holzhaufen und Stapeln vermoderter Bahnschwellen. Viele scharten sich um die Küche, wo die Pumpmeistersfrau ihnen in kleinen Emailbechern und irdenen Töpfen heißen, dampfenden Kaffee reichte. Der Kaffee war schwarz. Jedesmal, wenn die Gastgeberin einen Becher vollschenkte, deutete sie mit einer Kopfbewegung nach der Zuckerdose. Die Dose stand da für diejenigen, die den Kaffee noch süßer haben wollten, als er ohnehin schon war.

Jede Frau trank nur einen halben Becher und gab den Rest dann an die nächste weiter, damit jede wenigstens ein paar Schluck bekam. Die Nacht war noch kühler geworden, und da tat der heiße Kaffee wohl. Niemand drängte oder stieß, um zuerst an die Reihe zu kommen. Jede wartete, bis sie dran war.

Von der Brücke aus stocherten noch immer ein paar Mann im Wasser herum. Sie hofften, das Kind vielleicht doch auf diese Weise zu finden.

Die Hähne krähten zum erstenmal. Es war noch eine Stunde bis Mitternacht.

Der Pumpmeister hatte aufgehört, seinen Haken auszuwerfen. Er gesellte sich zu uns und erzählte von anderen tödlichen Unfällen, die er mit angesehen hatte. Das Kind war so gut wie vergessen. Niemand sprach mehr von ihm. Die Garcia bekam als erste ihren Kaffee. Sie war Ehrengast der Pumpmeistersfrau, und das wollte etwas heißen.

In dieser kleinen, im Dschungel versteckten Ansiedlung hatte die Pumpmeistersfrau ungefähr die Stellung einer Herzogin in einem europäischen Fürstentum. Sie konnte lesen und sogar ganz gut schreiben. Deshalb galt sie als hochgebildet. Ihre Kinder hatten keine Läuse, wenigstens nicht so viele wie die anderen. Und vor allem: sie liefen nicht nackt herum. Die Buben trugen zerrissene lange Hosen und die Mädchen geflickte, billige, ziemlich fadenscheinige Röcke. Die Pumpmeisterin selbst besaß fünf Musselinkleider, alle nach dem gleichen Schnitt angefertigt, aber verschieden in der Farbe. Außerdem hatte sie fünf Hemden. Alle Frauen in der Niederlassung wußten, daß sie zwei blaue und zwei gelbe Baumwoll-Unterhosen und zwei rosa Sommerhöschen ihr eigen nannte. Zwei von den Baumwoll-Unterhosen allerdings und ein Sommerhöschen konnte man eigentlich nicht mehr mitzählen, denn sie waren abgetragen. Die Frau hatte ferner Ohrringe aus richtigem Gold und einen spanischen Kamm, mit kleinen Perlen besetzt, die echt aussahen. Aber sie war ehrlich genug, zuzugeben, daß es falsche Perlen waren und daß es sich mit den kleinen Steinen in dem Kamm nicht anders verhielt.

Ihr Mann besaß einen regelrechten Sonntagsanzug, mit Jacke sogar. Ein Anzug mit Jacke, das wollte schon etwas heißen; denn normalerweise verstanden die Leute hier unter einem Anzug nur eine lange Baumwollhose.

Dann hatte das Pumpmeisterpaar eine Uhr, genauer gesagt einen Wecker. Sie besaßen darüber hinaus einen richtigen Spiegel mit Rahmen. Für die Mahlzeiten standen ein Messer und zwei Gabeln zur Verfügung, gar nicht zu reden von den vielen Löffeln, sieben an der Zahl. Aber was war das alles, wenn man wußte, daß sie eine regelrechte Matratze hatten, mit Sprungfedern drin, und eine Bettstelle aus Eisen mit dicken Messingknöpfen an den vier Ecken. Wer in aller Welt, so mußte sich ein jeder fragen, hatte denn solch ein Bett und so eine Matratze? Höchstens der Präsident der Republik.

Selbstverständlich konnte sich der Pumpmeister all den Luxus auch wirklich leisten. War er nicht schließlich Angestellter der Eisenbahn? Die Bahnbeamten waren die meistbewunderten Menschen unter der Sonne. Was die Pumpmeistersfrau sagte, wog zehnmal schwerer als jedes Wort des Priesters. Wer sich die Freundschaft der Pumpmeistersfrau errungen hatte, konnte auf die Königin von England pfeifen. Wer kann denn wissen, ob die Königin von England zwei Paar Seidenstrümpfe hat wie die Pumpmeistersfrau, ob sie drei seidene Taschentücher und eines aus Spitzen besitzt? Das mußte erst bewiesen werden, bevor es hier jemand glaubte; denn was man so von den Reichtümern der Könige, Königinnen, Präsidenten und derlei hochmögender Leute hörte, das stimmte durchaus nicht immer. Aber was die Schätze der Pumpmeistersfrau betraf, die hatte jeder schon mit eigenen Augen gesehen.

Während die Frauen an der Küche der Pumpmeisterin herumstanden, klatschten und schwatzten, gab es plötzlich in einer der Gruppen große Aufregung. Man hörte hastiges Sprechen, das fortwährend von einer Flut von Fragen unterbrochen wurde. Endlich konnten wir deutlich verstehen:

«Was haben Sie gesagt? Das Kind war nicht dort?»

Der Maultiertreiber und der Junge, der ihn begleitet hatte, waren zurückgekehrt. «Nein, er war nicht dort, und kein Mensch hat ihn gesehen.»

«Habt ihr überall gefragt, in allen Hütten?»

«Natürlich haben wir das. Alles schlief schon, als wir ankamen. Trotzdem gingen wir von Choza zu Choza und fragten bei jeder Familie, die wir antrafen, ob sie das Kind nicht gesehen habe. Aber niemand wußte etwas.»

«Habt ihr auch gefragt, ob der Junge nicht vielleicht allein oder mit irgend jemand zusammen, einem anderen Jungen oder einem Burschen, durch das Pueblo gekommen ist?»

«Freilich. Den ganzen Tag ist aus Pacheco kein Mensch zu uns herübergekommen, und auch kein einziger Fremder wurde tagsüber oder am Abend im Dorf gesehen; und wenn einer nach Dunkelwerden durch das Pueblo gezogen wäre, hätten ja die Hunde gebellt.»

«Na, und der Weg? Habt ihr euch unterwegs auch gut umgesehen?»

«Keine neue Spuren da, ganz bestimmt nicht. Wir haben den Weg zwanzigmal abgeleuchtet, an verschiedenen Stellen. Keinerlei frische Spuren von Pferden, Burros oder sonst was. Nur von Rindern, die am Abend aus dem Busch und von den Weiden nach Hause gezogen sind. Es ist ganz klar, daß der Junge, wenn er überhaupt, allein oder in Begleitung, fortging, auf keinen Fall diesen Weg eingeschlagen haben kann. Ich kenne alle Seitenpfade und Veredas, die von dem Hauptweg abzweigen. Wir haben auch die abgesucht, sehr gründlich sogar. Aber es waren nirgends Spuren zu entdecken.»

Der Treiber übergab das Maultier, das er geritten hatte, einem der Umstehenden und bat ihn, es dem Besitzer zurückzubringen. Dann schickte er sich an, in sein Lager zurückzukehren. Die anderen gingen hinter ihm her und fuhren fort, ihn mit Fragen zu bestürmen.

Auf einer Bank unter dem Portico sah der Maultiertreiber die Garcia sitzen. Die Garcia stand auf und sah den Mann an. Sogleich begannen seine Augen abzuirren und unter den Männern, die ihm gefolgt waren, von einem zum anderen zu wandern. Er konnte den starren Blick der Frau nicht ertragen. Er wollte etwas sagen; aber sie setzte sich wieder hin, bevor er noch den Mund aufgemacht hatte. Sie wußte, was er brachte, und so kehrte der Maultiertreiber sich ab und wandte sich zu uns. Er blickte drein, als fühle er sich verantwortlich für das Verschwinden des Kindes. Erst als er sich ein gutes Stück von ihr weg unter die Leute gemischt und eine Zigarette gedreht hatte, war ihm wieder leichter.

Da ich nichts Besseres zu tun wußte, ging ich zur Brücke, wo ein Indianer noch immer damit beschäftigt war, den Grund abzustaken. Plötzlich wandte sich der Mann zu mir und sagte leise: «Señor, ich habe ihn. Kommen Sie her, nehmen Sie den Stock einmal selbst in die Hand. Dann werden Sie den Leichnam fühlen.»

«Bleiben Sie ruhig, Perez», sagte ich zu ihm. «Wenn Sie gleich Lärm schlagen, haben wir die ganze Gesellschaft hier, und dann können wir nichts mehr machen. Erst wenn wir ganz sicher sind, wollen wir etwas sagen. Halten Sie den Stock so fest, wie Sie ihn jetzt haben.»

Mit denkbar größter Behutsamkeit nahm ich ihm den Stock aus der Hand. Zoll für Zoll stocherte ich den Grund ab, ganz langsam mit dem Stock weitertastend. Kein Zweifel, da war wirklich etwas auf dem Grund; aber es konnte ebensogut ein Tierkadaver sein, ein Schwein, ein Hund oder eine Ziege. Wieder hielt ich den Stock vorsichtig an das undefinierbare Objekt am Grunde, und wieder fühlte ich es ganz deutlich.

«Nun», fragte Perez, «was halten Sie davon?»

«Ich weiß nicht. Wir wollen die Leute lieber noch nicht alarmieren. Wir machen uns nur lächerlich, wenn wir Lärm schlagen, und hinterher stellt sich heraus, daß es nur ein Haufen Dreck ist.»

Ich versuchte, Länge und Breite des Objekts zu erkunden. Vorläufig hatten wir nur einen Gegenstand, der sich wie der Brustkasten oder der Bauch eines Leichnams anfühlte. Als ich weiterprobierte, stellte ich fest, daß der Gegenstand nichts aufwies, was man für Arme oder Beine halten konnte. Er hatte eine regelmäßige Form. So kam ich zu der Überzeugung, daß unser Fund nichts weiter war als ein dicker Grasklumpen oder ein Reisighaufen, den ein paar Äste oder Lianen zusammenhielten. Auf keinen Fall konnte es ein Knabenkörper sein. Perez sah seinen Irrtum ein. Er warf den Stock auf die Brückenbohlen. Als ich mich im Weggehen noch einmal umsah, kam es mir vor, als liege der

Stock da wie ein stiller Vorwurf. Vielleicht war ich nur übermüdet. Es war schon kurz vor Mitternacht.

Ich ging zum Pumpmeisterhaus, wo ich heißen Kaffee, schwarze Bohnen und Tortillas bekam. Jetzt waren nämlich die Männer an der Reihe.

Die Brücke lag vollkommen verlassen da. Die Frauen und Mädchen schwatzten vergnügt miteinander. Der Kaffee hatte die Lebensgeister ein bißchen angeregt. All das, womit sich die Gäste in den letzten drei Stunden beschäftigt hatten, war offenbar vergessen oder zumindest vorläufig in den Hintergrund gerückt. Es war leicht zu sehen, daß die Leute, die ja seit Sonnenaufgang auf den Beinen waren, immer gleichgültiger wurden und immer stumpfer. Sogar die Garcia sah man ein paarmal müde lachen. Da das Kind nicht im Fluß gefunden worden war, suchte sie sich einzureden, daß Carlo nicht ins Wasser gefallen, sondern tatsächlich nach Tlalcotitlan geritten sei, wie die beiden Jungen gesagt hatten, und daß er in irgendeinem Winkel dieser kleinen Ortschaft schlafend aufgefunden werden würde.

Alle wollten nun erst einmal abwarten, bis Garcia aus Tlalcotitlan zurückkehrte. Kam er allein zurück, ohne über den Verbleib des Kindes etwas erfahren zu haben, wollten sie alle die ganze Nacht dableiben und den Fluß gleich im Morgengrauen noch gründlicher absuchen. Die gedrückte Stimmung begann rasch zu weichen. Wäre Musik dagewesen, hätten sie wohl zu tanzen begonnen.

Ein paar Männer, die genug davon hatten, die ganze Zeit herumzustehen und immer wieder von derselben Sache zu reden, gingen gemächlich zur Brücke, nahmen Haken und lange Stecken und fingen, nachdem sie eine frische Fackel angezündet hatten, von neuem zu fischen an.

Fünf Minuten lang sah die Garcia den Männern auf der Brücke zu. Plötzlich schrie sie auf und rannte, ihre Laterne schwingend, auf die Brücke.

Sie hielt die Laterne über das Wasser, beugte sich, auf den Zehenspitzen stehend, vornüber und schrie in wilder Verzweiflung: «*Chio mio!* Mein Kleiner! Carlos, mein Liebling! *Mi nene, mi nene!* Komm zurück zu deiner Mutter, die dich so von Herzen liebt! Oh, komm zurück zu mir, Carlosito! Wo bist du, *Chiquitito mio*? Carlosito, mein süßer kleiner Junge!»

Der Pumpmeister und ein zweiter Mann liefen ihr nach und packten sie an den Armen, um zu verhindern, daß sie sich in den Fluß stürze. Sie schien vollkommen die Fassung verloren zu haben. Sie schlug mit Händen und Füßen um sich, stieß die beiden Männer fort, schwenkte sogar die Laterne gegen sie und kreischte: «Laßt mich in Ruh! *Caray*, laßt mich! Was wollt ihr von mir? Was habe ich euch getan? Laßt mich in Gottes oder in Teufels Namen, aber laßt mich in Ruh!»

17

Unweit der Brücke begannen ein paar Männer die allgemeine Aufmerksamkeit auf sich zu siehen. Erregte Debatten, Kopfnicken, lebhaftes Gestikulieren. Als ich näher trat, erkannte ich in dem Wortführer den weißhaarigen alten Indianer, der mir schon früher aufgefallen war. Um den alten Mann geschart, marschierte die ganze Korona zum Pumpmeisterhaus.

Abermals wurde es an der Brücke lebendig. Ein paar Burschen lösten sich aus der Gruppe. Sie mußten einen bestimmten Auftrag erhalten haben und machten sich nun an der Brücke zu schaffen; aber ich konnte nicht erkennen, was sie taten; denn ich war auch zum Pumpmeisterhaus gegangen, um zu sehen, was es gab. Kreuz und quer über den Platz hasteten Leute. Ihr Tun schien ziellos, doch mußten sie etwas Bestimmtes vorhaben. Die meisten freilich wußten nicht, was das alles zu bedeuten hatte; denn die Eingeweihten schienen keine Zeit zu haben, sich mit der Beantwortung von Fragen aufzuhalten. So fragte einer den anderen, was das geschäftige Treiben wohl für einen Zweck habe; ohne daß es jemand aussprach, wußten alle, daß im Mittelpunkt der ganzen lärmenden Betriebsamkeit das verschwundene Kind stand.

Die beiden Männer, die vor einer Weile wieder angefangen hatten zu suchen, arbeiteten jetzt schneller als je zuvor, und zu ihnen gesellten sich noch zwei andere.

Bei der Choza des Pumpmeisters hörte ich den alten Indianer sagen: «Jawohl, Señora, es muß eine dicke Kerze sein.»

«Bedauere, ich habe nur ein paar dünne, die können Sie gern haben», erwiderte die Pumpmeistersfrau.

«Die nützen mir nichts.» Der alte Indianer ließ seine Blicke in die Runde gehen und fragte: «Wo kann man hier nur eine dicke Kerze herbekommen? Hat hier vielleicht jemand eine schöne, dicke Kerze?»

«Ich glaube kaum, daß jemand so eine Kerze hat», sagte die Frau. «Sie haben lauter dünne, solche, wie ich sie Ihnen auch geben will. Freilich, ich weiß ja, daß sie nicht viel taugen, weil sie durch die Hitze rasch weich werden und umfallen.»

«Wenn ich nur eine gute, starke Kerze hätte, die stehenbleibt», fuhr der alte Indianer fort und blickte hilfesuchend um sich, als erwarte er, daß die Kerze vom Himmel fallen würde.

«Olla, einen Moment mal!» Die Stimme der Pumpmeistersfrau klang triumphierend. «Jetzt fällt mir ein, ich habe ja doch eine gute, feste Kerze. Nur...» setzte sie traurig hinzu, «nur ist es eine geweihte, eine, die der Señor Cura eigens gesegnet hat. Ich habe sie noch von der Fronleichnamsfeier in Rio Lodoso.»

«Eine geweihte Kerze?» Dem alten Indianer verschlug es fast die

Rede. «Eine geweihte, eine richtiggehend geweihte Kerze? Haben Sie tausend Dank, die ist gerade richtig. Jetzt kann nichts mehr schiefgehen. Bringen Sie die Kerze her! Rasch! Machen Sie schnell! Ach bitte, geben Sie mir doch die Kerze, Señora!»

Die Pumpmeistersfrau nahm eine Laterne vom Pfosten und verschwand in ihrer Hütte. Der alte Indianer klärte unterdessen die Männer auf: «Eine geweihte Kerze ist ja tausendmal besser als jede andere, und wäre sie auch noch so schön, noch so teuer. Diese aber, die gesegnete, die wird uns im Handumdrehen helfen.»

Der Indianer suchte herum, bis er eine Holzkiste gefunden hatte. Es war eine ganz gewöhnliche Kiste für den Versand von Büchsenmilch oder Seife. Sie war schon so ramponiert, daß sich das nicht mehr genau feststellen ließ.

Der alte Mann schleifte die Kiste in das Licht der Laterne. Nach gründlicher Untersuchung wählte er schließlich ein Brett aus und riß es los. Es war anderthalb Zentimeter stark und etwa fünfzig mal fünfundzwanzig Zentimeter groß.

Zunächst zog er die Nägel heraus. Dann wog er das Brett in der Hand, hielt es ans Licht und prüfte, ob es nicht verzogen war; denn alle vier Ecken mußten, wie er sagte, genau in der gleichen Ebene liegen. Wenn das Brett auch noch so geringfügig verzogen sei, könne man es nicht brauchen. Nachdem er es von allen Seiten betrachtet hatte, sagte er endlich: «Dieses Brett müßte genügen. Ein besseres werden wir nicht finden.»

Die Pumpmeistersfrau trat mit einer ziemlich dicken, halb heruntergebrannten und mit einem kleinen Kreuz aus Goldpapier geschmückten Kerze aus dem Haus. Die Kerze war von der Art, wie sie die Kinder bei der ersten Kommunion in der Hand halten. Die Kinder reicher Leute tragen noch dickere und längere, reichverzierte Kerzen mit Darstellungen des Herrn und der Jungfrau, die sonst womöglich gar nicht erfahren würden, daß die Eltern dieser Kinder freigebiger sein können. Zumindest in bezug auf Kerzen; denn in anderen Dingen kommt es ja nicht so drauf an. Da schaut ja niemand zu.

Nachdem der alte Mann das Brett auf die Erde gelegt hatte, nahm er der Frau des Pumpmeisters die Laterne aus der Hand und stellte sie daneben. Mit den Fingernägeln markierte er den genauen Mittelpunkt des Brettes. Dann hob er es auf, setzte den Zeigefinger auf die Markierung, drehte das Brett um und balancierte es auf der Fingerspitze. Von dem Ergebnis des Versuchs anscheinend befriedigt, legte er das Brett wieder auf die Erde.

Nun zündete der Mann die Kerze an, tropfte ein wenig Paraffin auf die markierte Mitte, drückte die Kerze fest darauf, wartete eine Minute ab und griff dann noch einmal hin, um zu sehen, ob sie fest stand. Er ging mit großer Geduld und noch größerer Sorgfalt zu Werke. Schließlich visierte er die Kerze von allen Seiten an, um sich zu überzeugen, daß sie auch vollkommen gerade stand. «Wenn sie nur ein bißchen schief steht, ist es schon fraglich, ob das Unternehmen gelingt», bedeutete er den anderen und bewunderte dabei sein Werk wie ein Künstler seine Schöpfung.

Viele Männer und Frauen verfolgten jeden Handgriff, den der alte Indianer tat. Je länger sie ihm zusahen, desto ehrerbietiger wurden ihre Gesichter. Die ehrfürchtige Scheu, sogar den Respekt vor ihren katholischen Priestern können diese Leute vielleicht einmal verlieren. Niemals aber die tief verwurzelte Scheu, den Respekt und die Ehrfurcht vor jenen Menschen aus ihrer Mitte, denen göttliche Kräfte und ein Wissen um die Geheimnisse der Natur zugeschrieben werden. Wenn der alte Mann gesagt hätte: «Und jetzt brauche ich das Herzblut von einem von euch», dann wäre gleich ein halbes Dutzend Männer und Burschen vorgetreten, um das Verlangte darzubringen. Nicht so sehr, weil es ihnen Spaß gemacht hätte oder weil sie die schwache Hoffnung hegten, dereinst einmal zu Heiligen erhoben zu werden, sondern einfach deshalb, weil sie ihren eigenen freien Willen eingebüßt hatten und ganz unter dem Einfluß des alten Mannes standen. Einem Priester zu Gefallen hätte keiner sein Herzblut oder auch nur seine Hand hergegeben. Ihre Brujos und Medizinmänner üben noch immer eine ungeheure Macht über ihre Seelen und Gemüter aus, zumeist zu ihrem eigenen Besten.

Jedermann wußte, ohne zu fragen, daß all die seltsamen, mysteriösen Manipulationen des alten Mannes irgendwie mit dem verschwundenen Kind zusammenhingen. Keiner sprach ein Wort. Keiner störte den Alten mit Fragen. Je mehr er sich in seine Arbeit vertiefte, desto größer wurde der Kreis der Zuschauer. Aber sie standen nicht mehr dicht dabei, in nachbarlicher Vertraulichkeit, wie noch vor einer halben Stunde. Der alte Mann wurde für sie allmählich zu einer Erscheinung, die ihrem Kreis entrückt war, ihr Begriffsvermögen überstieg. Niemand zweifelte daran, daß er versuchen wollte, wegen des Kindes mit dem Jenseits in Verbindung zu treten.

Nun hob der Indianer das Brett vom Boden auf. Behutsam und feierlich, wie ein Priester die Monstranz trägt, brachte er das Brett ans Flußufer hinunter. Die Leute folgten ihm wie bei einer Prozession.

Wer noch auf der Brücke stand, blieb dort, um zuzusehen und zu erfahren, was weiter geschehen würde. Auch die wenigen, die noch mit Haken und Stangen fischten, wurden aufmerksam und stellten die Arbeit ein. Sie legten ihre Werkzeuge hin und kamen langsam näher.

18

Auf der Brücke kauerte auch ein uraltes Indianerweib mit tausend Runzeln im Gesicht. Sie war gewiß schon über hundert. Sie verfolgte die Prozession wie alle anderen, zeigte aber kein sonderliches Interesse, von Neugier gar nicht zu reden. Sie rauchte eine dicke Zigarre und paffte mit größtem Wohlbehagen. Wie ich so sah, mit welcher Ruhe, welcher philosophischen Gelassenheit sie dasaß, dachte ich mir, es sei wirklich eine große Sache, mit hundert Jahren das geehrte und geachtete Oberhaupt einer Familie oder eines Clans zu sein, statt im Altersheim zu sitzen.

Nach jedem Zug betrachtete die Alte ihre Zigarre, als grübele sie über die betrübliche Tatsache nach, daß alles Gute auf dieser Erde früher oder später einmal ein Ende hat, selbst eine gute Zigarre. Und eine gute Zigarre war es ohne Zweifel; denn die Tabakblätter waren weder gekocht, getrocknet und fermentiert, noch parfümiert, gekühlt oder gesüßt worden. Aus der scheinbaren Interesselosigkeit der alten Frau schloß ich, daß sie außer dem alten Mann die einzige war, die wußte, was eigentlich vorging.

Ich hockte mich nach Art der Indianer zu ihr.

«Caray!» sagte ich. «Ihre Zigarre da, die ist erstklassig. Die duftet einfach himmlisch.»

«Wem sagen Sie das? Habe ich doch selbst gemacht! Und außerdem, junger Mann, kümmern Sie sich um ihren eigenen Dreck! Verstanden?»

Es war zu spät für mich, mich um meinen eigenen Dreck zu kümmern. Ich ließ mich nicht aus der Fassung bringen und fuhr fort: «Was machen die da mit der Kerze auf dem Brett?»

Die Alte sah mich aus beinahe ganz zugekniffenen Augen an, und die Runzeln in ihrem Gesicht wurden dreimal so zahlreich. Dann blies sie, offensichtlich befriedigt von mir, eine gewaltige Rauchwolke in die Luft, grübelte über den damit verbundenen Tabakverbrauch nach und sagte: «Wenn du es unbedingt wissen willst, elender Gringo, wenn du wissen willst, wie wir so was machen, ohne euch dabei um Rat oder Erlaubnis zu fragen, nun: sie suchen diesen nichtsnutzigen Bastard von dem liederlichen Weibsbild da, diesem faulen Luder. Wenn die sich beizeiten um ihren Balg gekümmert und aufgepaßt hätte, was er macht, dann brauchten wir ihn jetzt nicht zu suchen und Himmel und Hölle in Bewegung zu setzen. Aber lassen Sie nur, junger Mann, sie werden ihn schon kriegen. Jetzt werden sie ihn aus dem Dreck ziehen; denn nun suchen sie endlich auf die richtige Art. Sie hätten es schon vor vier Stunden so machen und nicht warten sollen, bis ihn die Krebse gefressen haben.»

«Was meinen Sie damit, Señora, mit der richtigen Art, zu suchen?»

«Suchen. Ja, das habe ich gesagt. Suchen. Wenn der Balg im Wasser liegt und nicht anderswo, dann haben sie ihn in einer Viertelstunde, vorausgesetzt, daß die Strömung nicht zu stark ist.»

«Wie sollte er im Wasser liegen, Señora? Wir haben den Fluß doch stundenlang abgesucht und nichts gefunden.»

Die Alte grinste mich ironisch an. Sie hatte kräftige, große, bräunlichgelbe Zähne. Das Zahnfleisch war so weit zurückgewichen, daß die Zähne bis zu den Wurzeln freilagen, wodurch sie sehr lang wirkten.

«Was haben Sie gesagt? Ach ja, Sie sagten, man habe stundenlang gesucht. Was man heute so suchen nennt, das habt ihr getan und sonst nichts. Wie patent und gescheit ihr doch seid, ihr Menschen von heute! Ihr haltet euch über den Aberglauben auf und habt nicht die leiseste Ahnung von dem, was hinter der Welt ist, die ihr mit euren Augen seht – oder zu sehen glaubt; denn in Wirklichkeit seht ihr ja gar nichts, weil ihr blind, taub und stumpfsinnig seid und nicht einmal riechen könnt. Das ist der Krampf mit euch. Wie ihr da gesucht habt, Sie und die anderen, na ja, junger Mann, Sie können Gift darauf nehmen, daß ihr würdet die Kröte auch dann nicht gefunden haben, wenn ihr sieben Tage gestochert hättet, außer, der Bengel wäre von selbst hochgekommen und wenn ihr bis zum Morgengrauen gewartet hättet, dann wäre von dem Jungen nicht mehr viel übrig gewesen, was man seinem Vater, diesem elenden Saufbold, bei seiner Rückkehr hätte zeigen können. Er ist ja sowieso nur losgezogen, um sich vollaufen zu lassen. Jeder vernünftige Mensch weiß, daß der kleine Taugenichts im Fluß liegt und sonst nirgends. Das dumme ist nur, daß kein einziger vernünftiger Mensch hier ist. Ich nehme mich da gar nicht aus; denn ich bin genauso übergeschnappt wie die anderen. Ich sage Ihnen was, junger Mann, die Menschen hier sind alle übergeschnappt. Sie warten, daß die Musik kommt, und keiner merkt, daß der Musikmeister schon lange hier ist und seit ein paar Stunden spielt. Sie sind blind und taub, das ist der Jammer.»

«Sie haben gewiß recht, Señora; aber sehen Sie, ich weiß noch immer nicht, was das Brett mit der Kerze zu bedeuten hat. Wir haben beim Schein von Fackeln und riesigen Scheiterhaufen gesucht. Wenn wir das Kind da nicht gefunden haben, wie soll das jetzt mit dieser kleinen Kerze gelingen?»

«*Borregos*, ja das seid ihr, Schafsköpfe! Ihr mit euren Eisenhaken, Stangen, Stöcken und Laternen, mit denen man einen Hund suchen kann, aber keinen Menschen. Die Kerze wird den Kleinen finden, so gewiß wie es jetzt Nacht ist und morgen wieder Tag sein wird. Der alte Mann braucht nur aufzupassen, wohin die Kerze geht, und wo sie dann stehenbleibt, da unten liegt das Kind.»

«Wie soll die Kerze ihn finden, wenn wir ihn nicht gefunden haben?»

Die Indianerin zog an ihrer Zigarre, blies ein paar dicke Rauchwolken von sich, betrachtete die Zigarre mit verträumten Augen und musterte mich von Kopf bis Fuß, um zu sehen, ob ich es überhaupt wert sei, daß sie sich noch länger mit mir unterhielte. Die Alte hatte mir ihre Erklärung in ziemlich unzusammenhängenden Worten gegeben. Ich mußte alles erst selbst in die richtige Ordnung bringen, um zu begreifen, was sie sagen wollte. Und das war ziemlich schwierig, weil ihrem kümmerlichen Spanisch dauernd indianische Brocken untermischt waren. Nur dadurch, daß sie ihre Äußerungen mit lebhaftem Mienenspiel und gelegentlichen Gesten begleitete, verstand ich sie halbwegs. Oft weiteten sich ihre Augen, und dann blitzten sie wie die einer jungen Frau, die ihrer Busenfreundin von der Hochzeitsnacht erzählt.

Mein ganzes Augenmerk richtete sich jetzt natürlich auf die Vorgänge am Flußufer. Ich vergaß darüber ganz, die Alte noch weiter auszufragen, aber ich merkte, daß sie mich wie eine Katze beobachtete, um zu sehen, was ich von dem seltsamen Zauber hielt, der sich da vor meinen Augen abspielte. Sie registrierte jede meiner Bewegungen, jede Geste; das spürte ich ganz deutlich. Zweifellos faßte sie von Minute zu Minute mehr Zutrauen zu mir. Ich nahm den ganzen Ritus, oder was immer es war, auch wirklich sehr ernst. Ich dachte gar nicht daran, mich darüber lustig zu machen. Letzten Endes verkündet jede Religion auf ihre Weise den rechten Glauben, und die Proselytenmacherei ist in jedem Falle zu verwerfen.

Am Ufer wurde der alte Indianer wiederum von Männern umringt. Der Alte hielt das Brett mit der Kerze weit vor sich, so daß die Kerzenflamme auf gleicher Höhe mit seinen Augen war. Die alten indianischen Priester der Azteken und Tolteken müssen so ausgesehen haben wie er in diesem Augenblick. Nur die Bauernkleider mußte man sich wegdenken. Um ihn war die Würde und Unnahbarkeit des Hohepriesters, der sich anschickt, einen geheimnisvollen Glaubensakt zu zelebrieren. Vielleicht wollte er die Götter anrufen, die er kannte; die seinem Herzen nahestanden. Denn der Herr, zu dem er und seinesgleichen in der Kirche beteten, wohnte nur auf ihren Lippen, gelangte niemals zu ihren Herzen.

Ein Seitenblick belehrte mich darüber, daß die alte Frau nicht davon abließ, mich zu beobachten. Ich aber sah noch immer keinen Grund, das zu mißbilligen, was die Männer da unten taten. Schließlich war es ja ihre Sache, nicht die meine.

Die Alte mußte erraten haben, was ich sie gerade fragen wollte. Sie sagte plötzlich: «Das Kind ruft die ganze Zeit. Können Sie das nicht hören?»

Vielleicht hatte ich die Worte nur im Traum vernommen. Aber nein, da war ihr Klang. Ein wenig verwirrt erwiderte ich: «Es tut mir leid, Señora. Ich höre nichts rufen. Sagten Sie, das Kind rufe?»

«Genau das habe ich gesagt. Aber Sie brauchen sich keine Gedanken zu machen, wenn Sie den Jungen nicht rufen hören. Ich höre ihn auch nicht so, wie wir die Dinge des Alltags hören. Kein menschliches Ohr vermag ihn auf landläufige Art zu hören. Das Licht der Kerze aber vernimmt seine Rufe. Wir können nur zusehen und die Rufe dadurch mit den Augen wahrnehmen. Hören können wir sie aber selbst nicht.»

«Das Licht der Kerze? Sagten Sie, das Licht der Kerze?» Ich war mir noch immer nicht klar darüber, ob ich nicht vielleicht doch träumte. Vielleicht verstand ich auch nicht richtig, was die Alte da in ihrem gebrochenen, mit indianischen Wendungen vermengten Kauderwelsch erzählte. So fragte ich nochmals: «Wollten Sie wirklich sagen, das Licht höre das Kind rufen?»

«Ja, was denn sonst? Sie wollen mir doch nicht etwa weismachen, daß Sie einen deutlich gesprochenen Satz nicht mehr verstehen. Ich sage Ihnen sogar noch etwas: Vorläufig weiß kein Mensch, ob das Kind tatsächlich im Fluß liegt. Wenn es aber drin ist – und davon bin ich überzeugt –, dann wird es das Licht zu sich heranrufen. Das Licht wird seinem Rufe folgen und zu ihm hinschwimmen, so gewiß wie es einen Gott im Himmel gibt. Und das Licht wird bei dem Jungen stehenbleiben, weil es seinem Rufe gehorchen muß und nichts selbständig oder aus freien Stücken tun kann, jedenfalls nicht in einem solchen Falle.»

Nacht, stockdunkle Nacht im tropischen Dschungel. Ich war unter Indianern, von denen ich nur sehr wenige kannte, und auch diese wenigen bloß recht flüchtig. Was hatte mir die alte Frau nun eigentlich erzählt? Für die Indianer etwas ganz Alltägliches, Normales. Und doch fragte ich mich, wer von uns beiden wohl übergeschnappt sein mochte. Trotzdem, in einer solchen Dschungelnacht, unter Indianern, hätte sich alles andere unnatürlich angehört, was die Alte mir sonst etwa hätte erzählen können. Sie konnte einfach nicht anders reden als so, wie sie es eben getan. Es paßte so gut zu allem. Ich sah ganz deutlich, was die Männer da unten am Flußufer taten. So konnte es kein Traum sein. Ich war wach, und ich hockte noch immer neben der alten Frau. Sie sprach nicht mehr, rauchte ihre Zigarre mit ungeheurem Genuß und sah den Männern, die die Vorbereitungen zu der mysteriösen Zeremonie trafen, gelangweilt zu.

Der alte Indianer begann mit lauter, singender Stimme; es war wie eine Beschwörung. Ich konnte ihn nicht verstehen; die Entfernung war zu groß.

Jetzt schwieg er und bewegte das Brett, das er noch immer vor sich hinhielt, dreimal auf und ab und dreimal hin und her, zum Schluß noch einmal auf und ab. Nach kurzer Stille erhob er seine Stimme abermals und sprach ein paar Verse, und dieses Mal nahmen einige der Männer, die ihn umringten, den Gesang auf; wiederholten die Verse nach Art eines Responsoriums.

Die Männer hatten den Hut abgenommen. Alle, die dabeistanden, verfolgten die Zeremonie mit feierlichem Ernst.

Ich beugte mich vor, um die Worte zu verstehen – ich hätte sie gern gewußt –, wollte mich aber lieber abseits halten, auch wenn sie von meinem Platz aus nicht zu verstehen waren. Hier wurde eine heilige Handlung vollzogen, zu der man mich nicht geladen hatte. Wäre es nicht aufdringlich gewesen, näher heranzutreten, da jedermann wußte, daß mich nicht der Glaube, sondern die bloße Neugier drängte?

Ein paar Sätze erfaßte ich und erkannte, daß die Leute sich hauptsächlich der spanischen Sprache bedienten, wenn dieses Spanisch auch mit Worten und Ausdrücken aus dem indianischen Idiom durchsetzt war, das in diesem Dschungel noch immer von Hunderten von Familien gesprochen wird. Immer wieder war der Anruf «*Madre Santisima!*» klar und deutlich zu vernehmen, doch wollte es mir scheinen, als beteten die Leuten nur mit den Lippen zur Heiligen Jungfrau, während ihr Herz die heilige Mutter ihrer Überlieferung, vielleicht Cioacoatl, anrief.

Das Zeremoniell dauerte ungefähr zehn Minuten. Der alte Indianer hob das Brett hoch über den Kopf. Das Licht der Kerze spiegelte sich im Wasser wider. Während er das Brett in dieser Stellung hielt, sang er noch ein paar Verse. Bevor er zu Ende war, fielen die anderen ein, und dann endigten sie alle zugleich. Ich lauschte gespannt, aber es kam kein Amen, nur ein Laut wie das «Huhu» der Eulen.

Schnell wie der Blitz zog Perez sich aus. Eine Weile stand er im Wasser, dann schritt er mit ausgestreckten Armen langsam auf den alten Indianer zu, der ihm so weit entgegenkam, bis auch er im Wasser stand. Mit feierlicher Gebärde übergab er Perez das Brett und murmelte ein paar Worte dazu. Perez strich sich mit der rechten Hand über die Brust, dann über das Brett. Vielleicht beschrieb er das Zeichen des Kreuzes, vielleicht ein anderes. Als er das Brett entgegennahm, sprach er auch mit leiser Stimme ein paar Worte, eine Erwiderung auf die Litanei. Sobald Perez das Brett übernommen hatte, führte der alte Indianer mit seiner Rechten über dem Brett und über dem Herzen die gleichen Bewegungen aus. Danach ging er rücklings ans Ufer zurück, ohne sich umzudrehen, das Gesicht immer dem Brett zugekehrt.

Perez trug das Brett hoch über den Kopf erhoben. Er watete in den

Fluß hinaus, bis das Wasser ihm bis zur Brust ging. Dort blieb er stehen und wartete. Als der Wasserspiegel sich wieder beruhigt hatte, setzte er das Brett unendlich behutsam auf das Wasser. Als es schwamm, watete auch er langsam ans Ufer zurück, ohne das seltsame kleine Floß aus den Augen zu lassen.

19

Das Brett liegt still auf dem Wasser, als überlege es sich, welchen Weg es nehmen soll. Perez schlingt sich sein Hemd um die Lenden und tritt vom Ufer zurück. Die Augen auf das Brett geheftet, geht er Schritt für Schritt rückwärts. Dann wendet er sich zur Brücke, von der aus er besser sehen kann, was weiter geschieht. Wie man mir später erzählte, schwimmt das Brett entweder direkt auf sein Ziel zu, oder es wackelt bloß hin und her, und in solchen Fällen kann nur ein Eingeweihter sagen, welche Richtung gemeint ist.

Alle Anwesenden stehen wie gebannt. Sekundenlang vergessen sie zu atmen, und dann müssen sie das Versäumte plötzlich nachholen. So kommt es, daß unaufhörlich ein Ächzen durch die Menge geht. Auch sieht es aus, als zwängen sie sich, die Augenlider dauernd offenzuhalten. Ihre Augen werden rot und weiten sich, so daß man glauben könnte, die Menschen seien alle in einem tiefen Trancezustand befangen.

Einige Männer halten den Hut in der Hand, andere haben die Hüte weggeworfen. Keiner raucht mehr. Kein Wort ist zu hören, nicht das leiseste Tuscheln oder Flüstern. Einzig das Singen, Zirpen und das Gefiedel des Dschungels erfüllt die Nacht. Von Zeit zu Zeit wird die große Dschungelsymphonie unversehens von einer tiefen Stille unterbrochen, so, als hätte jemand den Insekten aufgetragen, zwei bis drei Sekunden still zu sein. Aber dann geht es lauter und durchdringender weiter als zuvor. Diese unvermuteten Pausen in dem Dschungelkonzert vertiefen die Mysterien der Nacht, verdichten die Spannung der Menschen, die, beinahe in einer Ekstase, darauf warten, daß das Wunder geschieht.

Niemand weiß, ob das Wunder heute abend geschehen wird, so wie es nach ihrer Überlieferung schon vor Hunderten, ja, vor Tausenden von Jahren unter ähnlichen Umständen immer geschah. Alle Anwesenden sind von einem Glauben erfüllt, den keine Macht der Welt erschüttern könnte. Es ist keiner unter ihnen, der auch nur eine Sekunde lang meint, das Licht würde dem Ruf des verschwundenen Kindes nicht Folge leisten. Natürlich, wenn das Kind nicht im Fluß liegt, kann nichts angezeigt, kann ja das Licht auch nicht gerufen werden. Nur wenn es gerufen wird, vermag es etwas anzuzeigen. Wenn der Junge nicht im Wasser ist, wird das Licht den Fluß hinabschwimmen und verschwinden.

Plötzlich stößt der vielköpfige Leib einen Schrei aus, und aus zwei riesenhaften Lungen geht ein einziges Aufatmen durch die Menge.

Das Brett hat sich bewegt.

Unendlich langsam steuert es vom Ufer fort, der Strommitte zu. Jetzt hält es an, wackelt hin und her, schwankt, zittert ein wenig. Dann schwimmt es in derselben Richtung weiter.

Auf der Brücke drängen sich die Menschen. Die vorn am Rand haben sich auf die Knie niedergelassen. Sie kauern dicht gedrängt und strecken die Köpfe so weit vor, wie es nur geht. Mit brennenden Augen starren sie auf das langsam schwimmende Brett. Niemand atmet mehr als absolut notwendig, teils vor lauter Anspannung, aber hauptsächlich aus Angst, der Hauch könnte das Brett von seinem Kurs abbringen.

Ich stehe unweit der Brücke am Ufer und kann die Gesichter aller derer sehen, die am Rande knien. Die dichte Reihe angespannter Gesichter wird von den neuen Feuern am Ufer hell beleuchtet. Mich interessieren diese sechzig oder siebzig Gesichter, diese bronzebraunen oder dunkelgelben Leiber viel mehr als das, was im Moment gerade mit dem Brett vorgehen mag. Das Brett wird seine Sache schon machen, des bin ich ganz sicher, und wenn nicht, dann kümmert mich das herzlich wenig. Aber ob ich in meinem Leben noch einmal Gelegenheit haben werde, ein derartig grandioses Bild zu schauen, das ist die Frage; einen solchen riesigen Menschenleib mit einigen Dutzend und noch mehr Köpfen, die alle die gleichen Gedanken denken, die gleiche Hoffnung hegen; die alle im Bann des kleinen Flämmchens einer Kerze stehen. Die dunkelbraunen Augen spiegeln das kleine Flämmchen wider, als berge ein jedes von ihnen einen winzig kleinen, einsamen Stern. Ich sehe halbnackte Leiber, splitternackte und solche, die nur in Lumpen stecken. Dann wieder andere mit weißen Hemden und weißen oder gelben Baumwollhosen. Ihr schwarzes, drahtiges Haar ist so dicht, daß es aussieht, als hätten sie Pelzkappen auf.

Gegen die schlichten, natürlichen Gewänder der Männer nehmen sich die Kleider der Frauen, die aus der modernen Massenproduktion stammen, direkt erbärmlich aus.

Was haben diese Frauen verbrochen? Warum läßt die Vorsehung es zu, daß syrische Geschäftemacher diese schönen Leiber mit Kleidern behängen, welche von eingewanderten, miesen Uhrmachern entworfen wurden, die im Osten von New York am Verhungern sind? In ihren einfachen Alltagsröcken, sogar in ihren Lumpen, harmonieren diese Frauen mit dem Dschungel, dem Strom, der Brücke, der asthmatischen Pumpe, dem Lastzug, den Alligatoren, der Erde, mit dem ganzen Universum. So aber sind sie anilingefärbte Gespenster, angekränkelte Bastarde des Landes, niemandes Tochter. Einem gnädigen Gott und der Natur mit ihrem unzerstörbaren guten Geschmack haben wir es zu danken, daß im Dschungel und im Busch noch immer herrliche Blumen wild wachsen und blühen. Die können sich die Frauen nach Herzenslust pflücken und damit die Häßlichkeit moderner Produkte verdecken. Nur den Waldblumen und den Orchideen des Dschungels ist es zuzuschreiben, wenn diese Frauen noch nicht allen Kontakt mit der Erde verloren haben.

Die mysteriöse Handlung, deren Zeuge ich bin, der Glaube der Menschen an das Wunder, das da geschehen soll, das trübe Licht der Laternen unter dem Vorbau des Pumpmeisterhauses, die züngelnden Flammen der Scheiterhaufen, die Fackeln in den Händen der Burschen auf der Brücke, das schwimmende Brett mit der brennenden Kerze auf dem Wasser, der riesige Leib aus verzückten Wesen einer Rasse, die nicht meine ist... die in diesem Augenblick wie ein Mann atmen, deren Augen starr in das Wasser blicken und alle ein winziges Sternchen in sich tragen... das düstere Schweigen dieser Menschenmasse, der unaufhörliche Singsang des Dschungels – all das drückt mich nieder und macht mir das Herz schwer. Meine Kehle ist ausgetrocknet. Meine Zunge fühlt sich an, als sei sie aus Holz. Wo ist die Welt? Wo ist die Erde, auf der ich bisher gelebt habe? Sie ist verschwunden. Wo ist die Menschheit? Ich bin allein. Nicht einmal ein Himmel ist über mir, nur schwarze Nacht. Ich bin auf einem anderen Planeten, von dem ich nie wieder zu meinesgleichen zurückkehren kann. Nie wieder werde ich grüne Wiesen sehen, nie wieder wogende Weizenfelder. Nie wieder werde ich durch die Wälder, am Ufer der Seen von Wisconsin wandern, nie wieder über die Ebenen von Texas reiten und die Luft einsamer Ziegen-Ranchos atmen. Ich kann nicht auf die Erde zurück, zu meiner wahren Mutter, und niemals mehr werde ich die Sonne aufgehen sehen.

Ich lebe unter Kreaturen, die ich nicht kenne, die nicht meine Sprache sprechen und deren Seele, deren Herz ich nie ergründen kann. Einer, nur ein einziger aus dieser Menge braucht in diesem Augenblick aufzustehen. Nur ein einziger braucht mit dem Finger auf mich zeigen und rufen: «Seht den Mann dort! Seht ihn nur an! Er ist der Weiße, der nicht gebeten wurde, hierherzukommen, und der dennoch gekommen ist. Er ist der Schuldige. Mit seinen Augen und mit seiner blassen Totenhaut hat er den Zorn unserer Götter erregt. Er ist ein Gringo. Er hat uns Mißgeschick und Kummer gebracht. Gestern erst ist er gekommen, und heute schon mußte unser kleiner Junge von uns gehen.

Der weiße Mann dort hat ihn fortgejagt, und nun weint die Mutter des Kindes wie der Himmel in der Regenzeit. Er ist erst zwei Tage hier, und schon hat der Fluß uns, weil er ihn haßt, unser geliebtes Kindchen geraubt. Seht ihm in die Augen, und ihr werdet erkennen, daß er mit diesen Augen unsere Kinder vergiftet und uns alle behext!»

Wenn ich nie wiederkehre, wenn ich hier und jetzt, heute abend geopfert werde, wird niemand, kein Konsul, kein Botschafter, keine Regierung je erfahren, was aus mir geworden ist und wo meine Gebeine in der Sonne bleichen. Die Geier würden nichts von mir übriglassen, was sich identifizieren ließe. «Auf einer Reise durch den Dschungel verschollen» oder vielleicht «Beim Fischfang in sumpfigem Gelände von Alligatoren gefressen» – das wird das letzte sein, was die alten Bekannten zu Hause von mir hören.

Warum mache ich mir eigentlich solche Gedanken? Dort, nur ein paar Meter weg, steht doch Sleigh, mein Landsmann. Er ist ein Weißer wie ich, denkt genauso wie ich, ist in den gleichen Traditionen aufgewachsen und spricht dieselbe Sprache. Er steht hinter den Männern, die da auf der Brücke knien, und auch er hält die Augen auf das langsam durch das Wasser schwimmende Brett gerichtet.

Wenn die Menge wirklich, aufgehetzt von irgendeinem Verrückten, auf mich losgehen würde, um das verschwundene Kind an mir zu rächen, dann würde Sleigh mein Schutzengel sein, mein Lebensretter. Er würde mich mit seinem eigenen Körper schützen. Bestimmt. Ganz bestimmt sogar. Schließlich ist er ja mein Landsmann, und er singt wie ich das Lied vom «Star-Spangled Banner». Er würde mich retten. Er würde seinen Hut mit nachlässiger Gebärde ein wenig auf die Seite schieben und sagen: «Na, was ist denn das? Hört einmal her, Leutchen! Das könnt ihr doch nicht machen! Das ist ja Unfug. Er hat das Kind doch nicht in den Fluß geworfen. Das weiß ich doch ganz genau. Er ist ein herzensguter Mensch. Wer wollte das bestreiten?» Nach diesen Worten würde er, zu mir gewandt, hinzusetzen: «Sie entschuldigen mich. Ich muß nach dieser gottverdammten Kuh sehen. Heiliges Kruzifix! Wenn ich nur wüßte, wo ich das verdammte Vieh finden könnte. Vielleicht hat sie sich jetzt doch noch eingefunden. Ich gehe einmal nachsehen.»

Damit würde er gehen und mich der aufgebrachten Menge überlassen. Wenn ich in Stücke gerissen worden wäre, würde er zurückkommen, mit den Nachbarn reden und ihnen mitteilen, daß die Kuh noch immer nicht da sei und daß sich todsicher ein paar Tiger oder Löwen in der Gegend herumtreiben. Beim Anblick meines Leichnams würde er sagen: «Aber, aber, Leute, das hättet ihr nicht tun sollen! Das ist nicht richtig. Ich habe es euch doch gesagt. Wer hätte das gedacht? Ich habe ihn für einen anständigen Kerl gehalten. Ich glaube nicht, daß er das Kind in den Fluß geworfen hat. Ihr hättet es nicht tun sollen. Ja, ja, wer hätte ihm so was zugetraut?»

Sleigh. Wer ist Sleigh? Was verbindet mich mit ihm? Er wurde in dem gleichen großen Lande Gottes geboren wie ich. Trotzdem steht er mir näher als unser Präsident. Sleigh. Er hat mehr als sein halbes Leben unter diesen Indianern verbracht. Er ist mit einer Indianerfrau verheiratet. Seine Kinder sprechen kein Wort Amerikanisch. Sie können nur Spanisch und ein paar indianische Redensarten. Sleigh. Seine Mahlzeiten sind indianisch, und er ißt auch wie ein Indianer, ohne Gabel. Er schaufelt sein Fleisch, seine Bohnen und die Sauce auf ein abgerissenes Tortillastück, wickelt das Ganze zusammen und schiebt es sich in den Mund. Dann verschlingt er alles auf einmal, auch den Löffel aus Tortillamasse. Er wohnt in einem indianischen Jacal mit Lehmfußboden und Palmdach. In einem richtigen Haus oder einem Bungalow würde er sich gar nicht wohl fühlen. Ohne mit der Wimper zu zucken, würde er zusehen, wie diese Menschen in Wut geraten und mich zusammenschlagen. Ich bin vollkommen allein unter diesen Indianern. Was mir auch immer passieren mag, ich weiß ganz genau, daß kein Schlachtschiff in den Dschungel gefahren kommt mit «Hipp, hipp, hurra! Alles klar! Wir sind Herren der Lage!» Es ist sehr gut, wenn man das alles weiß. So wird man zum Fatalisten, und je fatalistischer ich werde, desto besser verstehe ich diese Leute. Sie könnten das Leben nicht ertragen, wenn sie nicht allesamt Fatalisten wären.

20

Das Brett ist ungefähr fünf Meter vom Ufer weg. Eine halbe Minute lang liegt es ruhig. Dann beginnt es sich langsam zu drehen, und immerzu kreisend treibt es weiter auf die Strommitte zu, kommt allmählich an die langsame Strömung heran. Zwei Meter etwa schwimmt es mit der Strömung, dann steht es wieder, und abermals dreht es sich, als trachte es, aus dem Strom herauszukommen.

Nach ein paar Minuten folgt es der Strömung wiederum ein kurzes Stück. Dann bleibt es unvermittelt stehen. Aufs neue fängt es an sich zu drehen, zuerst ganz langsam, dann schneller und immer schneller, und zur gleichen Zeit beginnt es, zurück zur Brücke zu schwimmen. Und jetzt, man sieht es ganz deutlich, jetzt schwimmt es gegen den Strom. Ich persönlich kann darin kein Wunder erblicken; in allen Flüssen gibt es schließlich Strömungen, die in zwei oder noch mehr verschiedenen Richtungen verlaufen, wenn auch gewöhnlich nur auf kurzen Strecken.

Auch alle anderen Zuschauer finden es keineswegs unnatürlich oder auch nur ungewöhnlich, daß das Brett gegen den Strom schwimmt, nur hat es bei ihnen einen anderen Grund, wenn sie die Erscheinung so ruhig hinnehmen. Für sie ist sie etwas lang Erwartetes. Jedermann ist jetzt überzeugt, daß der Junge im Fluß liegt, daß er das Licht ruft, und so muß das Licht ja seinem Rufe folgen. Auch ist nun der Beweis erbracht, daß die Leiche nicht stromabwärts gespült wurde.

Wer wird nun am Ende recht behalten, die Volksmenge oder ich?

Das Brett treibt auf die Brücke zu. Es schwimmt so langsam, daß man die Bewegung nur feststellen kann, wenn man über die Kerze einen festen Punkt am anderen Ufer anpeilt.

Nun stockt es und schaukelt auf dem Wasser. Offenbar ist es an einer Pflanze oder an einem Busch hängengeblieben. Auf die Art jedenfalls erkläre ich mir die Sache. So merkwürdig es scheinen mag, aber das Brett müht sich ab, wieder loszukommen.

Die Menge verfolgt diesen Vorgang gespannter, erregter als einen Hahnenkampf. In vielen Gesichtern drückt sich Enttäuschung aus. Ein junger Mann will in den Fluß hinauswaten, das Brett loszumachen. Der alte Indianer aber gebietet ihm, das Brett in Ruhe zu lassen. «Kein Busch, kein Zweig, nichts, das im Wasser wächst und lebt, kann das Brett daran hindern, den Weg zu nehmen, den es nehmen muß. Das merke dir, Muchacho», belehrt er ihn.

Der alte Indianer hat die Wahrheit gesprochen. Wenige Minuten, nachdem er das gesagt, schaukelt das Brett heftiger, beginnt sich zu drehen, und es reißt sich von dem Hindernis los. Langsam treibt es weiter auf die Brücke zu.

Nun ist es an der Brücke und stößt gegen den siebenten Pfahl. Es prallt ab und schwimmt, genau dem Brückenrand folgend, auf den sechsten Pfahl zu, wo es ein paar Minuten verharrt.

«Da, jetzt steht es endlich ganz! Dort ist der Junge! Das ist das Zeichen!» rufen zwei Dutzend Männer aufgeregt.

«Halt! Halt!» ruft der alte Indianer. «Langsam, ihr Leute! Warten wir erst einmal ab, damit wir keinen Fehler machen und das Wasser unnötig aufrühren. Das Licht steht noch immer nicht ganz still. Ich sage schon, wenn es soweit ist.»

Kaum hat er das gesagt, fängt das Brett an zu wackeln. Es schwimmt vom sechsten Pfahl fort und treibt, fortwährend kreisend, auf den fünften zu. Immer unter dem Brückenrand entlang. Unterwegs gerät es in die schwache Strömung, wird ungefähr einen Fußbreit hinausgetragen, kommt jedoch wieder von der Strömung los und kämpft sich wieder bis unter den Rand zurück, so, als stehe es im Bann einer unwiderstehlichen Gewalt.

Das Brett ist am fünften Pfahl. Ein paar Minuten bleibt es daran hängen, dann schwimmt es, ohne den Kontakt mit dem Pfosten zu verlieren, herum und treibt etwa einen halben Meter weit weg unter die Brücke.

Die Leute, die oben auf dem Brückenrand knien, beugen sich weit vor. Sie stecken die Köpfe unter die Brücke, um die Bewegungen des Brettes zu verfolgen. Alle Zuschauer fragen sich, warum keiner unter der Brücke nach dem Kinde suchte, statt nur am Rande. Ein paar Männer krabbeln auf die stromaufwärts gelegene Seite der Brücke und schauen von dort aus zu. Andere legen sich platt auf die Bohlen und bestaunen das Wunder durch die Ritzen und Spalten.

Inzwischen ist das Brett noch weiter unter die Brücke getrieben, immer im rechten Winkel vom fünften Pfahl weg. Jetzt ist es mitten unter der Brücke. Von dort aus schwimmt es auf den vierten Pfosten zu, allerdings nur einen Fußbreit ungefähr.

Hier endlich steht es, als sei es auf dem Wasser festgenagelt. Weder die Strömung noch die leichte Brise, die sanft über das Wasser des Flusses hinstreicht vermag es zu bewegen. Dieses Mal hält es auf andere Art als bei früheren Gelegenheiten. Ab und zu zittert es ein wenig, so als würde es von einem Hauch von unten her getroffen, aber es dreht sich nicht mehr.

Wirklich, das Ganze ist eindeutig und unmißverständlich. Niemand kann mehr daran zweifeln, daß das Brett nun endlich am Ziel ist.

Wie aus einem Munde atmen alle auf; es ist ein langgezogenes Stöhnen. Hundert schwere Seufzer erfüllen die Luft. Sie übertönen fast die Millionen Stimmen des Dschungels. Viele Männer und Frauen scheinen über und über mit dicken Schweißperlen bedeckt. Anderen rinnt der Schweiß in Bächen an Gesicht und Körper herunter. Niemand nimmt sich die Mühe, ihn abzuwischen. Hier und da schweben geflüsterte Worte durch die Nacht.

Das Brett beginnt beinahe unmerklich zu tanzen, als werde es ungeduldig. Es sieht aus, als wolle es erlöst sein von seinen Qualen. Es wackelt hin und her, dreht sich um die eigene Achse, aber es rührt sich keine fünf Zentimeter von der Stelle. Man könnte glauben, es mache Anstalten, auf Grund zu gehen.

Der alte Indianer beobachtet das Brett wie der Habicht eine Maus. In seinem Tun ist eine unendliche Ruhe. Vier oder fünf Minuten wartet er noch, dann gibt er das langerwartete Zeichen. «So, jetzt könnt ihr tauchen! Dort ist der Kleine. Er liegt im Fluß, nun wissen wir es. Arme Mutter! Gott möge sie schützen, möge sie segnen!» Er geht ein paar Schritte auf die Brücke zu. Es ist eine Stelle, an die niemand gedacht hat. Wer hätte geglaubt, daß man einen Knaben, der über den Brückenrand hinabgestürzt ist, mitten unter der Brücke suchen muß? Es ist kaum zu glauben.

Perez ist schon im Wasser. Zwei Mann folgen ihm. Er ist als erster an Ort und Stelle. Behutsam schiebt er das Brett beiseite, um tauchen zu können.

Nur ein paar Sekunden ist er unter Wasser. Dann kommt er hoch, spuckt aus und sagt mit belegter, trauriger Stimme: «Da ist er! Hier liegt das Kind. Ich habe den Körper mit den Händen berührt.»

Die Leute auf der Brücke sehen Perez an. Er ist an den fünften Pfahl herangeschwommen und hält sich mit einer Hand daran fest. Mit der anderen wischt er sich das Wasser vom Gesicht, das ihm aus den Haaren rinnt. In seinem von den flackernden Feuern am Ufer matt beleuchteten Gesicht steht das Grauen, untermischt mit Seelenpein. Er blickt zur Brücke und läßt seine Augen an der Menge entlangwandern. Jeder weiß, daß er nach der Garcia Ausschau hält; aber niemand ruft sie.

In diesem Augenblick kommt, kein Mensch weiß woher, die Garcia, die Füße schwer nachschleppend, über die Brücke. Sie geht dorthin, wo Perez sich an den Pfahl klammert. Alle treten zurück, um die Frau vorbeizulassen. Sie hat Perez gehört. Sie hat den Mund weit offen. Sie möchte schreien, und vielleicht glaubt sie sogar zu schreien. Irgendwie aber kann sie nicht schreien, weil ihr die Kehle zugeschnürt ist wie von einem Krampf. Sie hebt eine Hand, ballt sie zur Faust und preßt sie, so tief es geht, in den offenen Mund. Grauen flackert in ihren Augen. Die Angst huscht schattengleich über ihr Gesicht, als umflatterten sie riesige unsichtbare Vögel.

Sie bebt vor Angst, Angst vor dem endgültigen Urteil. Sie möchte sich an das letzte bißchen Hoffnung und Zweifel klammern. Vielleicht hat Perez sich geirrt. Vielleicht hat er nur einen Grasklumpen in den Händen gehalten. Möge der Allmächtige doch geben, daß er sich geirrt hat, wie alle anderen vor ihm sich irrten! Langsam heben sich ihre Augen zum Himmel empor, doch wendet sie sie zurück, dorthin, wo Tlalcotitlan liegt, wo ihr Mann hinritt; wo nun ihr letztes Fünkchen Hoffnung glimmt. Gewiß ist das Kind nach Tlalcotitlan gegangen, mit dem Knaben auf dem weißen Pferd. Es muß so sein, oder die Welt ist aus den Fugen. Oder es gibt keinen Gott im Himmel.

Niemand spricht ein Wort. Nur das Scharren der Füße auf der Brücke ist zu hören. Und der Gesang des Dschungels.

Perez ist wieder hinabgetaucht. Einer der beiden anderen Männer mit ihm. Kurze Zeit später kommen beide wieder hoch. In den Händen halten sie nasses, vermodertes Gestrüpp und Reisig. Es trieft von Wasser. Sie werfen es zur Seite. Und wieder geht es hinab.

Blasen steigen auf. Ausgerissene Wasserpflanzen, Zweige, Reisigteile kommen hoch und schwimmen auf dem Wasser. Einer der beiden Männer taucht auf. Man kann nicht sehen, wer es ist; das Gesicht ist nur zum Teil sichtbar, und auch dieser Teil ist von wirrem, triefnassem Haar verdeckt.

Ein paar Sekunden später sieht man etwas Schwarzes. Es kommt langsam herauf. Endlich ist Perez' dichter Haarschopf zu erkennen. Jetzt ist der Kopf ganz heraus. Perez schüttelt das Wasser ab. Er schnauft, atmet schwer, schluckt und stemmt sich noch weiter heraus. Mit aller Macht tritt er Wasser. Dieses Mal hat er die Arme nicht frei. Er hält Carlosito, von dem als erstes die Knie sichtbar werden. Die Knie ragen hoch über den übrigen Körper hinaus; denn sie sind in einem unnatürlichen Winkel abgebogen, die Fersen bis auf wenige Zentimeter an das Kreuz herangedrückt. Man könnte glauben, das Kind habe die ganze Zeit in Hockstellung auf dem Grunde gesessen.

Komisch. Die neuen amerikanischen Schuhe an den kleinen Füßen ziehen die Blicke aller als erstes auf sich, so als seien sie das Wichtigste von dem ganzen Jungen.

Perez blickt nicht zur Brücke. Teils schwimmend, teils watend, strebt er dem Ufer zu.

«*Chiquito mio!* Mein Kindchen!» schreit die Garcia. Sie rennt ans Ufer und sieht Perez entgegen.

Perez geht die niedrige Uferböschung hinauf. Splitternackt steht er vor der jungen Mutter. Noch immer in ihrem meergrünen Tanzkleid aus Gaze, mit feuerroten Blumen im Haar, an der Brust und am Gürtel, erwartet sie Perez, die Arme ausgestreckt nach der kleinen Last, die er trägt.

Unsagbar würdevoll, feierlich, in den Augen jenen mitleidsvollen traurigen Ausdruck, den nur das Tier und der Primitive haben, schreitet er langsam vorwärts. Und Perez, dessen Arbeit darin besteht, die harten Bäume des Dschungels zu fällen und Holzkohle daraus zu brennen, dieser Perez legt den kleinen wasserdurchtränkten Leichnam mit einer Behutsamkeit in die ausgestreckten Arme der Mutter, daß man an Glas denken muß, an Glas, so zart und fein, daß ein einziger leiser Hauch es zu zerbrechen vermöchte.

21

Viele Frauen brachen in diesem Augenblick in lautes Gejammer aus. Es klingt wie eine Anklage. Diese Klage, die die Schwärze der Nacht durchschneidet, als wolle sie ausbrechen aus dem Erdenkreis und zum Himmel steigen, schwoll immer stärker an, bis schließlich alle Frauen einstimmten. Dann ebbte sie ab zu leisem Wimmern. Die Frauen schlangen sich ein Tuch, einen Rebozo, einen schwarzen Schleier, einen Schal – oder was sie gerade zur Hand hatten – um den Kopf. Mit verhülltem Antlitz weinten sie bitterlich.

Es war nun nicht mehr der Tod des Garcia-Kindes allein, den sie bejammerten. Durch seinen unzeitigen Tod war der kleine Junge zum Kinde jeder Mutter geworden. Nur eine Mutter weiß, was eine Mutter empfindet. Niemand sonst, nicht einmal Gott im Himmel mit all seiner geläuterten Weisheit, all seiner erhabenen Abgeklärtheit kann die Gefühle einer Mutter nachempfinden, der ihr Kind genommen wurde.

Die Garcia hielt ihr Kind mit dem linken Arm und drückte es an ihre Brust. Mit der Rechten preßte sie seine nassen, schon ganz eingefallenen Händchen.

Perez stahl sich von ihr fort. Er wollte ihr nicht mehr unter die Augen treten, als habe er das ganze Herzeleid verursacht.

Ein Indianer mittleren Alters trat an die Mutter heran, neigte den Kopf und sagte etwas. Sie übergab ihm den kleinen Leichnam, und er nahm ihn mit äußerster Behutsamkeit entgegen. Dann trat er ein paar Schritte zurück. Und jetzt packte er das Kind kurzentschlossen, jede Rücksicht fahren lassend, wie ein alter Landarzt fest an den Füßen und riß es hoch, so daß der Kopf nach unten baumelte. Ein paarmal schüttelte er den Leichnam, aber aus dem Mund tropfte nur wäßriges Blut. Der Körper war schon erstarrt, darum streckten sich die Kniegelenke nur ganz wenig. Als das Kind mit dem Kopf nach unten hing, wurde an der Stirn, über der linken Augenbraue, eine dicke Beule sichtbar. Nase und Mund waren verschwollen, und der Oberkiefer war an einer Stelle eingedrückt.

Ich ging hin und hob den Kopf ein wenig auf, weil ich die Augen bei dem Licht der Laterne sehen wollte. Als ich den Kopf in der Hand hielt, fühlte ich ein kleines Loch im Hinterkopf. Ich drehte die Stelle zum Licht und sah, daß das Loch, nach der Größe zu urteilen, von einem ziemlich starken Nagel geschlagen sein mußte.

Der Indianer, der den Leichnam an den Füßen hielt, gab einem anderen mit den Augen einen Wink. Dieser Mann kam herbei und massierte den kleinen Körper, Zoll für Zoll vom Bauch hinunter bis zur Brust. Aber auch bei dieser Prozedur kam sonderbar wenig Wasser aus dem Mund, nur immer dieses dünne Blut.

Dicke Tränen traten der Mutter in die Augen, kollerten herab, rannen ihr über Wangen und Mundwinkel und Kinn, und tropften ihr schließlich auf die Brust. Sie fielen auf die Blumen, die sie sich dicht über dem Herzen an das Kleid geheftet hatte.

Die Garcia schnaufte kräftig. Sie blies so heftig durch die Nase, daß es vernehmlich pfiff, so laut, als habe sie dieses Schnauben durch Stunden unterdrückt und sich nun mit einem gewaltigen Anlauf Luft machen müssen. Ihre Nase lief. Sie blickte suchend umher, sah an ihrem Körper hinunter, hob den Saum ihres grünen Tanzkleides auf und schneuzte sich.

Es tat der Frau weh, daß ihr Kind mit dem Kopf nach unten hing, beinahe wie eine geschlachtete Ziege. Sie starrte den leblosen Körper an. Da sie offenbar dachte, es könne dem Kleinen Schmerzen bereiten, wenn er so hing, nahm sie den Kopf in ihre Hände und hob ihn auf. Dabei fiel ihr Blick auf die abgebogenen Knie. Sie ließ den Kopf los und versuchte, die Gelenke in eine natürliche Stellung zu drücken. Währenddessen schneuzte sie sich noch mehrmals in die Falten ihres Kleides und in ihre Ärmel. Immer wieder bog sie an den Knien herum, aber die wollten sich nicht strecken. In all ihrem Schmerz dachte sie jetzt schon an das Zeremoniell der Leichenschmückung vor dem Begräbnis. Der Leichnam mußte den Trauergästen aufgebahrt gezeigt werden, bevor er in die Erde gesenkt wurde. Da mußte er schön sein. Es war das letzte, was sie für ihr Kind tun konnte; denn sie wollte nicht, daß ihr Söhnchen wie ein Häufchen Unglück vor der Himmelstür stand.

Der Mann, der versucht hatte, das Wasser aus dem Leichnam herauszupressen, begriff, was die Mutter wollte, und versuchte, die Knie geradezubiegen. Mit Recken, Massieren, Kneten und dadurch, daß er die Gelenke mit seinen arbeitsharten Händen durchdrückte, gelang ihm das am Ende sogar halbwegs. Während er sich mit den Knien abmühte, strich die Mutter sanft über die neuen Schuhe, die das Kind an den Füßen trug. Sie hatten an manchen Stellen noch ihren alten Glanz. Sie drückte die kleinen Schuhe, liebkoste sie, als seien sie mit dem Kind verwachsen; sie wußte ja, welche Freude Carlos daran gehabt hatte. Und wie sie die Schuhe so liebkoste, dachte sie gewiß über die geheimnisvollen Wege des Schicksals nach: daß dieses Zeichen der Bruderliebe dem Kind zum Verhängnis werden sollte. Überwältigt von diesem Gedanken, vergaß sie ganz zu atmen, das unterdrückte Schluchzen drohte sie beinahe zu ersticken. Sie rang nach Luft und riß den Mund weit auf, aber statt zu atmen, stieß sie einen so fürchterlichen Schrei aus, daß es schien, als werde die Dschungelnacht in Stücke gerissen von diesem Schrei einer todwunden Mutter, die den Kosmos der Ungerechtigkeit zieh.

Ein paar Sekunden war es still. Die Welt schien zu vergehen. Dann schrie die Mutter wieder.

Die Männer, die dabeistanden, sahen bedrückt und verschüchtert aus. Sie senkten die Augen und wußten nicht, wo sie ihre Hände lassen sollten – wie kleine Kinder, wenn sie sich schämen. Vor dem Schmerz dieser Mutter wurden die Männer klein, nichtswürdig, armselig, und ihre Seele war leer. Niemand wagte die Frau anzurühren, niemand tröstete sie, aus Angst, etwas Verkehrtes zu tun.

Die Pumpmeistersfrau trat heran. Ohne ein Wort zu sagen, schloß sie die Garcia fest in ihre Arme. Sie bedeckte ihr Gesicht mit Küssen, küßte ihr die kollernden Tränen weg. Sie hob den Saum ihres Sonntagskleides auf, trocknete der Mutter damit die Tränen und wischte ihr die Nase. Dann küßte sie sie wieder und immer wieder. Beide Frauen weinten und schluchzten miteinander so laut, daß es auf dem ganzen weiten Platz zu hören war.

Wer hätte je gedacht, daß die Pumpmeistersfrau, die stolze, die so hoch geachtet wurde, als sei sie die Gemahlin des Präsidenten, daß diese hochmütige Frau sich einmal so vergessen, ihre ganze Haltung abtun würde? Die Mütter, ja die Mütter. So sind die Mütter. Sie verstehen einander im Kummer.

Die Männer kamen sich immer armseliger vor, wie sie die beiden Frauen da miteinander so weinen sahen, als seien sie eins. Immer mehr schämten sie sich über ... ja worüber denn? ... sie wußten es nicht. Sie hatten in diesem Augenblick nur einen Wunsch, den Wunsch, so weinen zu können wie diese beiden Mütter. Wie beneideten sie die beiden, die sich an dem kleinen Leichnam zu schaffen machten.

Sleigh kam herbei, er betastete den Leichnam von oben bis unten und sagte endlich: «Dem ist nicht mehr zu helfen. Ich geh und mache Kaffee. Die Garcia wird sich gewiß freuen, wenn sie etwas Warmes in den Magen bekommt.»

Die Pumpmeistersfrau entwand sich sachte den Armen der Garcia. Sie betrachtete das Kind, das noch immer mit dem Kopf nach unten hing, während die beiden Männer den Leichnam bearbeiteten. Sie hob das Köpfchen, strich das nasse Haar zurück und tätschelte sanft die Wangen. Das wäßrige Blut sickerte ihr über die Hand. Sie wischte mit ihrem Kleid den blutenden Mund und die blutbeschmierte Nase ab. Noch immer tropfte das Blut.

Das Kind hatte nicht nur neue Schuhe, sondern auch neue Socken an. Es waren, wie die Schuhe, die ersten, die der Junge in seinem Leben getragen. Auch die Socken hatte ihm sein großer Bruder geschenkt. Die halblange Hose, die ihm nur bis zu den Knien ging, war abgetragen, an einem Dutzend Stellen geflickt und trotzdem noch voller Löcher. Hosenträger hatte er keine. Statt dessen war vorn an einem Knopf eine Schnur festgebunden, die über eine Schulter lief und hinten um einen anderen Knopf geschlungen war. Der Oberkörper war mit einem zerschlissenen, weißen, viel zu kleinen Baumwollhemd bekleidet.

Als der Mann, der den Leichnam an den Füßen hielt, das Kind nochmals schüttelte, um das Wasser vielleicht doch noch herauszubekommen, fiel aus einer der Hosentaschen eine kleine hölzerne Pfeife. Die

Mutter fing sie auf. Sie sah das Pfeifchen an und begann auf eine stille, schmerzvergessene Art zu weinen. Dann wischte sie sich die Tränen ab, um die Pfeife noch einmal zu betrachten und steckte sie in den Busenausschnitt ihres Kleides.

«Hat er nicht einen Hut gehabt?» fragte einer.

Die Männer, die diese Frage hörten, gerieten in Bewegung. Es gab etwas zu tun. Sie konnten sich wenigstens irgendwie nützlich machen, konnten ins Wasser springen und nach dem Hut des Kindes fischen.

Diese Hoffnung allerdings zerstreute sich rasch. Wenn der Junge einen Hut aufgehabt hätte, wäre er ja schon längst gesehen und gefunden worden, oder aber der Strom hatte ihn mit fortgerissen.

Dann sagte die Garcia, der Hut sei in der Hütte, und eben deswegen habe sie auch nicht glauben wollen, daß der Junge fortgeritten sei. Er hätte seinen Hut bestimmt mitgenommen; denn er hätte ihn auf dem Rückweg, bei Tageslicht, wenn die Sonne hochstand und heiß vom Himmel herniederbrannte, bitter nötig gebraucht. Die Hälfte von dem, was sie sagte, mußte man erraten; denn ihre Rede wurde fortwährend vom Schluchzen unterbrochen.

Wir standen immer noch am Ufer, unweit der Brücke. Irgendwer hielt eine Laterne hoch, und bei ihrem Schein war ein Teil der Brücke deutlich zu erkennen. Ich blickte hinüber und dachte an Sleigh, der – mir schien es, als sei es schon eine Woche her – gesagt hatte, er wolle für jemand Kaffee kochen. Von der Brücke her bewegte sich einer auf uns zu. Er ging langsam und schwer, wie ein uralter Mann. Wenn er einen Fuß hob, so war es, als sei der Fuß am Boden festgenagelt und müsse erst gewaltsam losgerissen werden. Der Mensch, der da kam, hielt den Kopf tief auf die Brust gesenkt. Noch bevor ich das Gesicht sah, erkannte ich an dem Sombrero aus Texas, daß es Manuel war.

Manuel war an unserem Ende der Brücke angelangt. Fast eine volle Minute stand er dort. Dann kam er auf uns zu, ohne den Kopf zu heben. Er war blaß, so blaß, wie es bei seiner braunen Hautfarbe nur möglich war. Sein Gesicht war klein und schmal geworden. Hätte er nicht den Hut aufgehabt, ich hätte ihn kaum erkannt, so sehr hatte er sich verändert. Seine Augen waren trüb und glasig, als seien sie blind.

Die Garcia starrte ihren großen Stiefsohn an. In ihren Augen standen dicke Tränen. Sie öffnete den Mund, um etwas zu sagen, aber dann schlossen sich ihre Lippen langsam und öffneten sich kein zweites Mal.

Manuel stand jetzt bei den ersten Männern die das Kind hielten. Sie sahen ihn an wie eine Geistererscheinung.

Es war zu merken, daß Manuel nichts sehen wollte. Er streckte die Arme aus, ohne den Kopf zu heben, und in seine ausgestreckten Arme legten sie ganz sacht den kleinen Bruder.

Kein Wort wurde gesprochen. Die Männer und Burschen, die ihre Hüte schon wieder aufgesetzt hatten, nahmen sie abermals ab bei dieser Zeremonie, als der Bruder das Kind übernahm.

Ein paar Minuten stand Manuel so, wie eine Bildsäule, das Kind in den Armen haltend; als bringe er es den Göttern zum Opfer dar. Er hatte als einziger den Hut auf, und dieser breitkrempige Sombrero auf dem traurig gesenkten Haupt, der sein Gesicht verdeckte – dieser Hut war es, der die schlichte Handlung wie einen mysteriösen Ritus erscheinen ließ.

Ich konnte das Ganze bald nicht mehr ertragen. Mich beschlich wieder die gleiche Angst, die ich schon vorher, als das Brett auf dem Wasser schwamm, ein paar Minuten lang empfunden hatte. Jeden Augenblick rechnete ich damit, daß aller Augen sich auf mich richten würden, auf mich als einen Hexenmeister, den Verantwortlichen für das Unheil, von dem diese arme Gemeinde friedfertiger Eingeborener heimgesucht worden war.

Weniger um zu helfen, als vielmehr um meine Nerven vor dem Zerreißen zu bewahren, verschaffte ich mir dadurch, daß ich mich zum Handeln zwang, die Gewißheit, daß ich noch lebendig, geistig und körperlich gesund war; mochte auch gerade mein Eingreifen die Aufmerksamkeit aller auf mich lenken und eben das heraufbeschwören, was ich so fürchtete. In dem Augenblick, als Manuel im Begriff war, sich abzuwenden, um die kleine Leiche nach Hause zu tragen, trat ich rasch vor, berührte Manuel am Arm und sagte: «*Por favor, amigo*, nur einen Augenblick.»

Ob Manuel gehört hatte, was ich sagte, wußte ich nicht. Jedenfalls blieb er stehen. Ich legte meine Hand auf die Brust des Kindes, schob das Hemd beiseite und legte das Ohr auf die Herzgegend. Lange schon war es mir klar, daß das Kind bereits tot oder zumindest bewußtlos und halbtot gewesen sein mußte, bevor es noch ins Wasser fiel. Daß es fünf Minuten, nachdem ich den Plumps hörte, ganz gewiß tot gewesen war. Nein, wer redet von Plumps? Ich hatte gehört, wie ein Fisch aus dem Wasser sprang, um sich ein Maulvoll Moskitos zu holen. Ein Fisch hatte das Geräusch verursacht. Ich konnte schwören, daß es ein Fisch war. Bis ans Ende meiner Tage wollte ich daran festhalten. Ich hatte keine Lust, mein ganzes Leben lang von diesem Geräusch, diesem Platschen, verfolgt zu werden.

Also wie gesagt, fünf Minuten nachdem der Fisch das Wasser laut aufspritzen ließ, da war das Kind schon tot, war ihm nicht mehr zu helfen. Da war die Beule über dem linken Auge, war das kleine Loch im Kopf und der eingedrückte Oberkiefer. Der Junge war tot, lange bevor ihn seine Mutter vermißte.

Der zarte Körper, an den ich mein Ohr legte, war kalt wie Eis. Das kleine Herz, das noch fünf Stunden zuvor so hurtig geschlagen hatte, ließ nicht das leiseste Pochen mehr vernehmen. Keiner der um mich Versammelten erwartete, daß ich sagen würde, das Kind sei noch am Leben. Dennoch ließen sie mich gewähren. Ich hob den Kopf. Alle sahen mich mit fragenden Augen an. Als habe mir die erste Untersuchung noch nicht die volle Gewißheit gebracht, legte ich das Ohr noch einmal an die feuchtkalte Brust. Dieses Mal horchte ich länger und noch aufmerksamer. Ich spürte die abstoßende Kälte des Todes nur um so deutlicher, und die Machtlosigkeit des Menschen angesichts des Todes. Als ich den Kopf hob, blickte ich nicht auf. Ich wandte mich von der Menge ab, die – das wußte ich, ohne hinzusehen – die Augen auf mich geheftet hielt und anscheinend darauf lauerte, daß ich ein Wunder verhieß. Mein stiller Abgang aber überzeugte wohl jedermann davon, daß kein Wunder, nicht einmal etwas Unerwartetes, geschehen würde.

Meine Angst war verflogen. Diese quälende Marter, die mich zweimal in jener Nacht heimgesucht, war völlig gewichen. Mit meiner Herzuntersuchung an dem Kind hatte ich, so zwecklos sie sein mochte, immerhin gezeigt, daß ich zu helfen bereit war. So galt ich als aufgenommen in die Schar der Trauergemeinde.

22

Manuel schritt, das Kind auf den ausgestreckten Armen, langsam zu den Takten eines unhörbaren Trauermarsches über die Brücke.

Die Mutter ging neben ihm, an die Schulter einer Frau gelehnt, die einen Arm um ihren Nacken gelegt hatte. Beide schluchzten.

Hinter ihnen kamen die Männer, die Hüte in der Hand, und dann die anderen Frauen.

Als Manuel an die Stelle der Brücke gelangte, von der das Kind vermutlich hinabgestürzt war, blieb er eine halbe Minute stehen. Da er den Kopf noch immer gesenkt hielt, konnte man nicht sehen, ob er ein Gebet sprach oder nur flüsternd die Worte formte: «Schau her, o Herr, was du getan!»

Die Garcia schrie herzzerreißend. Die Frau an ihrer Seite umschlang sie mit beiden Armen und redete mit leiser, begütigender Stimme auf sie ein. Ein Mann trat an den Rand der Brücke und schlug mit ein paar kräftigen Machetehieben ein Kreuz in die Begrenzungsleiste, eine Art Mahnmal.

Die Prozession zog weiter, gelangte an das andere Ufer, kam auf die Lichtung, auf der die Siedlung lag, und beendete ihren Marsch auf dem sauber gekehrten Vorhof der Garcia-Hütte, auf dem am frühen

Abend der alte Garcia gefiedelt, und Carlosito den Boxkampf mit seinem großen Bruder Manuelito ausgetragen hatte.

Hinter Manuel und den beiden Frauen traten wir in die Hütte.

Die Hütte war eine der armseligsten, die ich je gesehen hatte. Kein Tisch, kein Stuhl, keine Bank, keine Bettstelle, überhaupt nicht ein einziges Möbelstück, auch nicht das billigste. Von einer Kiste abgesehen, war gar nichts da, was als Mobilar hätte dienen können. Ganz hinten in einer Ecke waren vier Pfosten in den Lehmfußboden getrieben. Auf diesen vier Pfosten ruhte ein Gitter aus dünnen, ineinandergeflochtenen Gerten, von Schlingpflanzen aus dem Dschungel zusammengehalten. Auf dieser wackeligen Konstruktion lag eine alte, zerschlissene Decke und ein Haufen Präriegras, das als Kopfkissen diente. Dieses primitive Gestell war das Bett Garcias und seiner Frau. Das Kinderbett war nur eine Petate, eine auf den Lehmfußboden gebreitete Bastmatte, die jetzt unter das Bett geschoben war. Allerdings hatte der Junge häufig auf dem Grasdach der Hütte geschlafen, zugedeckt mit einem zerfetzten Tuch. Seine Mutter hatte immer Angst gehabt, ein Skorpion könnte ihn stechen, aber er hatte sich nichts daraus gemacht und oft das Dach vorgezogen, ohne sagen zu können, warum.

Ein paar Frauen waren vorausgeeilt und vor Manuel und den anderen in der Hütte gewesen. Sie hatten Kerzen mitgebracht, hatten sie in leere, vom Pumpmeister geborgte Flaschen gesteckt und auf Kisten gestellt, die gleichfalls dem *maestro maquinista* gehörten. Dank dieser Vorbereitungen hatte sich in der Hütte eine feierliche Atmosphäre verbreitet, die die Garcia aufs neue zu Tränenausbrüchen veranlaßte.

Diesmal allerdings schüttelte die Frau ihre Verzweiflung rasch und beherzt ab. Sie hatte jetzt Pflichten als Gastgeberin zu erfüllen, ganz abgesehen davon, daß es die Vorbereitungen für das Begräbnis des Knaben zu treffen galt. Die vielen Aufgaben, die ihrer harrten, halfen ihr über ihren Schmerz hinweg. Es war gewiß gut, daß sie im Hause so viel Arbeit hatte. Sonst wäre sie vielleicht fürs ganze Leben schwermütig geworden. Auf die ersten zwölf Stunden kommt es an. Wenn man die übersteht, wenn man während dieser Zeit einen kühlen Kopf behält, dann kann einem schon nach ein paar Wochen das Leben wieder lebenswert erscheinen.

Anfangs wußte sie nicht, was sie nun tun, wo sie beginnen sollte. In der Maschinerie ihres Alltags war eine Schraube zerbrochen, eine sehr wichtige Schraube. Sie mußte erst einen Ersatz dafür finden, ehe das Werk wieder einwandfrei funktionieren konnte. Vorläufig wußte die Garcia nur, daß sie in den nächsten zehn Stunden emsig und schwer arbeiten mußte. Sie fing damit an, alle Kisten umzustellen. Jede einzelne Kiste verschob sie, und auch die Kerzen nahm sie alle aus den Flaschen heraus und steckte sie in andere. Dann stellte sie die Flaschen von einer Kiste auf die andere. Als sie mit dem Umstellen fertig war, zeigte es sich, daß alles ungefähr genauso stand wie zuvor.

Nun begann sie, von einer Ecke in die andere zu laufen. Hier nahm sie etwas in die Hand und stellte es anderswo hin, nur um es dann dort wieder wegzunehmen und an seinen ursprünglichen Platz zurückzubringen. Viel war nicht da, was sie herumtragen konnte: ein Topf, ein paar beschädigte Krüge, die alle in Gebrauch waren, ein Löffel, ein Lappen, ein Bündel. Sie hielt eine Weile inne. Eine Hand, zur Faust geballt vor den Mund haltend, stand sie da und dachte nach. Dann hastete sie in eine Ecke. Sie bückte sich zu einer Holzkiste hinunter, die zu einer Art Truhe umgebaut war. Es war der Kleiderschrank der Familie. Sie machte die Kiste auf und kramte mit beiden Händen darin herum. Anscheinend hatte sie vergessen, was sie eigentlich wollte. Nachdem sie eine Weile gedankenlos in der Kiste gewühlt, ein paar Gegenstände in die Hand genommen und wieder hineingestopft hatte, zog sie endlich ein Bündel heraus. Es war marineblaues Baumwollzeug, ganz zerknüllt und zerknittert. Sie hielt das Zeug ans Licht, drehte und wendete es, verlor aber kein Wort darüber, was sie eigentlich damit vorhatte.

Manuel saß die ganze Zeit auf einem alten, halb mit Maiskolben angefüllten Sack. Er hatte das Kinn auf die Brust gesenkt; der Hut verdeckte sein Gesicht. Der tote kleine Bruder lag in seinen ausgestreckten, auf den Knien ruhenden Armen. So saß er regungslos, unbeteiligt wie ein bronzener Götze.

In der offenen Eingangstür erschien Sleigh. Er trug einen Tisch auf dem Kopf, den einzigen, den er besaß. Er zwängte sich damit durch die enge Türöffnung und setzte ihn mitten in der Hütte nieder. Die Pumpmeistersfrau kam herbei und breitete zwei Bettücher über den rohgezimmerten Tisch.

Manuel stand auf, trat an den Tisch, legte das Kind behutsam darauf und ging in die Nacht hinaus, ohne sich ein einziges Mal umzusehen.

Die Garcia lief zu dem Tisch, nahm die naßkalten, eingefallenen Hände ihres Kindes in die ihren und drückte sie fest aneinander, als wolle sie sie mit neuer Wärme durchdringen. Sie bemerkte, daß der Kopf des Kleinen derart flach auf dem Tisch lag, daß das Kinn nach oben stand, und sie sah, daß wieder Blut aus Mund und Nase sickerte. Das Blut zog von den Mundwinkeln hinab zum Kinn und zum Halse feine rosa Linien. Sonderbar, daß aus diesem Körper, der schon so lange leblos war, der über vier Stunden im Wasser gelegen hatte, noch immer Blut floß. Das Blut wurde freilich immer wäßriger.

Es tat der Mutter weh, daß das kleine Köpfchen so verdreht dalag. Sie ging zu ihrem Bett, nahm eine Handvoll Gras und kam damit zum Tisch zurück. Auf halbem Wege blieb sie stehen, sah ihr Kind an und ließ das Gras fallen. Eine Frau lief aus dem Jacal und kehrte nach ein paar Sekunden mit einem kleinen, schmutzigen Kissen zurück.

Die Pumpmeistersfrau durchstöberte die Kiste der Garcia, nahm ein paar grüne Lumpen heraus, nähte sie zu einem Beutel zusammen, stopfte Gras von dem Bett hinein und schob das Ganze dem Kind unter den Kopf, so daß es nun nicht nur ein, sondern gleich zwei Kissen hatte. Jetzt lag der Kopf in einer natürlichen Stellung, wie im Schlaf.

Auf den beiden Kissen und den Bettüchern bildeten sich rasch wäßrige rosa Flecken, die sich langsam immer mehr ausbreiteten.

Die Mutter zog dem Kinde die Schuhe aus, die, wie ich jetzt sah, bis über die Knöchel reichten und mehr halbhohe Stiefel waren als gewöhnliche Schuhe. Jetzt verstand ich besser, warum das Kind unsicher gewesen war, mit so steifen, schweren Schuhen. Die Garcia zog dem Jungen auch die neuen Socken aus, die kurzen Hosen und das Hemd, dieses enge Hemd, bei dem nirgends die Knöpfe zugingen.

Die Pumpmeistersfrau suchte sich einen Kamm. Erst scheitelte sie das Haar des Kleinen auf der linken Seite. Dann betrachtete sie ihr Werk, fand aber keinen Gefallen daran und machte den Scheitel rechts.

Die Hähne krähten zum zweitenmal in dieser Nacht. Es war eine Stunde nach Mitternacht.

Die Garcia nahm das blaue Baumwollzeug vom Boden auf, das sie dort vor einiger Zeit liegengelassen hatte, breitete es aus und glättete es, und nun sah man, daß es ein billiger, kleiner Matrosenanzug war, das Sonntagsgewand des Kindes. Carlos war sehr stolz darauf gewesen, hatten doch nicht einmal die Söhne des Pumpmeisters einen solchen Anzug.

Die Mutter zog ihrem Kinde den Matrosenanzug an. Als sie damit fertig war, betrachtete ich die Leiche. Mir lief es kalt über den Rücken. In seiner zerrissenen, geflickten Hose und mit seinem schmutzigen, an einem halben hundert Stellen durchlöcherten Hemd, mit der armseligen Schnur über der Schulter war der Junge in einer Weise recht anmutig gewesen, ein richtiges Kind des Dschungels. In diesem billigen Matrosenanzug aber sah er nicht mehr wie ein Sohn seiner Heimat aus, und doch triumphierten die scharfgeschnittenen, edlen Züge des Vollblutindianers am Ende über die bleichgesichtigen, plattfüßigen syrischen Schacherer und Wanderkrämer, die immer billiger und billiger verkaufen mußten, um überhaupt etwas loszuwerden.

Zu Lebzeiten hatte der Kleine den Anzug nur ein einziges Mal getragen. Bei einer Feria vor über einem Jahr.

Weder die Jacke noch die Hose ließ sich zuknöpfen. Erstens war das Kind aus dem Anzug herausgewachsen, zum anderen war der Leichnam vom Wasser aufgetrieben. Immer und immer wieder versuchte sie, den Anzug richtig hinzubringen. Vergeblich. Nach vielen fruchtlosen Versuchen verlor sie schließlich die Geduld und preßte den Körper so lange zusammen, bis die die Knöpfe zubrachte. Der Anzug saß jetzt so eng, daß ich ihn jeden Moment aufplatzen sah. Die Frau wrang die nassen Socken aus und hielt sie an das kleine Feuer, das auf dem Lehmfußboden brannte. Als sie trocken waren, zog sie sie dem Kleinen wieder an. Auch die neuen Schuhe.

Während die Garcia so hantierte, schnaufte sie vernehmlich, und alle paar Sekunden schneuzte sie sich in die Finger. Dann stöhnte und seufzte sie aus tiefstem Herzensgrund. Ab und zu murmelte sie mit tränenerstickter Stimme etwas vor sich hin, aber niemand konnte verstehen, was sie sagte. Mehrmals suchte sie mit den Augen im Zimmer herum, nahm einen Fetzen auf und schneuzte sich hinein. Von Zeit zu Zeit wurde ihr ganzer Körper von inneren Krämpfen erschüttert; aber sie stieß keine Schreie mehr aus. Vielleicht, weil sie gar nicht mehr dazu kam, weil sie so sehr damit beschäftigt war, das Kind für seinen letzten Gang herzurichten.

Die Leute in der Hütte tuschelten und wisperten. Die Garcia achtete ihrer nicht. Sie schien sich ganz allein zu wähnen. Alles, was sie tat, machte sie richtig. Trotzdem hatte man den Eindruck, als tue sie es wie in einem Traum, ganz mechanisch.

An einer Wand des Jacal war ein primitives Bord angebracht. Darauf stand ein kleines Bild, auf Glas gemalt, die Heilige Jungfrau von Guadalupe. Zu beiden Seiten dieses billigen Bildes standen noch ein paar andere, kleinere Ikonen. Ein Bild des Herrn war nirgends zu sehen. Auf der Rückseite waren die Heiligenbilder mit kurzen Gebeten bedruckt, die weder Garcia noch seine Frau lesen konnten. Vor der Heiligen Jungfrau stand ein Glas, ein ganz gewöhnliches Wasserglas mit einem kleinen Sprung. Es war mit Öl gefüllt und auf dem Öl schwamm eine winzig kleine Paraffinkerze, nicht größer als ein Zündholz, die in einem Stückchen Zinnblech von der Größe eines mittleren Geldstücks steckte. Diese winzige Kerze brannte. Sie brannte Tag und Nacht und beleuchtete mit ihrem schwachen Flämmchen das Bild der Madre Santisima; das heißt, sie sollte Tag und Nacht brennen, aber oft hatten die Garcias nicht einmal die paar Centavitos für das Öl, weil gerade weniger ewigkeitsnahe Dinge dringender gebraucht wurden. Als die Pumpmeistersfrau gekommen war, um nach dem Rechten zu sehen, war kein Öl in dem Glas gewesen. Sie hatte sofort das Glas mit frischem Öl gefüllt und die Kerze angesteckt. Was sollten denn die Leute von der Familie Garcia denken, wenn sie sahen, daß das Licht der Heiligen Jungfrau nicht brannte? Sie hätten die Bewohner des Hauses am Ende für Heiden oder womöglich gar für gottlose Gringos gehalten. Das Licht, das die Kerze verbreitete, war eigentlich nur ein matter Schimmer. Aber das genügte den Gläubigen, und so konnte wenigstens kein böser Geist hereinkommen und sich eine Seele holen.

Das kleine Bord war für die Familie Garcia nicht bloß der Hausaltar. Zur gleichen Zeit diente es als Aufbewahrungsort für die verschiedensten profanen Dinge, die im Hause gebraucht wurden. So standen da zum Beispiel ein paar angeschlagene Töpfe mit verwelkten Blumen. Dann lag da, eingewickelt in ein Stück Zeitungspapier, das, was die Garcia als ihr Nähzeug bezeichnete: ein paar Fetzen, einige zum Teil verrostete Nähnadeln und ein paar Stecknadeln, schließlich, um ein Stück braunes Packpapier gewickelt, weißes und schwarzes Garn. Auch ein Kamm, ein Dutzend Haarnadeln, Streichhölzer und Carlositos Spielsachen lagen auf dem Bord, darunter ein kaputtes Blechauto, das ein paar Centavos gekostet hatte, ein Angelhaken, eine Gummischleuder aus einem alten Autoschlauch, ein zerbrochener Korken, eine kleine, grellbunte Glaskugel, zwei Messingknöpfe und ein paar bunte Zigarettenbilder. Auch die kleine Hawaii-Gitarre war da, dieses so freudig begrüßte Geschenk Manuels, mit dem der Kleine mit seinem Geige spielenden Vater eine Tanzkapelle gründen wollte. An einer Ecke des Bords baumelte ein billiger Rosenkranz. In einer kleinen Tasse, die einst zu einer Puppenküche gehört hatte, befanden sich ein paar Centavos, und daneben lagen noch ein paar Bronzemünzen. Zusammen waren es wohl nicht mehr als fünfunddreißig Centavos. Das war der ganze Reichtum der Familie.

An einem dünnen Draht hing von einem Dachbalken ein Schilfrohrkorb. Er enthielt die kümmerlichen Vorräte der Garcias, zwei kleine braune Rohzuckerhüte, ein paar Dekagramm gemahlener Kaffee, eingewickelt in fettiges Papier, ein Pfund Reis von der billigsten Sorte, ein paar Pfund schwarze Bohnen und ein halbes Dutzend rote und grüne Paprikaschoten. An dem Korb hingen zwei Flaschen. In der einen war Salz, grobkörniges Salz, das alt und schmutzig aussah. Die andere Flasche war zu einem Drittel mit Schmalz angefüllt, das in diesen Gegenden niemals fest wird und deshalb in Flaschen aufbewahrt werden muß. Gibt man das Schmalz in ein offenes Gefäß, so ist es binnen kurzem voll ertrunkener Ameisen. Wie in allen anderen Häusern mußte der Korb aufgehängt werden, damit der Inhalt vor den Ratten und Mäusen sicher war. Die Ratten dieser Gegend waren jedoch so hervorragende Akrobaten, daß sie von dem Grasdach aus mit spielender Leichtigkeit an dem dünnen Draht hinunterturnten und die Vorräte trotzdem fortschleppten; denn der Herr in seiner grenzenlosen Weisheit hat die Welt so eingerichtet, daß niemand zu arm ist, um nicht doch von einem anderen ausgeraubt zu werden, und niemand so stark, daß ihn nicht doch ein anderer töten könnte.

Dicht an der Wand schwelte auf dem Lehmfußboden ein Feuer. Das war der Herd des Hauses. Ein irdener Topf mit Kaffee stand daneben. Anscheinend war der Topf dort am frühen Abend hingestellt worden, damit Garcia gleich seinen heißen Kaffee hatte, wenn er von dem Tanz zurückkam. Unweit des Feuers lehnte an der Wand das übliche Blech zum Heißmachen der Tortillas. Dann waren noch drei irdene Töpfe da, zwei irdene Krüge, von denen keiner ganz war, eine alte, rostige Eisenpfanne, und der Metate, ein großer, ausgehöhlter Stein, in dessen Rundung der gekochte Mais zur Bereitung des Tortillateiges zerstampft wird.

Die Choza hatte noch einen zweiten, obschon sehr kleinen Raum. Die Trennungswand bestand aus Knüppeln, die mit Lianen zusammengehalten wurden. Sie war ungefähr zwei Meter hoch und lief parallel zur Außenwand. So entstand eine anderthalb Meter breite Kammer, die sich über drei Viertel der Hüttenwand erstreckte. Diese schmale Nebenkammer war vollgestopft mit alten Säcken, einem schäbigen mexikanischen Sattel, zwei selbstgemachten, hölzernen Packsätteln der primitivsten Art, einem Haufen alter Stricke und Lassos und einem alten Korb, in den die Hühner ihre Eier legen sollten. Die paar Hühner, die die Garcias besaßen, hockten in einem Baum beim Haus, da sie sonst kein Obdach hatten. An einem Haken hing das Alltagsgewand der Garcia, ein halb zerlumptes, entsetzlich schmutziges Kleid.

Auf dem Fußboden des schmalen Nebenraumes lag eine Bastmatte, und darauf eine gute Wolldecke. Das war das Bett, in dem Manuel schlief, wenn er auf Besuch da war. In seiner Unterkunft in den Ölfeldern von Texas, wo er arbeitete, hatte er eine anständige Bettstelle, zwei reine Leintücher und zwei saubere Armeedecken. Trotzdem schimpfte er, wie alle seine Kollegen, Tag für Tag über die Knickerigkeit der reichen Ölgesellschaften. Allerdings, dort arbeitete er ja und verhalf der Ölgesellschaft mit zu ihren Millionen, und hier war er auf Urlaub und machte sich einen guten Tag. Das eben ist der Unterschied, den so viele Leute nicht begreifen können.

23

Immer neue Kerzen brachten die Nachbarn, und alle wurden angesteckt. Zwei wurden neben dem Kopf des Buben aufgestellt, zwei zu seinen Füßen und zwei weitere vor dem Bild der Madre Santisima. All die Kerzen, die vielen Leute, die da kamen und gingen und im Hause herumliefen, und besonders die Frauen mit ihren Festtagskleidern nahmen dem Jacal sein armseliges Aussehen. Der Raum erinnerte jetzt beinahe an eine kleine Dorfkapelle am Weihnachtsabend.

Die meisten Leute blieben draußen. Die Choza wäre ja auch viel zu eng geworden für die hundert oder mehr Menschen, die sich inzwischen angesammelt hatten. Sie hockten vor der Hütte auf dem Erdboden, rauchten und plauderten leise miteinander. Ab und zu traten ein paar Frauen oder Männer in die Hütte, und andere gingen wieder hinaus, um Platz zu machen für die Neuankömmlinge.

Manuels jüngerer Bruder, jener, den die Leute für geistesschwach hielten, kauerte am Boden, gleich beim Eingang, und er weinte still vor sich hin. Niemand achtete auf ihn, und auch er kümmerte sich nicht um die Leute, die an ihm vorbeikamen, obwohl sie ihn manchmal aus Versehen anstießen. Es blieb unklar, ob er um seinen kleinen Stiefbruder trauerte oder nur, weil er die Frauen weinen sah. Vielleicht weinte er auch bloß, weil er im Augenblick gerade nichts anderes anzufangen wußte. Niemand fragte ihn etwas, und niemand tröstete ihn. Er war der einzige Fremde hier, nachdem man mich in die Gemeinschaft der Trauergäste aufgenommen hatte.

Manuel trat herein, scheu, als wolle er nicht gesehen werden. Er sah das Kind an, ging zu dem Bord, nahm den Blechkamm und scheitelte das Haar des Jungen auf der anderen Seite. Viel Zeit brauchte er zu dieser einfachen Verrichtung.

Die Pumpmeistersfrau stand bei der Leiche und war dabei, aus goldenen, silbernen, roten, blauen und grünen Papierstreifen – der Teufel mochte wissen, wo sie die auf einmal herhatte – eine kleine Krone zu machen, die den Kopf des Kindes zieren sollte. Als die Krone fertig war, befestigte sie ein kleines Kreuz daran, das ein Mann mit seinem Taschenmesser aus einer alten Konservenbüchse ausgeschnitten hatte. Mit ein paar Tropfen Kerzwachs wurde das Kreuz mit Goldpapier beklebt. Ein paarmal maß die Frau mit einem Faden die Kopfweite des Kindes, damit die Krone auch paßte. Die Tränen rollten ihr über die Wangen. Sie fielen auf das bunte Papier, und von Zeit zu Zeit mußte sie sich die Augen wischen, weil sie vor lauter Tränen nichts mehr sah. Jedesmal, wenn sie dem Kind die kleine Krone aufsetzte, um zu sehen, ob sie paßte, glänzte der Schmuck heller. Und die Frau lächelte unter Tränen. Es fiel ihr immer wieder etwas Neues ein, wie man sie noch schöner machen konnte.

Die beiden Männer, die daran arbeiteten, die Beine des Kindes geradezubiegen, waren endlich zufrieden. Man hatte über die Knie ein Brett gelegt und darauf einen schweren Stein, damit sie nicht wieder in ihre unnatürliche Stellung zurückschnellten.

Ich sah, daß der Mund des Jungen weit offenstand. Mich störte das nicht im mindesten. Ist es denn nicht ganz natürlich, daß ein kleiner Bub, der plötzlich in eine andere, ganz neue Welt blickt, den Mund aufsperrt vor lauter Staunen? Niemand, den er auf seinem Wege traf, würde sich daran stoßen. Die Mutter war allerdings anderer Meinung. Sie wollte, daß ihr totes Kind schön sei, und so versuchte sie, den kleinen Mund zu schließen; aber er blieb nicht zu. Ich ließ mir einen Stoffstreifen von einem alten Hemd geben. Den wickelte ich dem Kleinen so um den Kopf, daß der Unterkiefer fest nach oben gedrückt wurde, und unter dem Kinn band ich eine Art Krawatte, um den wahren Zweck der Binde zu verbergen.

Wenn sich einer der Nachbarn oder einer der Gäste an dem Kind zu schaffen machte, kümmerte sich niemand sonderlich darum. Trat ich jedoch an die Leiche heran, hatte kaum Hand angelegt, kamen alle näher. Es sah beinahe so aus, als glaubten sie, ich könne noch immer irgendein großes Wunder vollbringen, vielleicht sogar das Kind zum Leben erwecken. Dem Fremden werden immer und überall ungewöhnliche Kräfte zugeschrieben. Daß ich dem Kleinen etwas antun könne, vielleicht gar noch jetzt, wo er schon tot war, das kam niemand in den Sinn. Ich kannte die Leute erst drei Tage, aber einige Zeit später erfuhr ich, daß sie mich schon lange kannten. Mein Ruhm gründete sich auf eine Geschichte, die man sich weit und breit von mir erzählte. Sie hing auch mit einem toten Indianer zusammen. Es hieß, ich habe ihn zum Leben oder, um die Wahrheit zu sagen, beinahe zum Leben erweckt, als er schon sieben Stunden tot war. Zumindest war es mir gelungen, ihn noch einmal zum Atmen zu bringen, und nach Ansicht aller Indianer, die dabei gewesen waren, hätte ich ihn auch völlig aus dem Reich des Todes zurückgeholt, wenn nicht ein Gachupin, so ein verhaßter Spanier, gerade im entscheidenden Augenblick dazugekommen wäre und eine Behandlung angeordnet hätte, die gerade das Gegenteil von meiner Methode war. In jenem Indianerdorf war jedermann davon überzeugt, daß ich Indianer von den Toten erwecken könnte, wenn man mich nur gewähren ließ.

Meine Kinnbandagierung wurde von allen gutgeheißen, und ich stieg in der Achtung der Trauergemeinde.

Zusammen mit einem Mann ging die Pumpmeistersfrau nun daran, dem Kind die Arme über der Brust zusammenzulegen, und sie bemühte sich, seine Hände wie im Gebet zu falten. Aber weder die Arme noch die Hände wollten gehorchen. Die Pumpmeistersfrau hatte aber anscheinend von dem gelernt, was sie für meine Erfindung hielt; denn nun begannen sie und ihr Helfer, die kleinen Ärmchen und Händchen mit Schnüren zu umwickeln. Die Schnüre schnitten tief in das aufgedunsene, schwammige Fleisch.

Das Kind trug mittlerweile schon die Krone auf dem Haupt. Es war wirklich erstaunlich, wie die Pumpmeistersfrau es fertiggebracht hatte, aus so primitivem Material einen so geschmackvollen Kopfputz, direkt ein kleines Kunstwerk, zu machen. Wenn man nicht genau hinsah, konnte man gar nicht glauben, daß die Krone aus Papier war. Wäre der grauenhafte Matrosenanzug nicht gewesen, bei dessen Anblick man nicht wußte, ob man lachen oder weinen sollte, hätte das Kind nicht wie ein kleiner Junge ausgesehen, der in einer armseligen Indianer-Choza geboren und aufgewachsen war, sondern eher wie der Sohn eines entthronten Aztekenkönigs aus alter Zeit, den man nach seinem Tode wieder in Amt und Würden eingesetzt hatte.

Die Pumpmeistersfrau betrachtete den Leichnam eine Weile, auf ihren Lippen stand ein Lächeln. Sie hatte einen neuen Einfall. Der Junge war für ihren Geschmack, für ihre nachbarliche Liebe noch immer nicht schön genug. Sie verließ die Hütte und kam nach einer Weile mit einem dünnen Stecken zurück, den sie mit Goldpapier umwickelte. Es wurde ein kleines Zepter mit einem kleinen goldenen Kreuz an der Spitze. Dieses Zepter legte sie dem Kind, nachdem sie die Schnüre gelockert hatte, in die Hand.

Gerade als die Frau damit fertig war, betrat der alte Garcia die Hütte. Er kam eben aus Tlalcotitlan zurück, blieb eine ganze Weile an der Tür stehen, und dann sah er seinen kleinen Prinzen an, ohne durch die geringste Geste zu verraten, was in ihm vorging. Er nahm den Hut ab und trat an den Tisch.

Das Kind war für Garcia nicht ein Junge, ein Sohn wie jeder andere. Natürlich war er der jüngste und deshalb verhätschelt, und sein Liebling. Aber das war es nicht allein. Der Kleine bedeutete ihm viel mehr als seine beiden anderen Kinder; denn nachdem er das Glück gehabt hatte, sich die Liebe einer hübschen Frau zu erringen, die knapp halb so alt war wie er, hatte er in dem Buben den Garanten eines glücklichen Lebens mit seiner jungen Frau erblickt; für sie und für alle anderen Menschen einen stets gegenwärtigen Beweis dafür erblickt, daß sie keinen Fehler gemacht hatte, als sie ihn heiratete.

Alle Leute in der Hütte fixierten ihn, um zu sehen, wie er es aufnehmen würde. Jeder wußte, wie sehr er an diesem Kind gehangen hatte, dem einzigen, das ihm seine junge Frau geschenkt und das höchstwahrscheinlich auch das letzte war, das er noch erwarten konnte.

Garcia sah den Leichnam mit ausdruckslosen Augen an, so als starre er ins Leere. Er verstand es nicht, konnte die harte Tatsache nicht begreifen, daß das Kind tot war, daß er es niemals wieder im Hause herumtollen hören, daß es nie wieder an seinem Rücken hochklettern und auf seinen Schultern reiten sollte, wenn er von der Arbeit im Busch nach Hause kam. Er wandte sich ab und blickte auf den Fußboden, als suche er dort etwas. Als er den Kopf wieder hob, rannen ihm dicke Tränen gleich Kristallkugeln über die Wangen. Er fragte nicht wann, nicht wo und wie. Eine Minute lang stand er an der Tür, den Kopf müde an den Türpfosten gelehnt, und dann verließ er die Hütte.

Ein paar Männer, gute Freunde von ihm, gingen ihm nach. Er sah sie nicht. Er ging über den Hof, bestieg das Pferd, mit dem er gekommen, und ritt hinaus in die Dunkelheit.

24

Da es drinnen im Augenblick nichts für mich zu tun gab, trat auch ich hinaus ins Freie. Draußen auf dem Hof lagen überall Männer, Frauen und Kinder. Sie hatten sich zusammengekuschelt und schliefen. Andere hockten auf der Erde und unterhielten sich, und manche gingen auf und ab. Aus allen Chozas in der Ansiedlung drang gedämpftes Licht.

In der Prärie schrien klagend die Burros. Der Dschungel sang sein ewiges Lied von Freude, Liebe, Trauer und Schmerz, von Unheil, Hoffnung, Verzweiflung, Sieg und Niederlage.

Was kümmerten Dschungel und Busch die Dinge, die hier vorgefallen waren? Für den Dschungel ist der Mensch belanglos. Er nimmt nicht einmal seine Ausscheidungen an, sondern überläßt sie den Fliegen und Käfern. Aber er nimmt seine Gebeine, sobald die Geier, die Ameisen und Würmer ihren Hunger gestillt haben. Was ist der Mensch für den Dschungel? Er holt sich ein paar Bäume oder Sträucher oder er rodet sich ein Fleckchen Erde, um einen Jacal darauf zu bauen und ein wenig Mais und Bohnen, vielleicht ein paar Kaffeesträucher zu pflanzen – aber wenn er sich nur drei Monate nicht um dieses Fleckchen kümmert, dann ist es nicht mehr seins. Der Dschungel hat es ihm wieder entrissen. Der Mensch kommt, der Mensch geht, aber der Dschungel bleibt. Kämpft der Mensch nicht Tag für Tag gegen ihn an, so verschlingt ihn der Dschungel.

Ich ging zu Sleigh hinüber, dessen Hütte nur ungefähr dreißig Meter weg war. Er blies gerade ins Feuer, und sein Gesicht war rot. Der Kaffee schien fertig zu sein. Es war kein guter Kaffee, ziemlich schal, vor Wochen, wenn nicht schon vor Monaten gemahlen. «Wollen Sie nicht eine Tasse?» fragte Sleigh, als er mich erblickte.

«Bringen Sie lieber erst was zu den Frauen rüber! Die brauchen ihn nötiger; klappen schon bald zusammen.»

«Meinetwegen; wie Sie glauben. Es ist Ihr eigener Schaden. Aber es macht nichts; ich koche dann noch einen Topf voll, und dann können Sie haben, soviel Sie wollen. Die Frau hat mir zwei Pfund dagelassen. Immerhin, ich glaube, wir können ein bißchen heißen Kaffee so gut gebrauchen wie die anderen.»

Das Mädchen auf seinem über den Boden gebreiteten Petate schlief fest unter dem Moskitonetz. Vielleicht hatte ihr Sleigh von dem Jungen erzählt. Ihr war das jedenfalls egal. Es war ja nicht ihr Kind. Das ihre hielt sie in den Armen. Worüber sollte sie sich da noch Sorgen machen? Sie hatte nicht den Ehrgeiz, zu der großen Weltgemeinschaft der Mütter zu gehören. Sie dachte nur an ihren engen Kreis.

«Nehmen Sie bitte die Becher da und helfen Sie mir.» Sleigh deutete auf eine Kiste, auf der sieben verschieden große Emailbecher standen. Vier waren schon so ramponiert, daß gar kein Email mehr darauf war. Zwei hätten sogar Löcher, sagte Sleigh, und er fügte hinzu, daß die Leute, die daraus trinken würden, schon einen anständigen Zug haben müßten, um überhaupt zu ihrem Kaffee zu kommen.

«Vor allen Dingen lassen Sie zwei für uns zurück. Ich trinke meinen Kaffee nicht gern aus dem Hut, wenn es sich irgend vermeiden läßt. Kommen Sie, ziehn wir los!»

Ich nahm die Becher. Wir gingen wieder zu den Garcias hinüber. Sleigh stellte die Becher und den Topf auf den Fußboden, goß Kaffee ein und gab der Garcia die erste Portion. Mechanisch stürzte sie den heißen Kaffee auf einen Zug hinunter. Die Pumpmeisterin und ein paar andere Frauen nippten auch ein wenig. Keine trank den ganzen Becher aus, immer nur ein paar Schluck, und den Rest gaben sie an die nächste weiter.

Die Pumpmeistersfrau drehte sich eine Zigarette. Dann gab sie ihren kleinen Beutel mit dem schwarzen Tabak der Garcia, die sich ebenfalls eine Zigarette drehte und zu rauchen anfing. Sie setzte sich aber nicht, sondern fuhr fort herumzuwirtschaften, ohne etwas Bestimmtes zu tun. Es gab auch gar nichts mehr zu tun, für niemand.

Nachdem die Frauen eine Zeitlang herumgesessen hatten, Zigaretten oder Zigarren rauchend oder heißen Kaffee schlürfend, erwachte aufs neue ihr Arbeitseifer. Aus alten Hemden, Kleidern und bunten Stoffresten machten sie allerhand Deckchen und Schleifen zur Ausschmückung des Leichnams und des Sarges, in den das Kind gelegt werden sollte.

Sleigh zwinkerte mir zu. Er kam sich anscheinend überflüssig vor, genauso wie ich. So gingen wir zurück in seine Hütte.

Da saßen wir, neben uns die qualmende kleine Blechflasche, die als Lampe diente. Mein Blick fiel auf das Herdfeuer, auf dem ein alter Emailtopf mit Wasser für den frischen Kaffee summte.

«Sagen Sie, Sleigh, wo nehmen Sie eigentlich das Wasser her, das Sie im Hause brauchen?»

Er sah mich groß an, als habe er nicht richtig verstanden.

«Ja, das Wasser meine ich, das Sie da in dem Eimer haben.»

«Menschenskind, Sie stellen aber Fragen! Das Wasser? Mir scheint, das müßten Sie sich doch wohl denken können, wo das Wasser herkommt.»

«Sie wollen mir doch nicht etwa erzählen, daß Sie das Wasser aus dem Fluß schöpfen?» Ich wiederholte die Frage noch einmal ganz deutlich; denn er starrte mich an, als zweifele er an meinem Verstand.

«Na, und was glauben Sie vielleicht? Sie glauben doch nicht am Ende gar, daß ich oder sonst jemand hier das Wasser in versiegelten Bierflaschen aus Kansas City oder per Luftpost vom Yosemite Valley kommen läßt? Sie sollten nicht so blödsinnige Fragen stellen; ich habe immer angenommen, Sie seien ein Kerl mit ein bißchen Grütze im Kopf – manchmal, wollte ich sagen, immer ja nicht. Verstehen Sie mich nicht falsch, aber jetzt hören Sie einmal her, Sie siebenmalkluger Mensch – Sie: als ich Sie das erste Mal getroffen habe, da unten an dem stinkenden Dschungeltümpel, wo ich Sie die Hände hochnehmen ließ, um meine Haut vor einem dschungelkranken Greenhorn zu retten –, habe ich da nicht gesehen, wie Sie das stinkende Wasser geschluckt haben, als sei es eisgekühltes Bier? Stimmt das vielleicht nicht? Damals war es Ihnen wurst, wer da reingespuckt oder welches Maultier vielleicht eine halbe Stunde vorher hineingepinkelt hatte. Sie haben es getrunken, und Sie waren heilfroh, daß in dem dreckigen Loch überhaupt noch Wasser war!»

«Schon gut, schon gut, das ist alles richtig. Aber wie ist das hier mit dem Kaffeewasser aus dem Fluß?»

Er grinste mich an. «Das ganze Wasser, das Sie getrunken haben, solange Sie hier sind, stammt aus dem Fluß. Sie wollen doch nicht verlangen, daß ich das Wasser erst abkoche oder, wie Sie sagen würden, desinfiziere, bevor wir es trinken? Daß ich nicht lache!»

«Sie wissen ganz gut, worauf ich hinaus will. Ich rede nicht von dem Wasser, das ich gestern oder heute getrunken habe. Ich rede von dem Wasser, in dem erst vor ein paar Stunden und höchstens hundert oder hundertfünfzig Meter von hier der Junge ertrunken ist.»

«Ja, und wenn schon. War das Kind etwa giftig oder was? Seine Mutter hat den Kaffee doch auch getrunken, den wir ihr gebracht haben. Oder vielleicht nicht? Und der Kaffee hat ihr geschmeckt. Oder vielleicht nicht? Jedenfalls hat sie nicht so saudumme Fragen gestellt wie Sie – wo ich das Wasser für den Kaffee her habe, den sie zu trinken bekam. Sie wußte genau, mit was für Wasser der Kaffee gekocht war, und wenn sie, die Mutter, den Kaffee trinken kann... wer sind Sie eigentlich, daß Ihnen der Kaffee nicht gut genug ist? Wir danken Gott, daß er uns solchen Kaffee beschert und daß wir das ganze Jahr über Wasser haben, wo es doch in unserer Republik hunderttausende Familien gibt, die monatelang gar kein Wasser haben und ihre Heimstätten, ihre Felder verlassen müssen, um sich Wasser zu suchen, mit all ihren Hühnern, ihren Ziegen, mit Sack und Pack.»

Sleigh hatte ganz recht. Es mochte ihm zuviel sein, eine ganze Zeitungsspalte in einem Zug durchzulesen, aber er hatte recht. Ich hätte nicht an den schwammigen kleinen Leichnam denken sollen und an das Blut, das ihm aus Mund und Nase, aus dem Kopf sickerte.

Nach langem Schweigen sagte Sleigh: «Ach Gott, mich stört das alles verdammt wenig. Wasser ist Wasser, und solange ich es trinken kann, ohne Bauchkrämpfe zu bekommen, solange ist es für mich gutes Wasser, und ich danke Gott dafür. Wenn es sein muß, sogar auf den Knien. Nein, das ist es nicht. Was mich an diesem Wasser interessiert, das ist etwas ganz anderes. Ich meine das Brett mit der Kerze darauf. So was geht mir in alle Knochen. Offen gestanden: mir läuft es noch immer kalt den Rücken herunter, wenn ich daran denke. Das ist unglaublich, das mit dem Brett und der Kerze. Meine Frau hat mir schon früher davon erzählt. Bei ihr zu Hause machen sie es auch so. Sie kommt aus einer anderen Gegend. Es ist ein anderer Menschenschlag oder was man so Stamm nennt, aber sie machen es genauso wie die hier. Und ich sage Ihnen, Mensch, die Kerze findet die Ertrunkenen immer.»

«Immer?»

«Jawohl, immer. Meine Frau hat gesagt, das Brett könne sogar gegen eine starke Strömung anschwimmen, wenn der Ertrunkene in der Richtung liegt.»

«Ich glaube das nicht. Mir kann niemand so was einreden.» Ich sprach aus innerster Überzeugung. «Die Indianer können nicht mehr als wir, und sie wissen auch nicht mehr. Kein Farbiger, kein Andersrassiger, kein Chinese, kein Hindu, kein Tibetaner kann Wunder vollbringen, die wir nicht vollbringen können. Das ist ja alles Unsinn. Wir halten andere Rassen immer für wer weiß wie mysteriös, nur weil wir ihre Sprache nicht gut genug verstehen; weil wir ihre Bräuche, ihre Lebensweise nicht richtig kennen. Nur diesem Mangel an Verständnis ist es zuzuschreiben, wenn wir oft glauben, sie könnten alle möglichen Wunder wirken und geheimnisvolle Dinge tun. Was mich betrifft, so habe ich festgestellt, daß ich auf einem langen Marsch durch Dschungel oder Busch genauso gut Hunger und Durst ertragen kann wie meine Indianerboys, und oftmals sogar noch besser.»

«Das mag sein, aber es hat kaum etwas zu tun mit dem, wovon ich rede», sagte Sleigh. «Auch ich habe meine Erfahrungen, und soviel ich weiß, haben Sie ganz recht mit dem, was Sie da sagen. Wir haben mehr Energie, oder besser gesagt: einen stärkeren Willen. Noch präziser ausgedrückt: wir haben einen besser ausgebildeten Willen als der Primitive. Die Leute hier sind nämlich der Meinung, es zahle sich gar nicht aus, einen starken Willen zu haben. Wozu denn, sagen sie sich. Man hat ja bloß Scherereien davon und zusätzliche Arbeit. Nur wir, die wir sie ausbeuten wollen, wir möchten ihre Willenskraft, ihre

Energie entwickeln, damit wir sie desto leichter versklaven können; damit wir bessere Arbeiter bekommen und sie in die Falle der Ratensklaverei locken können; damit sie niemals frei sind und nach unserer Pfeife tanzen müssen, weil wir einen besser ausgebildeten Willen, weil wir mehr Energie haben. Aber um auf unser Thema zurückzukommen: Sie werden zugeben, daß es Indianer gibt, die sich ein halbes dutzendmal von einer Klapperschlange beißen, von einem Skorpion oder so was stechen lassen, ohne daß es ihnen etwas macht. Wenn Sie aber von einer Klapperschlange gebissen werden; wenn Sie mit dem roten Skorpion Bekanntschaft machen, dann dauert es keine zwanzig Stunden, und Sie sind ein toter Mann.»

«Sie sind absolut nicht alle immun gegen solche Gifte. Manche Indianer sterben genauso schnell und unfehlbar an Schlangenbissen wie jeder Weiße. Habe ich selbst gesehen.»

«Stimmt. Aber nur, weil sie nicht alle die richtige Medizin kennen.»

«Na also, da haben wir's ja! Wenn wir die richtige Medizin kennten, wären wir genauso immun, wie manche von ihnen es sind oder zu sein vorgeben. Und Sie werden ja wohl wissen, daß sie an Malaria und sonstigen Fiebererkrankungen und überhaupt Krankheiten meistens viel eher sterben als ein Weißer, obwohl der weiter gar nichts dagegen tut.»

Sleigh nickte nachdenklich. «Warum auch nicht? frage ich Sie. Warum nicht? Sie sind ja schließlich Menschen, oder vielleicht nicht? Da müssen sie ja einmal sterben, so oder so.» Er stand auf, trat ans Feuer, schürte es, blies hinein und schob den Topf näher an die Flamme.

Nachdem er sich wieder hingesetzt hatte, sagte er: «Also gut, wenn Sie unbedingt daran festhalten wollen, daß bei der Sache, die sich hier bei uns zugetragen hat, keine geheimnisvollen, keine verborgenen Mächte im Spiele waren, ich meine Mächte und Mysterien, von denen nur die Eingeborenen Kenntnis haben, dann erklären Sie mir doch einmal, warum das Brett zu dem Kind hingeschwommen ist und es tatsächlich an einer Stelle gefunden hat, wo kein Mensch gesucht hatte.»

«Ich gebe zu, ich weiß es nicht. Jedenfalls jetzt noch nicht. Vielleicht komme ich später einmal drauf. Ich muß erst drüber nachdenken. Ich leugne bloß, daß irgend etwas Geheimnisvolles dahintersteckt. Es ging durchaus mit rechten Dingen zu bei dem Ganzen, das behaupte ich. Vorläufig habe ich allerdings noch nicht einmal einen Anhaltspunkt, und so kenne ich auch den Weg noch nicht, auf dem ich die Wahrheit suchen soll.»

Während ich darüber nachsann, wie man es sich erklären sollte, daß das Brett zu dem Leichnam hingeschwommen war, fiel mir eine andere Methode ein, mit der man einen Ertrunkenen auffinden kann. Ich erinnerte mich da an einen Fall, den ich einst daheim in den Staaten miterlebt hatte.

«Hören Sie einmal zu, Sleigh», begann ich. «Ich habe Ihnen gesagt, daß wir nicht gar so viel dümmer sind als die Indianer. Nun, als ich noch ein Junge war, da wurde einmal ein Ertrunkener bei uns aufgefunden, auf eine Weise, die mir anfangs überaus geheimnisvoll vorkam. Später allerdings, als ich Zeit gehabt hatte, mir die Sache durch den Kopf gehen zu lassen, fand ich die Erklärung dafür. Ein Mann war in einem See ertrunken, beim Fischen glaube ich. Er war mit seinem Kanu gekentert. Der See wurde zwei Tage lang abgesucht. Die Leiche war nicht zu finden. Am dritten Tage wurden dynamitgefüllte Kanister im See versenkt und zur Explosion gebracht. Kurz darauf kam die Leiche an die Oberfläche. Ich erinnere mich noch, daß man von übernatürlichen Kräften redete, die da am Werk gewesen sein sollten, damit die Angehörigen die Leiche zurückerhielten oder damit der Mann sein christliches Begräbnis bekam. Der Pastor ließ die Gelegenheit nicht vorübergehen, in seiner Predigt der Gemeinde zu erzählen, die Auffindung des Leichnams sei ein sichtbarer Erfolg der inbrünstigen Gebete der schwergetroffenen Familienangehörigen. An diesem rätselhaften Vorfall könne man die allmächtige, gnadenreiche Hand des Herrn erkennen. Viele hatten eine andere Erklärung dafür. Sie sagten, der See liebe die Ruhe, und wenn er heftig erschüttert werde, gebe er die Leichen frei, um sein Ruhe wiederzuhaben. Als ich heranwuchs, wurde mir der wahre Sachverhalt klar. Jedes ertrunkene Lebewesen, ganz gleich ob Mensch oder Tier, sogar ein toter Fisch kommt, wenn er nur groß genug ist, früher oder später an die Oberfläche; manchmal innerhalb von vierundzwanzig Stunden, manchmal auch erst nach drei Tagen. Wird die Leiche aber von Wasserpflanzen oder von Gestrüpp festgehalten, trug der Ertrunkene besonders schwere Kleidung oder steckt er im Schlamm, dann kann er nicht hochkommen. Wird der See nun in solchen Fällen von einer Bombe erschüttert, reißt sich der Leichnam los und steigt nach oben.»

«Na und?» sagte Sleigh. «Da ist doch nichts Geheimnisvolles dabei. Das leuchtet doch jedem ein. Dazu brauche ich Ihre Erklärung nicht. Dynamit vermag alles unter der Sonne hochzujagen. Sogar Berge und Felsen. Warum also nicht auch eine Leiche? Erzählen Sie mir keine Geschichten zum Einschlafen. In diesem Fall hier werden Sie jedenfalls nicht so leicht eine Erklärung dafür finden, daß das Brett zu dem Kind hinschwamm, als säße ein Kapitän drauf. Und Sie können mir glauben, Gales, ich lebe schon lange genug unter diesen Eingeborenen, ein Menschenalter wird es jetzt schon sein, und ich habe Dinge gesehen, mein Gott, unglaubliche Dinge, merkwürdige Dinge, sage ich Ihnen. Kein amerikanischer und auch kein bolschewistischer Universitätsprofessor könnte die erklären, und wenn sie sich als noch so patent, als noch so gelehrt ausgäben. Ich will Ihnen jetzt nicht alles erzählen, was ich hier erlebt habe. Es wäre schade um die Zeit; Sie glauben mir ja doch kein Wort davon. Ich weiß ja, daß Sie an gar nichts glauben. Sie sind so einer von den ganz Gescheiten. Was wollen Sie: ich bin überzeugt, daß Sie nicht einmal an Geister glauben. Ich schon, und ich könnte Ihnen eine Menge davon erzählen. Aber was hat das für einen Zweck bei einem Kerl von Ihrer Sorte? Die Mutter meiner Frau kann mit ihren toten Verwandten reden. Was sagen Sie jetzt? Aber was soll das alles? Lassen wir das. Noch einen Becher Kaffee? Nehmen Sie sich nur. Es ist genug da.»

Sleigh hatte recht. Es war zwecklos, mit ihm über solche Dinge zu reden. Er lebte schon zu lange unter diesen Indianern und glaubte nun mittlerweile alles, was sie glaubten. Er betrachtete alles Ungewöhnliche, das er sah, wovon er hörte, auf die gleiche Art wie die Indianer. Er wollte ihnen einfach glauben und gab sich niemals Mühe, nach einer natürlichen Erklärung zu suchen. Aus diesem Grunde bewegten sich derartige Gespräche mit ihm immer im Kreise und es kam niemals etwas dabei heraus. Genaugenommen lag mir eigentlich gar nichts daran, eine Erklärung für das zu bekommen, was ich in dieser Nacht gesehen hatte. Mir war alles ganz klar. Ich sah keinerlei Mysterium. Ich war nicht behext, und von Autosuggestion konnte man auch nicht sprechen. Ich war weder schläfrig noch übermüdet. Ich war hellwach und geistig vollkommen frisch. Einen Zeugen hatte ich natürlich nicht. Sleigh war kein Zeuge. Sein Urteil – sofern er sich überhaupt ein Urteil bildete – zählte nicht, wenn es sich um Dinge handelte, an denen Indianer beteiligt waren. Er meinte, alle Indianer hätten geheimnisvolle Kräfte und ein großes Wissen um das Übernatürliche. Er glaubte alles, was sie ihm erzählten oder was er von seiner Frau hörte. Es war denkbar, daß er an der Jungfräulichkeit der Mutter Gottes zweifelte, aber das, was die Indianer glaubten, das bezweifelte er nie.

Vielleicht war es das Milieu, vielleicht war es Sleighs unerschütterlicher Glaube. Jedenfalls mußte ich zu meinem Erstaunen feststellen, daß ich auch schon anfing, mich um eine Erklärung herumzudrücken, und ich empfand es als ganz angenehm, den Dingen einmal nicht auf den Grund zu gehen. Und warum sollte ich schließlich die ganze Geschichte nicht auf sich beruhen lassen? Man lebt leichter, glücklicher, in besserer Harmonie mit dem Kosmos, wenn man sich nicht dauernd den Kopf über Dinge zerbricht, deren Erklärungen und Analysen uns in keiner Weise froher machen können. Gewöhnlich nicht einmal reicher, so wir hinter Reichtümern her sind. Das Leben so nehmen, wie es ist.

Hier im Dschungel, vielleicht überall in der Welt. Das ist der ganze Sinn des Lebens. Was will man mehr? Was erhofft man sich sonst noch? Alles andere ist Verleugnung des Lebens, und außerdem ist es Unfug. Es ist der Unfug, aus dem heraus alles Herzeleid, jeglicher Kummer, jegliches Übel in dieser Welt entsteht.

25

Als ich aufblickte, sah ich, daß Sleigh hinausgegangen war und die kleine Lampe mitgenommen hatte. Vor mir, in dem ächzenden Korbsessel, der so alt und wackelig war, daß man sich wundern mußte, daß da überhaupt noch jemand darin sitzen konnte, ohne durchzubrechen, saß Perez. Der Indianer, der das Kind aus dem Wasser geholt hatte. Wie er so plötzlich in den Sessel gekommen war, so gänzlich unvermutet, wußte ich nicht. Ich mußte wohl geträumt haben oder eingeschlafen sein, während ich meinen Philosophien nachhing. Mein erster Gedanke war, daß sich Sleigh durch irgendeinen Zauber in Perez verwandelt habe.

«Sagen Sie, Perez, Sie haben mir doch zwei Gelbhauben versprochen heute morgen, zwei junge. Wann kriege ich die?»

«Ich bin schon lange nicht mehr im Busch gewesen, und nächste Woche gehe ich auch nicht. Keine Zeit, Señor, wissen Sie?» Er saß mit weitgespreizten Beinen da und ließ die Arme herunterbaumeln.

«Warum gehen Sie nicht in den Busch, Señor Perez? Machen Sie keine Holzkohle mehr?»

«Also passen Sie auf, Mister, das ist so: der Gringo, der da oben auf dem Berg wohnt, wo die Bäume wachsen, die die beste Holzkohle geben und wo auch die schönsten Gelbhauben nisten, die Sie in Ihrem ganzen Leben gesehen haben, nun, dieser gottverdammte Gringo – der Teufel soll ihn holen –, dieser Lügner, der sagt, ich hätte eins von seinen Maultieren gestohlen. Das ist eine Lüge, die gemeinste Lüge, die ich je gehört habe. Und er sagt, ich sei ein dreckiger Bandit und ein Bandolero und Cabrón dazu. Meine arme Mutter nennt er eine Schlampe, der Kerl, und dabei will er ein gebildeter Gringo sein und die Schule besucht haben. Das Schlimmste aber, sage ich Ihnen, Mister, das ist, daß ich, ein armer Indianer, nichts gegen ihn machen kann, absolut gar nichts. Ich muß das auf mir sitzen lassen. Deshalb also besteht vorläufig keine Aussicht, daß ich Ihnen die beiden versprochenen Gelbhauben bringe, Señor. Denen würden Sie im Handumdrehen das Sprechen beibringen. Deshalb habe ich Ihnen ja gesagt, daß Rothauben nicht das richtige sind. Gelbhauben müssen es sein...

Aber das mit dem Mule ist eine hundsgemeine Lüge. Ich bin kein Bandit. Das kann ich beschwören.»

«Ich nehme gar nicht an, daß Sie ein Bandit sind, Señor Perez, und ich glaube auch nicht, daß Sie jemals ein Maultier gestohlen haben.»

«Das ist die nackte Wahrheit, Mister. Daran sehe ich, daß Sie ein gebildeter Caballero sind. Ich kann bei der Heiligen Jungfrau im Himmel und genauso bei dem Heiligen Kinde schwören, daß ich nichts weiß von einem gestohlenen Maultier. Wenn ich ein Bandit wäre, das sage ich Ihnen, da würde ich schon selbst zum Teufel gehen, ganz aus freien Stücken. Der Gringo da oben, das ist kein anständiger Mensch. Er behauptet, er habe meine Fußspuren direkt neben denen des Maultieres gesehen, und er sagt weiter, er habe meine Spur und daneben die von dem Maultier draußen vor der Einfriedigung seiner Weide entdeckt und er sei den Spuren nachgegangen. Wohin, weiß ich nicht; denn das sagt er nicht. Nie im Leben bin ich dort gegangen, wo er meine Huaraches neben den Hufeisenspuren von seinem Maultier gesehen haben will. Woher soll ich wissen, wer das Maultier gestohlen hat? Was geht das mich an?»

«Na ja, Perez, soviel ich gehört habe, soll der Mister Erskin gesagt haben, das verschwundene Maultier sei ungefähr zweihundertfünfzig Pesos wert.»

«*Bueno*, Señor, da können Sie wieder einmal sehen, was für ein Lügner dieser Gringo ist. Wissen Sie, was man mir für das Maultier geboten hat? Ganze vierzig Pesos. Und nicht einen einzigen roten Centavito mehr haben mir die hundselendigen Gauner da unten in Llerra dafür gegeben. Das ist die Wahrheit, das schwöre ich Ihnen. Und dann erzählt dieser Gringo aller Welt, das Maultier sei in bar und in en efectivo zweihundertfünfzig Pesos wert. Solche Gringos haben wir hier in der Gegend. Von denen müssen wir uns schurigeln lassen. Ich kann da nur lachen, das ist das letzte. Und jetzt, um das Maß vollzumachen, kommt dieser Americano auch noch und sagt, ich hätte sein Maultier gestohlen. Sagen Sie doch selbst: ist das eine Art, mit armen, friedfertigen Leuten umzugehen, wie wir es sind, und noch dazu in unserem eigenen Land? Aber was können wir machen? Wir müssen uns alles gefallen lassen. Wir haben keine andere Wahl.»

Während er da so vor mir saß und redete, konnte ich ihn kaum sehen, denn das einzige Licht, das wir jetzt noch in der Hütte hatten, war das Herdfeuer, und das leuchtete kaum.

Perez stand auf, trat an das Feuer und zündete sich eine Zigarette an, die er während seiner Erzählung von dem gestohlenen Maultier gedreht hatte.

Sleigh kam mit der kleinen Flaschenlampe und einem irdenen Topf voll frischer Milch zurück.

«Jetzt ist die Kuh endlich da», sagte er, als er eintrat. «Weiß der Teufel, wo das arme Vieh die ganze Zeit gewesen ist.»

Aus einer dreckigen Papiertüte schöpfte er mit der bloßen, von den Kühen schmutzigen Hand den Kaffee heraus. Er gab zwei Hände voll in das kochende Wasser. Der Kaffee schäumte über, und ein wenig rann in das ärgerlich aufzischende Feuer. Sleigh nahm den Topf mit einem Fetzen hoch und stellte ihn neben uns auf den Boden.

«Sie können dann gleich meinen Becher haben», sagte er zu Perez.

«Schon gut, schon gut, machen Sie nur meinetwegen keine Umstände», erwiderte der Indianer.

«Sagen Sie, Perez, lag das Kind flach am Grund oder wie?» fragte Sleigh.

«Nein, am Grund lag der Junge eigentlich nicht. Soviel ich feststellen konnte, ist er nicht einmal mit dem Grund in Berührung gekommen. Er steckte mit Händen und Füßen in den Wassersträuchern. Er saß sozusagen in dem Gestrüpp. Wenn Sie mich fragen, so glaube ich nicht, daß er jemals hochgekommen wäre, wenn wir ihn nicht herausgezogen hätten. Die Pflanzen hielten ihn fest wie Fangarme eines scheußlichen Untiers.»

«Woher wußten Sie, Perez, daß das Kind gerade an der Stelle steckte und nicht vielleicht woanders?» fragte ich.

«Das war doch ganz leicht zu sehen», sagte er. «Da ist kein Geheimnis dabei. Das Licht stand ja direkt über ihm. Sie haben es doch selbst gesehen. Nachdem das Licht über ihm zur Ruhe gekommen war, hätte ihn jeder herausziehen können.»

«Ja, das habe ich gesehen, wie das Licht über ihm stand. Die Frage ist nur, woher das Licht wußte, daß der Junge dort lag.»

«Nichts einfacher als das, Mister. Das Kind hat das Licht zu sich herangerufen, damit es uns den Weg zeige. Da mußte das Licht gehorchen, und so kam es angeschwommen. Da ist nichts Ungewöhnliches dabei. Das ist ganz natürlich. Das versteht doch jeder.»

Sleigh lachte laut los. «Na, da hören Sie es jetzt mit eigenen Ohren. Sind Sie jetzt zufrieden?» Er grinste mich an. «Haben Sie noch so ein paar dumme Fragen auf Lager? Ich habe es Ihnen ja vorhin schon gesagt. Es ist alles ganz natürlich. Gar nichts Merkwürdiges dabei. Das ist das ganze Geheimnis, oder vielmehr, es ist eben gar kein Geheimnis. Die Indianer hier, die können ebensowenig zaubern wie Sie oder ich. Das Kind ruft das Licht, und das Licht muß dem Rufe folgen und schwimmt zu ihm hin. Es ist alles so hell und klar wie das Licht der Sonne, ein ganz natürlicher Vorgang. Das habe ich Ihnen ja die ganze Zeit gesagt.»

Vollkommen zwecklos. Ich wandte mich wieder an den Mann, der noch immer der Normalere von den beiden zu sein schien: «Also Perez, was ist nun mit den beiden jungen Gelbhauben?»

«Ich komme nicht in den Busch hinauf. Außerdem hätte es jetzt auch gar keinen Zweck. Sie haben erst vor ein paar Tagen zu brüten angefangen. Ich weiß das von einem Freund, der oben war. Wozu soll ich durch das verdammte Dornengestrüpp kriechen, wenn ich keine kriegen kann. Es sind eben keine da um diese Zeit. Zwei Monate später ist es schon leichter. Dann können Sie auch mehr haben, wenn Sie wollen.»

Perez hatte inzwischen seinen Kaffee bekommen. Er schlürfte ihn langsam und bedächtig, wie ein Kenner. Sleigh goß mir noch einen Becher voll ein und trug dann den Topf zu Garcias hinüber.

Nach wenigen Augenblicken kam er zurück, ging an den Herd und zündete sich eine frische Zigarette an. Dann hockte er sich uns gegenüber nach Indianerart auf den Boden. Perez und ich saßen noch immer in seinen morschen Korbsesseln.

Das Baby des Mädchens unter dem Moskitonetz wimmerte leise. An den Bewegungen des Netzes sah ich beim Schein des Feuers, daß das Mädchen ihrem Kind zu trinken gab. Bevor das Baby fertig war – es lutschte noch immer –, schnarchte das Mädel schon wieder dermaßen, daß die ganze Hütte bebte.

Perez und Sleigh wurden schläfrig. Sie ließen den Kopf auf die Brust sinken und glotzten mit zufallenden Augen ins Leere. Sleigh merkte in seinem Dösen, daß seine Zigarette ausgegangen war. Taumelnd wie ein Betrunkener stand er auf und schlurfte zum Herd. Als die Zigarette wieder brannte, lehnte er sich an einen Pfosten und nickte von neuem ein.

Er schlief nur ein paar Minuten. Dann wachte er auf und ging an die Tür. Er sah zum Himmel hinauf, der langsam wieder klar wurde. Ein paar Sterne waren herausgekommen. Sleigh sagte: «Es ist kurz nach zwei. Ich glaubte, es sei schon später.»

Ich sah auf meine Uhr und sagte: «Zwanzig nach.»

«Ich muß jetzt die Kühe melken gehen. Sonst werden sie unruhig und laufen in die Prärie hinaus. Perez, kommen Sie mit?»

«Natürlich, *vamonos!*» Er hatte so fest geschlafen, daß seine Zigarette heruntergefallen war, ohne daß er es gemerkt hatte. Jetzt suchte er sie wieder, zündete sie an und ging hinter Sleigh her, der schon mit einem Eimer in der Hand zum Korral vorgegangen war.

«Hallo, Gales! Warum legen Sie sich nicht für ein paar Stunden hin?» rief Sleigh zurück. «Sie müssen ja hundemüde sein. Es wird Ihnen guttun. Auf mich brauchen Sie keine Rücksicht zu nehmen. Ich muß mich jetzt um die Kühe kümmern. Hallo, Perez, wo sind Sie? Kommen Sie?»

Perez trat gerade aus der Hütte ins Freie und sagte: «Nur immer mit der Ruhe, Amigo. Bin schon da, immer zur Stelle. Auf mich können Sie sich verlassen. Wer, *por la Santisima*, hat mir diesen verdammten Klotz in den Weg gelegt? Da kann man sich ja das Genick brechen, wenn überall Knüppel, Baumstämme und Steine herumliegen.»

26

Perez hatte die kleine Lampe mitgenommen, und nun war es wieder finster in der Hütte. Auf dem Herd glommen noch ein paar vereinzelte Glutreste. Ich war allein, und da ich nichts Besseres anzufangen wußte, tastete ich mich in die Ecke zu dem Bett hinüber, in dem ich die letzte und vorletzte Nacht geschlafen hatte. Es war kein Bett im eigentlichen Sinne des Wortes, eher eine verunglückte Hängematte.

Das Bett, in dem Sleigh mit seiner Frau schlief, stand an der Wand. Es sah so ähnlich aus wie das bei Garcias, nur war es schöner geflochten, und die Matratze war aus weicherem Material. Die Ecke, in der das Ehebett stand, war von dem übrigen Raum durch eine zwei Meter hohe Knüppelwand abgetrennt. Die Knüppel standen so weit auseinander, daß man bequem einen Finger dazwischenstecken konnte. Um trotzdem halbwegs ungestört zu sein, hatte Sleighs Frau die Wand mit ein paar fadenscheinigen baumwollenen Tüchern verkleidet.

Ach, ich war müde. Ich zog mir die Stiefel aus, machte den Gürtel locker und kroch nach Seemannsart in die Hängematte, die nur die habgierige Wirtin einer billigen Herberge als Schlafgestell bezeichnet hätte.

Brücken ... Flüsse ohne normale Strömung ... Maultiertreiber, die noch eine Portion Kaffee verlangen ... Alligatoren ... asthmatische, fauchende, Pumpen ... englische Königinnen, die mit zerfetzten Taschentüchern winken ... Kinderleichen ... nackte Indianer (manche ohne Arme) ... schwarzhaarige Köpfe, die aus dem Präriegras auftauchen ... brennende Kerzen, die wie Fische unter Wasser schwimmen ... Kühe mit Pumas im Genick ... Mundharmonikas, die an Brückenpfosten festgenagelt sind und von selbst spielen ... Banditen auf weißen Burros ... ein Bild der Heiligen Jungfrau, das auf einer Geige singt ... Kanada vom Erdboden verschwunden und statt dessen ein großes Loch ... ein paar verschwommene Zeilen aus einer Zeitung aus Kansas City, die auf einer Ziegen-Ranch in Texas gedruckt wird ... eine Ölquelle, auszementiert mit einem Plumps im Wasser, den eine springende Bohne hervorbringt ... ein Mädchen mit Blumen im Haar tanzt mit einer Sprungfedermatratze, die dem Präsidenten gehört ... ein junges Mädchen in einer peinlichen Hockstellung und mit Kränzen aus feuerroten Blumen um die Knie, schreit: «Nein, nein, ich will nicht, ich will nicht, untersteh dich! Nein, nein, ich laß dich nicht! Ich laß dich nicht!» ... ramponierte Emailbecher ohne Boden und doch voll mit heißem Kaffee fliegen über einen weißen Tisch weg, auf dem ein Matrosenanzug bitterlich weint ... ein Sombrero geht durch die Nacht, und es ist kein Gesicht darunter – nein, zum Teufel, ich konnte nicht schlafen. Vielleicht war es der Kaffee. Mir sauste der Kopf. Trotzdem war ich müde wie der Kohlentrimmer auf einem Totenschiff. Endlich nickte ich ein, aber nicht für lange, und ich sah Mister Erskin am Grunde des Flusses liegen. Er fuchtelte mit den Armen und rief: «Bringt mir eine Laterne, die auf Befehle hört! Eine Laterne bitte, eine Laterne für alle meine Maultiere!» Das Wasser war sehr tief, zwanzig Fuß nach zwei Uhr früh, aber ich konnte ihn trotzdem sehen, weil das Wasser am Grund erleuchtet war. Ich kannte Mister Erskin nicht, hatte ihn nie gesehen, aber ich wußte jedenfalls, daß er es war, der da auf den Eiern saß und ausgewachsene Gelbhauben ausbrütete, die ein Lied von Ölarbeitern sangen, die aus Zement Zigarren machten. Kein Mensch außer mir konnte Mister Erskin da im Wasser liegen sehen, und ich rief den Leuten zu: «Da liegen zwei amerikanische Kinderstiefel im Fluß!» Sie hörten gar nicht hin und sagten: «Wir setzen ihm am besten eine Krone aufs Haupt und sagen, es sei ein Zepter der Tolteken.» Chinesen kamen, und es gab eine Explosion im See. Ein Kaffeetopf, der in einem halb mit Maiskolben angefüllten Sack ertrunken war und von Alligatoren festgehalten wurde, sprang hoch in die Luft, und aus den pechschwarzen Wolken stürzte ein Mann. Es war ein Flieger. Er melkte eine Kuh, die zu spät und betrunken nach Hause gekommen war. Sie erzählte einer kleinen Blechflasche, die als Lampe diente, zwei Tiger und zwei Löwen seien mit den Musikern zum Tanz gegangen, und die Musiker steckten tief im Schlamm. Wieder wurde Dynamit in den See geworfen, und es explodierte mit hundertfachem Echo.

Von dieser Dynamitexplosion wachte ich auf. Es gab noch eine Explosion und noch eine. Das Krachen hörte gar nicht mehr auf. Ich war inzwischen ganz munter geworden, und jetzt hörte ich, daß draußen Schüsse abgefeuert wurden.

Ich sprang auf und zog mir die Stiefel an. An Schlaf war nicht mehr zu denken.

Es war noch immer Nacht. Durch die Ritzen in den Wänden sah ich das kleine Flämmchen der Blechlampe in dem Korral, wo Sleigh die Kühe melkte. Perez hockte neben ihm und hielt die Lampe. Ich konnte ihre Stimmen hören, aber ich verstand nicht wovon sie redeten.

Als ich die Stiefel angezogen und den Gürtel festgeschnallt hatte, ging ich an die Tür.

Im Hof des Garcia-Hauses brannte ein großes Feuer. Die Flammen schlugen hoch in die Luft empor. Im Schein des Feuers sah ich, wie zwei Dutzend Indianer von ihren Pferden sprangen und mit Gewehren in den dunklen Himmel schossen.

Ich ging rüber, um zu sehen, was das zu bedeuten habe.

Die Nachricht vom Verschwinden des Kindes hatte sich bereits in einem Umkreis von zehn Meilen verbreitet, obwohl es Nacht war und es auf hundert Meilen kein Telefon gab. Garcia war einer der ärmsten Indianer der ganzen Gegend, und trotzdem hatten ihn alle irgendwie gern. So waren die Leute, als sie die Neuigkeit erfuhren, sogleich aufgestanden und hatten sich auf den Weg gemacht, um ihre Hilfe anzubieten. Vorläufig wußten sie nur, daß der Knabe verschwunden war, aber für den Fall, daß das Kind tot aufgefunden wurde, brachte man gleich die nötigen Feuerwerkskörper mit.

Bei diesen Indianern ist es Brauch, wenn ein Kind stirbt, Berge von Feuerwerk abzubrennen, damit die Engel im Himmel wissen, daß ein neuer Angelito unterwegs ist. Wird beim Tode eines Erwachsenen Feuerwerk abgebrannt, so hat das die gegenteilige Wirkung. Sobald der Teufel nämlich den Lärm hört, stellt er sich zum Hölleneingang und sieht sich den Neuankömmling daraufhin an, ob er auf seiner Liste steht. Den Kindern kommen die Engel, durch das Feuerwerk aufmerksam gemacht, auf halbem Wege entgegen. Bei ihnen spielt es keine Rolle, wenn der Teufel am Hölleneingang steht; denn mit Kindern kann er nichts anfangen. Ein unschuldiges Kind kann der Teufel nicht auf seine Liste setzen; denn es ist noch ohne Sünde.

Die Feuerwerkskörper, die die Leute brachten, übernahm der zweite Bruder, der Schwachsinnige. Von Stund an hatte er für nichts anderes mehr Interesse als für das Feuerwerk. Er weinte schon lange nicht mehr. Für ihn war jetzt der vergnüglichere Teil der Leichenfeier gekommen.

Unterdessen hatten die Neuankömmlinge schon erfahren, daß das Kind gefunden war. Der Reihe nach traten sie mit entblößtem Haupt in die Hütte, um den toten Jungen zu betrachten und der Mutter ein wenig Trost zuzusprechen. Ohne in Wirklichkeit besonders daran interessiert zu sein, wie es geschehen war, bat jeder die Mutter, den Hergang zu erzählen. Nicht aus Neugier. Es waren kluge Leute. Sie wollten die Mutter bloß ablenken.

Sobald sie einmal angefangen hatte, erzählte die Garcia die ganze Geschichte mit großem Eifer von Anfang an. Sie erzählte sie wieder und wieder, und immer mit den gleichen Worten, im gleichen Tonfall und mit den gleichen Gefühlsäußerungen. Durch die häufige Wiederholung wurde das Ganze mehr und mehr zu einem gewöhnlichen Alltagserlebnis. Selbst die Gefühlsausbrüche an den verschiedenen Stellen ihrer Erzählung wirkten mit der Zeit beinahe wie die einer schlechten Schauspielerin, und das um so mehr, je öfter sie den Hergang schilderte. Die Frau bekam allmählich einen gewissen Abstand von den Ereignissen, und schließlich sprach sie schon so, als erzähle sie eine Geschichte weiter, die sie von jemand anderm gehört hatte. Sie verlor die persönliche Beziehung dazu. Ihre Gefühle stumpften ab, aber Herz und Gemüt wurden mit jeder Minute freier. Als sie die Geschichte schließlich zum zwanzigsten Male erzählte, kamen ihr die eigenen Worte nur noch vor wie leeres Geschwätz.

Ohne es selbst zu wissen, begann die Garcia in diesem Augenblick von ihrem Kind Abschied zu nehmen.

Sie sah den Jungen an. Zu ihrer Verwunderung war es ihr, als sei der Knabe, der da tot auf dem Tisch lag, nicht mehr ihr Kind. Ihr Carlosito war doch ein springlebendiger kleiner Kerl gewesen, der immerfort redete, lärmte und dauernd Dummheiten im Kopf hatte; der zweimal am Tag Prügel bekommen mußte, damit er nicht ganz außer Rand und Band geriet und sich womöglich etwas zuleide tat. Er war nie zu halten gewesen, von dem Augenblick an, da er morgens die Augen aufmachte, bis sie ihm am Abend wieder zufielen. Dieser scheußliche, feuchtkalte Fleischklumpen da, mit dem eingeschlagenen Kiefer und den Steif über der Brust gekreuzten Armen – das konnte ihr Kind nicht sein. Es mußte jemand anderem gehören, dieses Kind. Vielleicht war es das, von dem sie gerade redete. Ihr Kind war nicht so häßlich. Alle hatten ihr immer gesagt, wie hübsch ihr Carlos sei; hatten ihn einen der anmutigsten Knaben im Umkreis von zwanzig Meilen genannt. Der Matrosenanzug, die Krone, das Zepter hatten ihn der Mutter entfremdet. Gott weiß, wo dieses Kind hergekommen war. «Was», so fragte sie sich jetzt, «hat es hier überhaupt in meinem Hause zu suchen?»

Die Garcia weinte, und wie sie so weinte, merkte sie bestürzt, daß ihre Tränen nicht mehr allein dem Kinde galten. Sie weinte jetzt mehr um sich selbst als um ihren Jungen. Das Schicksal hatte sie hart geschlagen, und halb unbewußt begann sie, viele der anwesenden Frauen zu hassen, einfach weil sie Kinder auf dem Arm hatten. Sie weinte, weil sie nun kein Kind mehr hatte, das sie mit ihrer Mutterliebe überhäufen konnte.

Diese Gedanken jagten ihr offenbar durch den Kopf, während ihr Mund mechanisch die Geschichte hersagte, die durch die oftmalige Wiederholung nun schon ganz schal geworden war. Aber mit all dem Grübeln und Brüten, mit ihren primitiven Versuchen, den eigenen Gedanken, Gefühlen, Schmerzen und Kümmernissen auf den Grund zu gehen, kam die Frau schließlich zu der Erkenntnis, daß ihr Fall keineswegs einzig dastand. Sie blickte um sich und sah sieben andere Frauen, von denen sie wußte, daß auch sie Kinder verloren hatten, Kinder, die ihnen genauso ans Herz gewachsen waren wie der kleine Carlos ihr. So begann sie zu begreifen, daß sie nur eine Mutter war wie jede andere; daß sie das Schicksal nicht ausersehen hatte. Ungeheuerliches zu ertragen. Was sie heute abend litt, das hatten vor ihr schon Tausende, Millionen Mütter gelitten. Tausende litten es zur selben Stunde, und Millionen würden es noch leiden, wenn sie selbst schon lange wieder ihres Lebens froh geworden.

Vielleicht war es auch, daß sie so übermüdet, so erschöpft war von ihrem Kummer, ihrem Schmerz, dem Weinen und Schreien, wenn sie nun langsam anfing, wieder zu sich zu kommen.

27

Den Vorhof von Garcias Haus bildete ein an zwei Seiten offenes sandiges Viereck. Die beiden anderen Seiten waren von Dornenbüschen eingefaßt. Rings um die Hütte standen alte verrostete Petroleumkannen und halb zerbrochene, mit Erde gefüllte Töpfe, Geschirre für Blumen, von denen manche gerade in voller Blüte standen. Diese kunterbunt zusammengewürfelten Kannen und Scherben mit den Blumen darin waren der Garten der Garcias. Dicht neben der Hütte wuchs ein wilder Strauch, der die Familie täglich mit grünem Pfeffer versorgte. Der viele Besuch brachte es mit sich, daß sämtliche Sträucher, Dornenbüsche und Agaven mit Hüten, Windeln, Hemden, Lumpen und Decken behängt waren.

Das ganze Gehöft sah aus wie ein Feldlager. Männer, Frauen und Kinder schliefen auf der Erde oder sie dösten bloß. Manche lagen auf Matten, andere auf Decken, die meisten aber auf dem blanken Erdboden. Einige hatten auch Moskitonetze aufgespannt, die wie kleine Zelte aussahen. Abgerissene Tonfolgen von Mundharmonikamusik schwirrten umher. Der Platz lag im Schein von Fackeln und Lagerfeuern. Auch ein paar kleine Laternen und ein halbes Dutzend gewöhnlicher offener Blechlampen beleuchteten die Szene.

Ein ganzer Schwarm von Buben half dem geistesschwachen Sohn beim Abbrennen der Knallfrösche. Abfeuern ließ er allerdings keinen von ihnen. Sie durften nur das Feuer schüren und sich an den Fröschen versuchen, die beim erstenmal nicht gleich explodiert waren. Der Stiefsohn hatte seinen großen Tag: Er war den anderen Buben ein Diktator. Sie mußten sich seinem Willen fügen, damit sie ab und zu auch einmal einen Knallfrosch abfeuern durften. Zwei Tage später würde er seinen Lohn bekommen. Dann würden ihn nämlich alle jene verprügeln, die er jetzt nicht mitmachen ließ.

Viele Gäste hatten Flaschen mit Mescal mitgebracht, diesen entsetzlich scharfen Schnaps, der aus Mescalsaft gebrannt wird und wie Franzbranntwein mit unraffiniertem Petroleum schmeckt. Manche sagen auch Tequila dazu, andere Aguardiente, Comiteco, Cuervo oder Viuda. In einigen Gegenden schließlich heißt er Herradura. Aber wie immer er bezeichnet wird, es ist stets dasselbe Zeug.

Die Flaschen wanderten von Mund zu Mund. Ein Mann – er hatte wohl ein gutes Herz – trat mit einer Flasche in die Hütte, nahm den Hut ab und bot der Garcia von dem Schnaps an. Sie ließ sich nicht lange nötigen und nahm einen kräftigen Schluck. Als sie absetzte, stand der Schnaps drei Fingerbreit niedriger in der Flasche, aber es waren die Finger eines schwer arbeitenden Bauern. Jeder normale Weiße, der sich eine solche Portion einverleibt hätte, wie sie die Garcia da runtergekippt, wäre glatt umgefallen, als hätte ihm einer eins mit dem Knüppel über den Kopf gezogen.

Unter den Indianern, die in diesem Augenblick ankamen, war auch ein sehr armer Bauer. Er trug praktisch nur Lumpen auf dem Leib, aber sie waren sauber. Sein Pferd hatte keinen Sattel, nur eine Bastmatte. Er trat mit den anderen in die Hütte, betrachtete das Kind und ging zu der Mutter. Er sagte ihr, wie hübsch das Kind sei und wie nett angezogen, ganz wie das Heilige Kind der Madre Santisima in der Kirche. Gewiß sei der Junge jetzt schon bei den Engeln, so lieblich sehe er aus. Die Garcia lächelte stolz. Ihre Gestalt straffte sich, und sie dankte ihm für seine anerkennenden, freundlichen Worte.

Als der arme Bauer wieder aus der Hütte herauskam, blickte er suchend um sich, bis er eine Bank gefunden hatte, die im Moment gerade frei war. Er setzte sich und zog ein altes Buch heraus. Es sah aus wie ein Gebetbuch. Ein paar Minuten lang blätterte er darin herum, als suche er die richtige Seite, und dann fing er an zu singen.

Der Mann konnte gar nicht lesen. Er wußte den Text seines Liedes auswendig und blickte nur deshalb in das Buch, weil er es in der Kirche bei anderen Leuten so gesehen hatte.

Die meisten Strophen wiederholte er zwei-, drei- oder gar viermal, bevor er zur nächsten überging. Vielleicht hatte er diese Strophen besonders gern, oder er konnte sie am besten. Immer, wenn er eine Strophe begann, die die anderen auch kannten, fielen manche Männer und so gut wie alle Frauen, die gerade munter waren, ein und begleiteten ihn.

Jetzt sang er gerade die zweite Strophe, und alle Frauen in der Hütte, auch die Pumpmeisterin, stimmten ein, anfangs zurückhaltend, dann mit voller Lautstärke. Von den Männern sang zeitweise bloß einer, weil die anderen sich gerade eine neue Zigarette drehten oder sich aus der Flasche die Kehle schmierten. Einige wurden des Singens bald müde und setzten ihre Unterhaltung fort, ohne sich von jenen stören zu lassen, denen das Singen mehr Spaß machte.

Der zerlumpte Bauer allerdings sang die ganze Zeit. Er verschmähte sogar die Flasche, die ihm die anderen alle Augenblicke hinhielten. Er war wie ich hörte ein Agrarista und betrachtete sich als Kommunisten.

Der Sänger wurde von niemandem bezahlt. Er sang aus purem Mitleid mit der schwergetroffenen Mutter. Nur, um ihr über ihren Verlust hinwegzuhelfen, ohne daß zu viele Narben zurückblieben. Das Kind sollte ohne den Segen eines Priesters und ohne den Totenschein eines Arztes begraben werden. Priester und Arzt kosteten Geld. Selbst wenn alle Trauergäste die Hälfte ihrer Barschaft hergegeben hätten, wäre nicht genug zusammengekommen, um solche Ausgaben zu bestreiten. Außerdem konnte man mit der Beerdigung keine zwei Tage warten. Zwar war die Nacht kühl, aber die Leiche begann trotzdem schon zu verwesen.

Der Agrarista sang ausschließlich geistliche Lieder; aber keiner, der römisch-katholische Kirchenlieder kennt, würde je auf den Gedanken kommen, daß das hier welche sein sollten. Möglich, daß die Katholiken so gesungen haben, als die ersten Mönche durch diesen Dschungel zogen, um den armen Heiden Amerikas den rechten Glauben zu bringen. Aber wie immer die Weisen ursprünglich beschaffen gewesen sein mögen, inzwischen waren sie jedenfalls mit weltlichen Liedern verwässert. Mit amerikanischer Tanzmusik neueren Datums zum Beispiel. Nur einmal im Jahr oder alle zwei Jahre kamen die Leute in die Kirche, wo sie Gelegenheit hatten, ein paar richtige Choräle zu hören. Wohl blieb ihnen der eine oder andere im Gedächtnis haften, aber dann kamen die Tanzabende in den Ansiedlungen und Dörfern, und dort spielte ihnen die Kapelle die Schlager vor, die in der nächsten größeren Stadt gerade Mode waren und die man hier wiederum für die neuesten, frisch vom Broadway importierten Schlager hielt. In allen ihren Gesängen schwang ein gewisses heidnisches, häufig sogar ein ausgesprochen barbarisches Motiv mit, das ein Erbe der Vorfahren zu sein schien. In den geistlichen Liedern, die ohne Begleitung gesungen wurden, abgesehen vielleicht von dem Dröhnen hoher Trommeln und den klagenden Tönen einer selbstverfertigten Klarinette, trat dieses eigenartige, bodenständige Motiv häufig so stark hervor, daß es die ganze Melodie trug und von der eigentlichen Weise kaum zehn Töne übrigließ.

Der Totensänger hier war im ganzen Dschungel weit und breit bekannt. Er galt als der beste seiner Art und wurde von jedermann bewundert. Er war der «Filmstar» dieser Leute und zugleich ihr Radioliebling; denn bei anderen Anlässen, bei Hochzeiten oder am Heiligentag, sang er Corridos, Balladen. Die Corridos sang er allerdings nicht so gut wie die Berufssänger, die zu den Ferias kommen und den Leuten, die keine Zeitung lesen können, auf freien Plätzen die neuesten politischen Ereignisse und Liebestragödien in Form von Balladen vortragen. Als Totensänger aber war dieser Agrarista weit besser als jeder Corrido-Sänger.

Als die erste Strophe begann, schrie die Garcia in ihrer Hütte auf, als sei sie im Begriff, den Verstand zu verlieren. Die Frauen, die bei ihr standen, nahmen sie in die Arme und küßten sie. Da wurde sie nach einer Weile wieder ruhiger und schluchzte nur noch. Aber als nun auch andere Männer und Frauen mit einstimmten und der ganze Hof vom Gesang der Gäste erfüllt war, übermannte sie der Schmerz aufs neue. Sie begann auf fürchterliche Art zu rasen und hämmerte mit beiden Fäusten auf ihren Kopf. Sie griff sich in die Haare und riß so wild daran, daß es aussah, als müsse jeden Augenblick die Kopfhaut mitgehen. Dann auf einmal warf sie sich mit dem ganzen Gewicht ihres Körpers über den Tisch, der sogleich bedrohlich krachte. Zwei Männer sprangen auf und hielten die Tischbeine fest. Wieder und wieder warf sie sich auf ihr Kind. Wäre der Junge noch am Leben gewesen, hätte sie ihm die Rippen im Leibe zerbrochen, so heftig war dieser Ausbruch ihrer Gefühle. Immerzu schrie sie: «*Chico mio* mein lieber Kleiner! Mein süßes einziges Kind! Warum? Warum bist du fortgegangen und hast deine arme Mutter allein gelassen? Warum? Warum? Oh, Heilige Maria, Mutter Gottes, warum hast du mir das angetan? Warum? Warum?» Und dann fing sie ganz entsetzlich zu fluchen an. Sie verfluchte alle Heiligen im Himmel und den Teufel in der Hölle. Mit den Fäusten hämmerte sie auf die Brust des Kindes los, als wolle sie den Jungen strafen für das, was er ihr angetan. Als sie sich so weit vergaß, kam ein Mann und packte sie. Er riß sie von dem Tisch, bog ihr den Kopf zurück und langte mit der anderen Hand nach einer Mescalflasche. Er schob ihr die Flasche zwischen die Zähne und schob sie so weit hinein, daß die Frau nicht mehr auskneifen konnte. Aber sie wollte keinen Schnaps und wehrte sich gegen den Mann und gegen die Flasche. Da griff ein zweiter Mann zu und hielt ihr die Arme fest. Nun war sie wehrlos, und sie bekam den Mund so voll von diesem Aguardiente, daß ihr nichts anderes übrigblieb, als das Zeug in großen Schlucken hinunterzuwürgen. Erst als die Flasche beinahe leer war, ließ der Mann sie los.

Die Medizin nützte so gut wie nichts. Die Frau wurde nicht einmal benommen davon, und jedesmal, wenn die Leute wieder anfingen zu singen, begann sie von neuem zu rasen.

Die Frauen in der Hütte konnten der Versuchung nicht länger widerstehen. Sie wollten auch mitsingen. So stimmten sie ein in den Gesang der anderen draußen auf dem Hof. Die Garcia kreischte ärger denn je. Sie schrie so laut, so durchdringend, daß sie minutenlang die Stimmen der Frauen übertönte. Dann verließen sie die Kräfte, und endlich wurde sie ruhiger. Die Frauen sangen weiter. Sie hielten das für ihre Pflicht, ob die Mutter den Gesang nun mit ihrem Geschrei verdarb oder nicht. Der Herr würde der Mutter ihr gotteslästerliches Verhalten gewiß vergeben.

Mit der Zeit begann der Mescal, den die beiden Männer der Garcia eingetrichtert hatten, doch zu wirken. Ihre Gedanken verwirrten sich. Sie strich sich das Haar aus der Stirn, blickte umher. Es schien ihr Mühe zu machen, sich an das Vorgefallene zu erinnern. Mit ausdruckslosen Augen glotzte sie die Frauen an. Anscheinend wußte sie nicht recht, was die Leute da alle bei ihr taten, wie sie hergekommen waren und was sie von ihr wollten. Sie machte eine Handbewegung, wie um zu sagen: «Raus mit euch! Macht, daß ihr aus meinem Hause kommt und laßt mich allein!» Dann zuckte sie die Achseln, als wolle sie sagen: «Aber was kümmert mich das alles? Meinetwegen sollen sie dableiben. Vielleicht wissen sie nicht, wo sie jetzt in der Nacht hin sollen.» Sie wandte sich dem Tisch zu, starrte die Leiche an und sagte: «Was ist das überhaupt für ein Kind?»

Die Frauen hörten auf zu singen.

Kaum hatte die Garcia die Worte gesprochen, ging ein Ruck durch ihren ganzen Körper. Zornig schnaubte sie durch die Nase, aber dann sagte sie mit ganz leiser Stimme: «Oh, mein Kindchen, warum hast du nicht auf mich gewartet? Wir wären so schön über die Brücke gekommen, wenn du nur gewartet und mir die Hand gegeben hättest.»

Sie sah die Frauen an, die jetzt nicht mehr sangen, und fuhr fort: «Es ist doch Scherz, nicht wahr? Sagt mir, daß alles nur Scherz ist. Bitte, bitte, sagt es doch!» Niemand gab ihr Antwort.

Die Pumpmeistersfrau erhob sich von ihren Knien, schloß die Garcia in die Arme, küßte sie und flüsterte: «Reden Sie nicht so, Carmelita. Sie werden bald einen anderen Jungen haben. Gott wird Ihnen einen schicken, direkt vom Himmel herab.»

Schluchzend erwiderte die Garcia: «Sagen Sie das nicht, liebe Frau. Ich will nie im Leben wieder einen haben. Ich bring ihn um, noch bevor er das Licht der Welt erblickt.» Sie weinte bitterlich und fuhr nach einer Weile fort: «Vergeben Sie mir, Comadre, ich habe es nicht so gemeint, aber mir tut das Herz so weh. Ich weiß ja nicht mehr, was ich rede. Der Junge hat mir so viele Schmerzen bereitet, als er gekommen ist, und jetzt, wo er geht, tut es noch hunderttausendmal mehr weh. Vergeben Sie mir, bitte. Morgen wird alles anders sein. Nur jetzt, heute abend, komme ich nicht darüber hinweg. Noch vor ein paar Stunden hat er lärmen, lachen und laufen können, und sehen Sie nur, was jetzt davon geblieben ist. Und alles in den wenigen Stunden.»

Sie schluchzte an der Brust der Pumpmeistersfrau.

Wenn der Gesang für eine Weile aufhörte, erinnerte das Knattern des Feuerwerks die Garcia von neuem daran, daß ihr Kind von den Engeln erwartet werde. Wie konnte sie da ihr Leid vergessen?

Anfänglich hatte das Singen die Leute aufgerüttelt. Aber jetzt verlor auch das seinen Reiz, und sie wurden nun noch schläfriger als zuvor. Viele legten sich flach auf den Erdboden. Andere hockten sich hin, schlangen die Arme um die Knie, legten den Kopf darauf und schliefen sofort ein. Ein paar Männer und Frauen blieben munter, nicht etwa weil sie nicht müde gewesen wären, sondern weil die Flaschen noch nicht ganz leer waren, und ein altes Sprichwort sagt ja, daß man im Schlaf nicht mehr sündigen kann.

Die Frauen in der Hütte waren nicht weniger müde und schläfrig als die Leute draußen im Hof. Zwei Frauen hatten schon von dem klapprigen Gestell Besitz ergriffen, das die Garcias ihr Bett nannten. In voller Kleidung lagen sie da und schnarchten.

Das kleine Feuer am Fußboden der Hütte schwelte träge. Wäre es eine Katze gewesen, hätte es bestimmt gegähnt. Dicht daneben standen ein paar Töpfe. Niemand zerbrach sich den Kopf, was die Töpfe da sollten, was darinnen war und wer sie ans Feuer gestellt hatte. Keiner fragte. Kein Mensch schien sich überhaupt noch für etwas zu interessieren. Der Schlaf oder zumindest das Schlafbedürfnis beherrschte alles.

28

Während der letzten halben Stunde war dem Agrarista das Singen schon schwergefallen. Er war heiser geworden. Alle, die noch wach waren, schlurften umher und sahen zu, wie sie am besten von der Hütte wegkamen, ohne die Gefühle der Garcia zu verletzen. Manche unterhielten sich, nur um nicht einzuschlafen.

Der Agrarista und die Männer, die mit ihm gekommen waren, traten in die Hütte. Sie sahen sich zum letzten Male das Kind an. Dann schüttelten sie der Mutter die Hand, drückten ihr noch einmal ihr Beileid aus und rühmten ihre Tapferkeit.

Die Garcia verabschiedete sich von jedem einzelnen mit den Worten: «*Muchas, muchas gracias, señor! Vaya con Dios!* Der Herr sei mit euch auf eurem Heimweg! Ich danke euch für euren Besuch und für die wunderschönen Lieder, die ihr meinem Kinde zu Ehren gesungen habt. *Adiós, señores!*»

Als die letzten dieser Leute gegangen waren, stand die Garcia zusammengesunken da und starrte ausdruckslos auf die Tür. Die Männer gingen zu ihren Pferden und ritten unter vielen lauten Adiós-Rufen von dannen. Die Garcia starrte noch immer hinter ihnen her.

Langsam senkte sich das Nebelkleid des neuen Tages auf die Erde. Millionen Perlen glitzerten im Gras, auf dem Laub der Bäume und in den Kelchen der Blumen, und sie alle erwarteten den Kuß der Sonne. Dann zerstreute der leichte Morgenwind den Nebel, und der neue Tag war geboren.

Die Garcia fröstelte im kühlen Morgenwind. Sie ging an die Tür und ließ die Blicke über die im Hof schlafenden Leute schweifen. Sie kam sich allein und verlassen vor.

Jenseits der Prärie schossen goldene Strahlen zum Himmel empor, und gleich darauf ging über dem Dschungel die Sonne auf.

Die Garcia wandte sich um und sah, daß in ihre Hütte das Licht des Tages eingedrungen war. Dieses Licht gab den rußenden, flackernden Kerzen etwas Gespenstisches. Obwohl das Tageslicht nur durch die offene Tür hereinkommen konnte, veränderte es den ganzen Raum, ließ nichts unberührt.

Der Kerzenschimmer war nicht bis in die äußersten Ecken der Hütte gedrungen, und so war alles, was sonst häßlich erschienen wäre, gnädig den Blicken entzogen geblieben. Der Raum hatte nicht einer gewissen Anmut entbehrt, der Anmut einer armseligen kleinen Kapelle. Das Tageslicht zerstörte nun die Illusion. Jetzt sah die Hütte düster und unfreundlich aus.

Die Garcia hatte ein abgehärmtes, vom vielen Weinen verschwollenes Gesicht. Ihre Augen waren glasig, matt und entzündet, eingesunken in tiefe, schwarze Höhlen. Sie sah aus wie die Wachsfigur eines irren Künstlers. Immer noch trug sie ihr grünes Gazekleid. Die Blumen an ihrem Gürtel waren zerzaust und welk, und aus dem Haar hatte sie sie schon lange verloren. Am Abend hatte das Kleid ganz nett ausgesehen, aber jetzt wirkte es so, als gehöre es gar nicht zu ihr. Es hing an ihr, doch sie erfüllte es nicht mit Leben. Die Frau war noch immer die Mutter des Kindes, aber das Kleid war nicht mehr ihr Kleid. Es war nur noch ein schmutziger, häßlicher Fetzen eines Kleides, was sie da mit sich herumschleppte.

Das Kind, am Abend recht schön anzusehen, war jetzt nur noch eine ganz gewöhnliche, mit einem albernen Anzug herausstaffierte Leiche. Der Mund des toten Jungen war grün angelaufen, und aus dem eingeschlagenen Kiefer rann das Wundwasser. Die Schnüre, die die Arme zusammenhielten, schnitten tiefe Kerben in die Handgelenke, und die gefalteten Händchen sahen aus, als hätte ein Folterknecht sie zusammengebunden.

Gleich Speeren drangen die Sonnenstrahlen durch die Lattenwände. Die Garcia sah, wie die Lichtstrahlen den Leichnam berührten. Zum erstenmal wurde ihr jetzt klar, was alle anderen schon lange gesehen hatten: daß ihr Kind fort, nicht mehr bei ihr in der Hütte war. Dem kleinen Häufchen Fleisch da auf dem Tisch konnte man keinen Kuß mehr geben. Das Morgenlüftchen, das durch die Ritzen in den Wänden und durch die Tür hereinwehte, trug ihr den Geruch des Todes zu. Sie schauderte, wandte sich von ihrem Kind ab und stöhnte verzweifelt auf.

Als die Frau den Jungen abermals ansah, bemerkte sie, daß sich große grüne Fliegen auf der Leiche niederzulassen begannen. Rasch lief sie und holte ein Tuch, das kleine Gesichtchen zu bedecken. Allein, jetzt vermochte sie ihr Kind nicht mehr anzusehen.

Zum Glück hatte die Garcia keine Zeit, sich hinzusetzen und über Dinge nachzugrübeln, die sich nicht ungeschehen machen ließen; denn mit Tagesanbruch war eine große Zahl neuer Gäste eingetroffen, weitere wurden noch erwartet. Die Kunde von dem ertrunkenen Kind und der wunderbaren Auffindung der Leiche hatte sich verbreitet. Sobald die Leute davon erfuhren, bestiegen sie ihre Burros, ihre Maultiere und Pferde und ritten los, um die unglückliche Mutter aufzusuchen; um sie ihrer Teilnahme zu versichern und ihr zu sagen, daß jeder mit ihr fühlte, der ein Herz und eine Seele im Leib hatte. Da es Sonntag war, konnten die Leute leicht von daheim fort, und so wurde die Schar der Trauergäste von Stunde zu Stunde größer.

Die Männer saßen ab, halfen ihren Frauen und Kindern von den Tieren herunter, banden die Mules an Pfosten, Bäume oder Sträucher oder ließen sie einfach frei herumlaufen, drehten sich Zigaretten und knüpften mit den anderen Männern Gespräche an.

Die Frauen traten der Reihe nach in die Hütte, begrüßten die Mutter, umarmten sie, gaben ihr einen Kuß und betrachteten den kleinen Leichnam. Ihre Augen wurden feucht. Die Garcia kreischte: «Warum mußte das passieren? Warum, sagt mir nur, warum? Gibt es denn keinen Gott mehr im Himmel?»

Sie nahm dem Kleinen das Tuch vom Gesicht, damit die Neuankömmlinge sich das Kind ansehen konnten. Die Frauen bekamen einen furchtbaren Schreck, als sie das entstellte Gesicht sahen, aber sie unterdrückten ihren Abscheu und sagten alle dasselbe: «Er sieht wunderschön aus! Was für ein süßes Engelchen! Ist er nicht lieb? Wirklich hübsch.» Und dann die anderen Frauen: «Ja, wahrhaftig, er ist ein Engelchen, *un angelito muy lindo.*»

Von den Frauen, die jetzt kamen, brachten viele ganze Arme voll Blumen mit. Andere trugen Kränze, die sie in aller Eile aus Zweigen geflochten und mit Gold- und Silberpapier umwickelt hatten. Sie legten ihre Blumen und Kränze irgendwo ab, ohne etwas zu sagen, damit die Garcia sich nicht extra bedanken mußte. Diese armen Leute, deren Beileidsbezeigungen so überaus aufrichtig gemeint waren, sie kannten nicht den Brauch der zivilisierten Welt, bedruckte Karten an die Blumen zu heften, damit die Leidtragenden auch wissen, wer etwas und wer gar nichts gespendet hat, damit die Namen der Trauergäste in den Lokalchroniken der Zeitungen richtig geschrieben stehen. Hier kümmerte es niemand, wer Blumen oder sonstige Spenden gab und wer nicht. Wenn einer nichts mitbrachte, dann hatte er eben nichts, was er hätte geben können; deshalb wurde er nicht weniger geachtet als die anderen. Alles, was die Gäste, die Nachbarn taten, geschah aus aufrichtiger Sympathie für die Mutter.

«Ja», sagte hier wieder eine Frau. «Ja, es ist wirklich wahr. Er sieht wunderschön aus, der kleine Carlosito, ganz wie ein Engel, nur daß ihm noch keine Flügel gewachsen sind.»

Und eine andere meinte: «Wenn ich ehrlich sein soll, dann muß ich sagen, daß ich in meinem ganzen Leben noch nie einen so entzückenden kleinen Buben gesehen habe.»

Die Garcia blieb auch in ihrem Schmerz eine Frau mit allen ihren Schwächen. Sie konnte nicht genug der Lobgesänge auf ihr Kind kriegen. Sie hörte zu schluchzen auf, ergriff all die Frauen um sie her bei den Händen und sagte: «*Muchas gracias! O mil, mil gracias!* Ihr seid so nett zu mir. Ihr macht mich ja so glücklich, ach, so glücklich und froh. Ich danke euch von ganzem Herzen.»

Sie meinte es wirklich so; denn sie war aufrichtig dankbar für die Bewunderung, die man ihrem herausgeputzten Kinde zollte, und bezog die Beifallskundgebungen auf sich, so als habe sie irgend etwas Besonderes geleistet.

Es war auch keineswegs leere Schmeichelei, was die Frauen ihr da sagten. Sie bewunderten das Kind zwar teils aus angeborener Höflichkeit, und doch war ebensoviel echtes Empfinden dahinter. Für sie war der kleine Prinz mit der goldenen Krone auf dem Haupt, mit dem goldenen Zepter in der Hand wirklich ein wunderschöner Anblick. Er erinnerte sie an das gekrönte Jesuskindlein auf dem Arm der Heiligen Mutter, das sie in der Kirche sahen, vor dem sie im Gebet knieten.

Die Gäste waren durchweg unvorstellbar arm. Die soeben angekommenen Frauen gingen barfuß. Am Leibe trugen sie dünne, abgetragene Baumwollkleider voller Löcher. Die Dornen haben kein Verständnis für die Armut einer Indianerfrau, die durch den Dschungel reiten muß. Um den Kopf trugen sie schwarze Gazeschleier als Schutz gegen die Sonne.

Die meisten Frauen hatten ihre Babys mitgebracht. Sie saßen neben der Leiche, streiften die Kleider herunter und gaben den Kindern zu trinken. Sie weinten und schluchzten. Nur manchmal unterbrachen sie ihre Klage, um sich zu schneuzen oder um die Garcia zu fragen, wie es passiert wäre und wie das Kind gefunden worden sei.

Die Garcia hatte das Gesicht des Kindes gleich wieder zugedeckt, nachdem alle Frauen ihm die letzte Ehre erwiesen hatten.

Als die Sonne am Himmel höher stieg, wurde der Aufenthalt in der Hütte zu einer regelrechten Tortur. Der Leichengeruch verschlug einem den Atem. Zwei schwangere Frauen wurden bleich und mußten an die frische Luft hinausgebracht werden. Die qualmenden Kerzen, der schwere Duft der vielen Blumen, die so qualvoll starben, doch so früh nicht sterben wollten, der verwehte Rauch von dem Feuer draußen, der Mescal-, Kaffee- und Tabakgeruch und der Körperdunst der vielen ungewaschenen Männer und Frauen, die sich in der kleinen Hütte drängten: all das ballte sich unter dem Grasdach zu einem dicken, stikkigen Brodem zusammen, der nicht entweichen wollte. Trotzdem blieben die Leute, aus Höflichkeit und aus Achtung vor der leidenden Mutter.

In zwei Stunden mußte das Morgenlüftchen sich legen. Von da an bis elf Uhr vormittags pflegte nicht der leiseste Windhauch über das Land zu streichen. In der Hütte mußte die Luft dann wie in einem Krematorium sein. Was immer aber geschehen und wie unerträglich die Luft in der Hütte sein mochte, solange die Garcia es drinnen aushielt, wollten alle anderen auch ausharren.

Die Männer, die mit den Frauen gekommen waren und noch immer draußen standen, hatten ihre Zigaretten ausgeraucht. Sie nahmen die Hüte ab und traten in die Hütte, wie verschreckte kleine Buben, die zu spät in die Schule kommen. Einer trat an die Leiche heran und nahm ihr das Tuch vom Gesicht. Dann kamen alle näher, betrachteten den toten Jungen ein paar Minuten lang und gingen wieder hinaus. Es sah aus, als wüßten sie nicht recht, ob sie der Mutter die Hand schütteln, ob sie sie ausfragen sollten, wie es geschehen war, ob sie mit ihr über belanglose Dinge reden oder überhaupt schweigen sollten. Dabei war eigentlich keiner verlegen. Diese Menschen sind sehr selten oder überhaupt niemals verlegen. Sie ließen sich in ihrem Verhalten nur von einem einzigen Gedanken leiten: Was war zu tun, um der Mutter über den Verlust hinwegzuhelfen? So hatten sie in diesem Falle beschlossen, der Mutter nicht die Hand zu schütteln, keine Fragen zu stellen, die sie ja gewiß schon hundertmal hatte beantworten müssen, und ihr auch nicht zu sagen, wie schön sie das Kind fanden. Die Mutter wußte das selbst am besten. Darum schwiegen sie still, und sie waren überzeugt, daß sie ihr tiefes Mitgefühl so am deutlichsten zum Ausdruck gebracht hatten.

Was immer diese Leute taten oder sagten, es waren keine kalten, eingelernten Floskeln. Es kam alles von Herzen. Ihr Herz sprach aus ihnen. Ihr Herz ließ sie einen langen Marsch antreten, um die Mutter zu trösten, und ihr Herz hieß sie, still zu sein, wenn sie meinten, aus ihrem Schweigen spreche das tiefere Mitgefühl. Beim Abschied würde keiner zur Gastgeberin sagen: «Es war wirklich nett bei Ihnen», wenn er es nicht wirklich so meinte. In einem solchen Falle würde er eher sagen: «Es tut mir leid, aber ich glaube, ich muß jetzt gehen; denn ich habe Arbeit zu Hause. Besuchen Sie mich doch bald einmal in meinem bescheidenen Heim. Sie sind mir jederzeit herzlich willkommen.»

Der gute Geschmack dieser Leute und der feine Takt, der ihrem Umgang mit den Mitmenschen das Gepräge gab, war mir in den vergangenen zwölf Stunden mehr und mehr so recht zu Bewußtsein gekommen. Ich hatte sie beobachtet und all ihr Tun, alle ihre Worte auf mich einwirken lassen. Als ich hergekommen war, hatte ich in diesen Menschen nur die einfachen indianischen Bauern gesehen mit der ihnen eigenen Höflichkeit, wie man sie im ganzen spanischen Amerika allerorten antrifft, wo niemals amerikanische Touristen hinkommen, die Landschaft verschandeln, den Einheimischen begreiflich zu machen suchen, wie großartig die Segnungen der Zivilisation sind, und ihnen jeden Tag zehnmal sagen, wie dreckig und speckig sie sind und wie schlecht ihr Land verwaltet wird. Es bedurfte anscheinend eines Anlasses wie desjenigen, dessen Zeuge ich geworden, um die Leute so kennenzulernen, wie sie wirklich sind. Man sieht dann nicht nur den Schmutz und ihre Lumpen, sondern ihr Herz und ihre Seele, und das ist viel mehr. Es ist das einzige, worauf es beim Menschen wirklich ankommt. Radioapparate, Fordwagen und Geschwindigkeitsrekorde zählen überhaupt nicht. Das ist alles Humbug, wenn die letzte Bilanz gezogen wird.

Die Religion ist es, die den Menschen seinen Nächsten lieben lehrt, die Tränen einer Mutter trocknet, die ihr Kind verloren hat, und den, der da zwei Hemden hat, eines davon dem Armen geben heißt, der nichts hat, um seine Blöße zu bedecken. Ist es wirklich Religion? Der Tod gibt für gewöhnlich Gelegenheit, den religiösen Lippendienst in seinem ganzen leeren Prunk zu entfalten, aber hier, wo der Tod auf leisen Sohlen in eine fröhliche Gesellschaft eingedrungen war, die sich zu einem unbeschwerten Wochenend-Tanz rüstete, hier konnte ich keine Spur entdecken von der pompösen Religion des weißen Mannes. Ich hatte bisher noch kein Gebet gehört. Niemand hatte einen Rosenkranz durch die Finger laufen lassen. Und wenn der Agrarista seine Kirchenlieder sang, so hatte das nur sehr wenig mit der katholischen Religion zu tun; denn sein Gesang kündete den ewigen weltlichen Gehalt der Botschaft «Den Menschen ein Wohlgefallen»; und die Heilige Jungfrau wurde nur angerufen, um ihr von dem Vorgefallenen Kunde zu geben, nicht damit sie herniedersteige und einer armen indianischen Mutter in ihrer Not helfe. Und eben weil die Religion, wie wir sie verstehen, noch nicht in die Herzen und Gemüter dieser Menschen gedrungen war, hatten sie sich noch ein von Güte und Liebe überquellendes Herz bewahrt.

Ich saß, gut einen Meter neben der Tür, auf einer Kiste. Wer heraus oder herein wollte, konnte bequem an mir vorbeigehen, ohne mich im mindesten zu belästigen. Trotzdem blieben alle, Männer, Frauen und Halbwüchsige, bei mir stehen und sagten: «Mit Ihrer gütigen Erlaubnis, Señor.» Und erst wenn ich geantwortet hatte: *«Pase!»*, oder *«Es su propio!»*, gingen sie an mir vorbei. Sie taten das nicht, weil ich ein Weißer war. Wenn ein indianischer Bauer in Lumpen auf der Kiste gesessen hätte, würden die Leute den mit dem gleichen Ernst um Erlaubnis gefragt haben. Sie konnten einfach nicht an einem Menschen vorbeigehen, ohne das zu tun. Natürlich machte ich es auch so, wenn ich an einem Indianer vorbei wollte, aber man stelle sich nur einmal vor, ich wollte daheim in den Vereinigten Staaten so höflich sein wie hier. Da würden alle glauben, ich hätte irgendeine Tropenkrankheit mitgebracht. Daheim heule ich mit den Wölfen. Man schont seine Nerven, wenn man nicht dauernd versucht, die Leute zu sich hinaufzuziehen, und man ärgert sich nur gelb und grün oder bekommt zu hohen Blutdruck, wenn man sich darauf versteift, Menschen zu bessern, die überzeugt sind, besser als jeder andere zu wissen, was gut für sie ist. Man wird zum Philosophen, wenn man unter Menschen lebt, die einer anderen Rasse angehören und eine andere Sprache sprechen als unsereiner. Aber was auch geschehen mag, es ist besser, an der Überzeugung festzuhalten, daß es kein schöneres Land auf der Welt gibt als «Gottes eigenes Land», das Land der Freien. Dann hat man seine Ruhe und ist ein geachteter Staatsbürger. Abgesehen davon, daß diese Philosophie sich wirklich bezahlt macht, wenn man sie nur richtig anzuwenden weiß, habe ich auch die Erfahrung gemacht, daß weite Reisen nur den bilden, der auch dann etwas dazulernt, wenn er bloß in seiner eigenen Heimat ein bißchen herumkommt. Einer, der mit offenen Augen durch die Welt geht, wird bei einem kleinen Ausflug mehr sehen und dazulernen als tausend andere bei einer Reise rund um die Welt. Wenn einer in den mittelamerikanischen Dschungel kommt, um sich anzusehen, was die Indianer so an einer Brücke treiben, dann wird er weder den Dschungel noch die Brücke, noch die Indianer sehen, sofern er überzeugt ist, daß der Kulturkreis, aus dem er selber stammt, der einzige ist, auf den es wirklich ankommt. Wer auf Reisen geht und sich umsehen will, sollte immer bedenken, daß vieles falsch ist, was er in der Schule und auf der Universität gelernt hat.

Ich hatte Hunger, und so ging ich nachsehen, was mit Sleigh los war. Das Mädchen war schon lange auf. Sie hatte den gekochten Mais auf dem Metate zerstampft, hatte Tortillas gebacken, schwarze Bohnen gekocht und den Kaffee aufs Feuer gestellt.

«Der Kaffee ist noch nicht fertig», sagte Sleigh, sowie er mich kommen sah. «Wir müssen noch warten, eine Viertelstunde oder so. Wenn meine Frau da wäre, hätten wir ihn eher gehabt. Teufel noch einmal, bin ich müde. Herrgott, wirklich verdammt müde, das kann ich wohl sagen.»

Er nickte ein, aber gleich war er wieder wach und fragte mich: «Haben Sie den Jungen nicht gesehen? Ich meine den faulen Knochen, der hier bei mir arbeitet. Er soll die Milch zum Kaufladen rauftragen.»

«Er hilft dem Schwachsinnigen bei dem Feuerwerk.»

«So, dort ist er also. Dem werde ich die Hammelbeine langziehen. Er weiß genau, daß er sich um die Milch kümmern muß. Bevor der sie zu dem Kaufladen hinbringt, wird sie ja sauer in dieser Sonnenglut.» Er stand auf, und wir gingen beide zum Garcia-Haus zurück.

Als wir den Hof betraten, kam Garcia gerade von seinem geheimnisvollen Ritt zurück. Er nahm aus dem Bastbeutel, den er am Sattelknopf hängen hatte, ein Bündel Kerzen, ein Paket mit öligem gemahlenem Kaffee, vier braune Rohzuckerhüte und drei Literflaschen mit Mescal. Eine von den Flaschen war halb leer. Das war natürlich zu verstehen; denn der Weg war weit, und er hatte ein schweres Herz, der gute alte Garcia. Kein Wunder, daß seine Augen so glänzten. Sein Gesicht war rot und aufgedunsen. Aber er war wenigstens ehrlich und gab sich gar keine Mühe, nüchtern zu erscheinen. Er gab die Flasche gleich seinem Freund, der das Pferd hielt, als er absaß. Der Freund nahm einen Schluck, und dann machte die Flasche die Runde.

Als Garcia zum Kaufladen gekommen war, hatte er nur ein paar Pesos in der Tasche gehabt. In Anbetracht des Trauerfalles hatte der Besitzer sich jedoch herbeigelassen, ihm die Sachen, die er für die Leichenfeier brauchte, auf Kredit zu geben. Es wäre Garcia furchtbar peinlich gewesen, wenn er das Begräbnis seines Sohnes ohne Mescal, Kaffee, Zucker und eine genügende Anzahl von Kerzen hätte feiern müssen. Der Kaufmann wußte auch, daß die aus der Leichenfeier erwachsenen Schulden beglichen werden würden, sowie Garcia das Geld hatte; mochten andere Außenstände auch noch so schwer einzutreiben sein. Da in diesem Laden alles mehr als doppelt so teuer war wie in der Stadt, verdiente der Mann an diesem Einkauf blendend. Tatsächlich war es nämlich so, daß der Barbetrag, den Garcia hinlegte, schon so gut wie vier Fünftel des Einkaufspreises deckte. Hier zeigte sich wieder einmal, daß kein Schlachtfeld so wüst und leer ist, daß sich nicht doch immer ein paar Leute finden, die einen schönen Gewinn herausschlagen. Alles unter der Sonne läßt sich zu Dollars oder Pesos machen. Es spielt gar keine Rolle, ob es die Tränen einer Mutter sind, das Lachen eines Kindes oder das Elend der Armen. Überall schaut Geld heraus. Der Mensch muß für seine Leiden bezahlen wie für seine Freuden, für seine Ehrlichkeit wie für seine Seitensprünge. Sogar sein letztes Kämmerlein unter der Erde, wo er niemand mehr im Wege ist, muß bezahlt werden. Sonst kommt er in den Aschenkübel, wenn sich kein freundlicher Medizinstudent seiner erbarmt und ihn vor einem derart schmählichen Ende bewahrt. Wäre es anders, gäbe es auf der Welt lange nicht so viel Kurzweil.

«Muchacho!» rief Sleigh. «Was ist mit der Milch?»

«*Estoy volando, jefe,* ich fliege schon!» rief der Junge zurück.

«Dann aber los jetzt! Keine faulen Ausreden! Señor Velasques wird dir die Hosen strammziehen, wenn du ihm saure Milch bringst.»

Wenn Sleigh einen so strengen Ton anschlug, so nicht etwa deshalb, weil er sich wegen der paar Liter Milch irgendwelche Gedanken gemacht oder sich geärgert hätte, und noch weniger kümmerte es ihn, was Señor Velasquez, der Besitzer des Kaufladens in einem Dorf in der Nähe der Bahnstation, sagte oder tat. Wollte Señor Velasquez sich einmal über die Milch beklagen, wenn Sleigh zu ihm kam, um mit ihm zu verrechnen und das Geld einzukassieren, das er dem Eigentümer des Rancho schicken mußte, dann würde er tauben Ohren predigen. Sleigh würde ihm den Rücken kehren, sein Pferd besteigen und nach Hause reiten. Wenn Sleigh überhaupt etwas liebte, dann das Vieh, das ihm anvertraut war. Aber um seinen Chef, um Señor Velasquez oder um die Milch ließ er sich keine grauen Haare wachsen. Er sah es als rein zufällig an, daß sein Chef, der Señor Velasquez und die Milch überhaupt etwas mit dem Vieh zu tun hatten. Wir kehrten in Sleighs Hütte zurück und setzten uns an einen alten Petroleumkanister zum Frühstück. Die nicht mehr ganz saubere Zeitung diente als Tischtuch.

Sleigh sah sich den Frühstückstisch an, als fehle noch etwas. Dann sagte er zu dem Mädchen: «Brat noch für jeden zwei Eier!»

«*Si, patrón, ahorito*», entgegnete das Mädchen. Sie ging in eine dunkle Ecke der Hütte, wo an dem Pfosten, der das Dach trug, ein Korb hing. In dem Korb saß mit verschlafenen Augen behaglich eine Henne. Sie dachte anscheinend gerade darüber nach, wieso sie da sitzen mußte, während die anderen Hennen alle herumlaufen und mit dem Hahn kokettieren konnten. Das Mädchen packte die Henne am Kragen, warf sie aus dem Korb, nahm vier Eier heraus und kam zum Herd zurück. Die Henne gackerte laut und rannte aufgeregt in der Hütte herum. Sie sprang auf unseren Tisch, warf die Kaffeebecher um, flatterte auf, segelte wieder zu Boden und lief zu ihrem Korb zurück. Eine Weile blieb sie auf dem Rand sitzen und beäugte den Inhalt. Dann hüpfte sie hinein, schob die Eier herum, zählte sie mit den Füßen und ließ sich schließlich, da sie keines vermißte, ruhig nieder und schloß die Augen. Sie war wieder versöhnt mit der Welt. Sie war glücklich und mit allen Dingen auf Gottes Erdboden zufrieden, weil sie nicht richtig zählen konnte. Die Fähigkeit, richtig zu zählen, ist an vielem Unglück schuld, das uns Menschen heimsucht. Seit die Rechenmaschinen das Verzählen so gut wie unmöglich gemacht haben, sind die mit dem Zählen zusammenhängenden Tragödien immer zahlreicher und furchtbarer geworden.

Als wir gefrühstückt hatten, hielten wir es für an der Zeit, ein bißchen zu schlafen.

30

Musik weckte mich. Die beiden Musiker, die am Vorabend hätten kommen sollen und die jetzt vielleicht nicht auf einem Leichenbegängnis hätten spielen müssen, wenn sie gestern rechtzeitig gekommen wären, brachten als Einführung einen flotten Foxtrott.

Sleigh war schon lange auf. Er kroch im Gestrüpp herum, weil ein Kalb aus dem Korral ausgebrochen war. Ich wusch und rasierte mich, stürzte zwei Becher heißen Kaffee herunter, verschlang ein paar Löffel in warme Tortillas gewickelte Bohnen und ging dann zu Garcias hinüber.

Ich fand eine große, lebhaft bewegte Versammlung vor. An allen Bäumen, Sträuchern und Pfosten waren Pferde, Maultiere oder Burros angebunden, manche noch mit dem Sattel auf dem Rücken, andere ohne. Frauen in Sonntagskleidern und Männer im Altagsgewand standen herum oder kauerten auf dem Erdboden. Ein ganzer Schwarm von Kindern erfüllte die Luft mit Geschrei und Gekreisch. Fast alle Kinder waren nackt, die anderen halbnackt, und das waren meistens die Mädchen.

Die neuen Gäste hatten noch mehr Feuerwerk gebracht, und so hörte man es an allen Ecken und Enden knallen und krachen.

Die Musiker, die die ganze Nacht durch gespielt hatten, machten jetzt eine Pause. Sie sparten ihre Kräfte für den langen Marsch zum Friedhof, der durch den Busch führte.

Ein paar Männer lagen betrunken herum. Andere schliefen noch immer hier und da auf dem blanken Erdboden. Niemand störte sie.

Die Sonne stand hoch am Himmel und brannte unbarmherzig hernieder. Die Betrunkenen, die in diese Gluthitze gerieten, wurden unruhig, wachten auf, krochen in den Schatten und fielen in ihre Betäubung zurück. Ein paar kamen gar nicht bis in den Schatten. Sie sanken vorher zusammen und blieben liegen wie formlose Bündel.

Ziegen und Schweine liefen frei herum. Wenn sie den Leuten ins Gehege kamen, wurden sie getreten und gestoßen, aber ohne Erfolg. Auch eine Unmenge von Hunden war da. Sie gingen andauernd aufeinander los, spielten, und jagten die Schweine. Haushühner rauften sich mit Truthühnern um Würmer und Krumen, und die Pferde, Burros und Maultiere, die nicht angebunden waren oder sich losgerissen hatten, trotteten zwischen den Leuten umher und suchten sich die paar grünen Blätter heraus, die noch nicht zertrampelt waren. Am Vortage war an dem verfallenen Zaun und in den Ecken des Hofes noch viel Grün gewesen, aber jetzt sah der Boden aus, als sei ein Heuschreckenschwarm darüber hinweggegangen.

Die vielen Tiere machten den Leuten schwer zu schaffen, aber keiner regte sich ernstlich auf über die lästigen Gesellen. Ab und zu bekam eines einen Tritt. Ein Frau rief: «He, Perro, weg da, du elendes Vieh!» Dann eine andere: «Schwein, stoß mich nicht um!» Hin und wieder wurde ein Junge herbeigerufen, um einen Hund oder ein Schwein zu verjagen. Manche warfen auch Steine nach ihnen, aber gaben immer acht, daß sie den Tieren nicht weh taten. Es sollte nur eine Warnung sein, keine Strafe. Wenn allerdings ein Hund oder ein Schwein die Frechheit besaß, mit dem ganzen Morral, dem kleinen Bastbeutel, loszuziehen, worin die Familie ihren Reiseproviant verwahrte, dann scheute man nicht davor zurück, dem Dieb mit einem Knüppel oder einem großen Stein Respekt beizubringen.

In manchen Gruppen wurde laut gelacht. Andere hatten sich zu angeregter Unterhaltung zusammengefunden. Junge Burschen standen beisammen und sangen oder spielten Mundharmonika. Hier und da sah man Männer, die Pferde oder Maultiere begutachteten. Manche Frauen erzählten den anderen von den Sorgen, die sie mit ihren Kindern, ihren Verwandten oder Nachbarn hatten. Es war nicht alles eitel Liebe und Freundschaft. Sie erzählten, wie habsüchtig ihre Schwägerin sei oder ihr Onkel, und was für ein gräßlicher Nachbar Don Chucho war.

Ein Außenstehender, der zu dieser Stunde hier vorbeikam, hätte nie im Leben geglaubt, daß da eine Trauergesellschaft versammelt war. Nur gelegentlich wurden die Leute wieder daran erinnert, und dann wurden sie ernst, wie es dem Anlaß angemessen war. In solchen Augenblicken hörte das Scherzen und Lärmen plötzlich auf. Einer sagte: «Ja, ja, wir müssen alle einmal sterben, der eine früher, der andere später. Und manche müssen schon von hinnen, bevor sie noch erwachsen sind. Das ist eben nun einmal so. Arme Mutter! Sie wird schon drüber hinwegkommen; das Leben geht weiter.»

Alle umstehenden Frauen bestätigten mit einem Seufzer die Richtigkeit dieser philosophischen Betrachtungen.

In einer anderen Gruppe, die zu laut geworden war, sagte ein Mann: «Jetzt seid einmal alle ein bißchen ruhig! Ihr solltet euch schämen, so einen Spektakel zu machen und hier zu lachen, daß euch der Bauch weh tut. Habt ihr denn ganz vergessen, daß wir ein totes Kind in unserer Mitte haben und daß eine Mutter sich die Seele aus dem Leibe weint? Da kann ich nur sagen, ihr habt aber auch schon jedes Anstandsgefühl verloren.»

An vielen Stellen hatte man Stöcke in die Erde getrieben und Dekken daran aufgespannt, um sich vor der Sonne zu schützen. Auf dem Hof standen nur wenige Bäume, die groß genug waren, um richtigen Schatten zu spenden. Gewöhnlich kam ungefähr um elf Uhr vormittags ein frischer Wind auf. Heute war dieser Wind ausgeblieben. Die Schatten der Menschen, Tiere, Bäume und Pfähle waren inzwischen ganz kurz geworden. Man konnte sie kaum noch sehen.

Ich nahm den Hut ab und trat in die Hütte, um nachzusehen, was sich drinnen mittlerweile verändert haben mochte.

Die Hütte war gedrängt voll Frauen, die sich kühle Luft zufächelten. Mit Pappendeckeln und Pappfächern, auf denen Reklameschriften für Zigaretten, Bier, Tequila, Habanero und Kurzwaren, wohl auch Liebespaare in zärtlicher Umarmung, mit Filmtiteln darunter, zu sehen waren. Die Frauen fächelten ganz mechanisch, als würden ihre Hände von einer kleinen Maschine angetrieben.

Die Kerzen hatten sich alle umgebogen, und bei jeder Kerze stand eine Frau, die sich bemühte, sie gerade zu halten. Die Wartung der Kerzen nahm ständig eine ganze Reihe von Frauen und jungen Mädchen in Anspruch, und sie bot den Trauergästen außerdem eine nette Abwechslung; hatte doch jede Kerze ihre Eigenheiten und jede der Kerzenhüterinnen eine andere Methode, die ihr anvertraute Kerze zu behandeln.

Das Kind war mittlerweile schon zu einer ganz zweitrangigen Sache, zu einer Nebenattraktion geworden. Niemand brachte mehr richtiges Interesse für den toten Jungen auf. Als die Garcia dem Kleinen wieder einmal das Tuch wegnahm, war das Gesicht gar nicht mehr zu erkennen. Man sah eigentlich nur noch eine formlose Masse. Dort, wo der Kiefer eingeschlagen war, klaffte jetzt ein großes, scheußliches Loch. Die Zähne lagen frei wie bei einem Totenschädel. Das Zahnfleisch war grün angelaufen, und auch das Loch im Kopf hatte sich vergrößert, so daß der blanke Schädelknochen freilag.

Es war nicht das tropische Klima allein, das diesen raschen Verfall bewirkte. Der Verwesungsprozeß wurde durch das Flußwasser noch beschleunigt, das in den Körper eingedrungen war. In den Tropen enthält das Wasser der Flüsse Milliarden heißhungriger, entsetzlich gefräßiger Mikroben, die über einen leblosen Körper hundertmal gieriger herfallen als die Bakterien aus den Gewässern gemäßigter Zonen. Ich konnte mir jedenfalls eine dermaßen weit fortgeschrittene, ekelerregende Verwesung in so kurzer Zeit nicht anders erklären. Wie mochte erst der Körper unter dem Matrosenanzug aussehen, fragte ich mich.

Der Matrosenanzug war allerdings gar nicht mehr zu sehen. Die Frauen in all ihrer Schlichtheit hatten gemerkt, wie häßlich dieser Affenfrack war. Sie besaßen einen besseren Geschmack als der Geschäftemacher, der ein Gros von diesen Anzügen hatte kommen lassen, in der Meinung, daß das die richtige Kleidung sei für kleine Indianerbuben, die im Dschungel leben, wo kein Mensch weiß, wie ein Schiff aussieht und wo niemand eine Ahnung hat, warum die Matrosen solche Anzüge tragen müssen und ihre Arbeit nicht genausogut in Overalls verrichten können. Intelligente Menschen wissen natürlich, daß diese Uniform die Voraussetzung ist für die saubere, einwandfreie Arbeit des guten Matrosen. Das ist den Frauen in allen Hafenstädten der Welt bekannt, aber woher sollen die Bewohner tropischer Dschungelgebiete es wissen?

Die Frauen hatten über die Admiralsuniform eine Art Hemdchen aus rotem, grünem, blauem und gelbem Papier gezogen. Diese Hemdchen von der Hand einfacher Indianerfrauen hatten dem kleinen Indianerjungen seine Würde wiedergegeben. Nur wunderte es mich, daß das Kind mit mindestens einem Dutzend Hemdchen von der gleichen Art angetan war. Doch fand ich bald heraus, welchen Grund diese Verschwendung hatte.

Fast alle Frauen hatten etwas für die Leichenschmückung mitgebracht. Sie hatten keine Möglichkeit, sich vorher telefonisch zu verständigen. Viele kamen mit einem Dutzend Buntpapierbogen. Andere hatten gleich zu Hause Papierhemdchen angefertigt, als sie von dem tragischen Unfall hörten, und da jede Frau in ihre Gabe all ihr Mitgefühl, all ihre Liebe hineinlegte, nahm die Mutter jedes einzelne Stück mit Dank entgegen und zog dem Kind die Hemdchen mit der Unterstützung der Spenderinnen eines nach dem anderen an.

Zum Glück hatten nicht alle Frauen Hemdchen gebracht. Viele gaben kleine Sterne und Kreuze, die teils aus Blechdosen, teils aus Buntpapier ausgeschnitten waren. Diese Sterne und Kreuze kamen als Extraverzierung auf das oberste Hemdchen. Ein paar Frauen, die nichts anderes entbehren konnten, hatten bunte Stoffreste und Bänder mitgebracht, die nun auch noch an den Hemdchen festgesteckt wurden.

Eine mir bekannte Frau trat herein. Sie war die Mutter des Jungen, den ich von den Toten erweckt hätte, wenn mich jener Spanier nicht beiseite geschoben und mit einer anderen Behandlung angefangen hätte. Ich war mir noch immer nicht ganz klar darüber, ob ich heute in dem Dorf ein so hohes Ansehen genießen würde, wenn der Spanier mich nicht bei meinen Wiederbelebungsversuchen gestört hätte. Freilich, vielleicht würden mich die Leute trotzdem bewundern; denn selbst wenn das Ergebnis negativ ist, wird man es immer sehr zu schätzen wissen, wenn einer sechs Stunden ununterbrochen mit allen möglichen Methoden einen Menschen wieder zum Leben zu erwecken sucht.

Die Frau begrüßte mich vor allen anderen, und sie war sehr freundlich zu mir. Sie hielt eine hübsche Krone aus Goldpapier in der Hand, die allerdings nicht so geschmackvoll ausgeführt war wie die, die die Pumpmeistersfrau am Abend angefertigt hatte. Natürlich glaubte sie trotzdem, daß ihre Krone bedeutend schöner sei als die andere, die das Kind auf dem Haupt trug. Sie trat an die Leiche heran, nahm die alte Krone, ohne jemand zu fragen, herunter und ersetzte sie durch ihr eigenes Werk.

Die Pumpmeistersfrau sah ihr dabei zu, aber sie ließ sie gewähren. Ich hatte selbst gesehen, wieviel Herzensgüte, nachbarschaftliche Liebe und schwesterliches Mitgefühl sie in ihre Krone hineingewoben hatte. Ihre Tränen waren darauf getropft, und ich hatte bemerkt, wie sehr sie sich über die Krone freute, als sie fertig war; wie sie das Ding mit der Genugtuung des Künstlers betrachtete, der in seinem Werk die eigene Konzeption übertroffen sieht. Ich werde nie den verklärten Ausdruck in ihren tränenfeuchten Augen vergessen, als sie dem Jungen die Krone aufs Haupt setzte und ihn beinahe ansah wie einen Gegenstand göttlicher Verehrung, so als sei er nun zu einem kleinen Heiligen erhoben worden.

Jetzt sah die Pumpmeistersfrau ihre Rivalin an, und einen Augenblick lang war ich nicht sicher, ob sich nicht ein Streit entspinnen würde. Sie machte eine Bewegung, als wolle sie den unzeremoniellen Kronentausch verhindern. Aber dann hielt sie sich zurück, und über ihre Lippen huschte ein gutmütiges Lächeln. Sie kreuzte die Arme über der Brust und sah ohne Erbitterung zu, wie die andere in ihrer gar nicht zartfühlenden Art die Kronen tauschte. Sie war eine Mutter, und sie dachte wohl daran, daß die andere auch Mutter war und erst vor kurzem einen geliebten Sohn verloren hatte. Was sie da jetzt tat, war ja nichts anderes als eine Sympathiekundgebung. Warum sollte sie also wegen der Kronen einen Streit beginnen. Die erste Krone hatte ihren Zweck erfüllt. Nun konnte ruhig die zweite an ihre Stelle treten.

Die Frau mit der neuen Krone hatte die alte beiseite geworfen, als wolle sie sagen: «Na, was ist denn das für ein Trödel?» Die Pumpmeistersfrau hob die ausgediente Krone auf, zerknüllte sie in der Hand, damit sie niemand mehr sah, ging aus der Hütte und warf sie ins Feuer.

31

Vor der Hütte hörte ich plötzlich erregte Stimmen. Gleich darauf trat ein Mann herein. Unter dem Arm trug er einen kleinen Sarg, den er selbst gezimmert hatte. Es war sein Abschiedsgeschenk an das Kind. Mit der freien Hand nahm er den Hut ab.

In dem Augenblick, als der Mann den Sarg auf den Boden setzte, bekam die Garcia wieder einen hysterischen Schreikrampf. Die anderen Frauen in der Hütte und auf dem Hof fielen in das Geheul mit ein, als hätten sie den Verstand verloren.

Der Sargtischler wischte sich mit dem Handrücken den dicken Schweiß von der Stirn und trocknete sich mit einem großen roten Taschentuch den Hals ab.

Drei Männer kamen herein. Sie gingen schnurstracks auf den Tisch zu. Die Garcia schrie: «Nehmt ihn mir nicht weg! Laßt ihn hier noch schlafen, nur ein paar Stunden! Bitte, holt ihn nicht weg!» Händeringend lief sie in der Hütte umher. Mehrmals rannte sie mit dem Kopf gegen die Pfosten, die das Dach trugen, und die ganze Zeit über kreischte und schrie sie ohne Unterlaß.

Endlich fingen zwei Frauen sie ab und schlossen sie in ihre Arme.

Die Männer hatten inzwischen, ohne sich um das Schreien und Lamentieren zu kümmern, die Frauen mit einem kurzen, trockenen *«Con su permiso!»* beiseite geschoben und ihre Arbeit begonnen.

Unter den drei Männern, die eben hereingekommen waren, befand sich auch Sleigh.

Der Sarg war nur ein roh zusammengezimmerter Kasten aus morschen Brettern, die von diversen alten Kisten stammten. Er war nirgends glattgehobelt. Außen hatte man ihn mit blauem und rotem Papier überzogen, damit er schöner aussah. Innen war er mit trockenem Gras und Maisblättern ausgelegt, auf die man ein paar Kalksteinplatten geschoben hatte.

Der Sarg wurde auf eine Kiste gestellt. Ohne weitere Umstände packten die vier Männer den kleinen Leichnam und versuchten, ihn vom Tisch zu heben. Dabei schlug der Kopf so jäh hintenüber, daß es aussah, als würde er abbrechen. Ich sprang hinzu und hielt das Kissen drunter, damit der Kopf einen Halt hatte. Die schönen Papiergewänder verrutschten, und die ganze mühsam zurechtgemachte Staffage geriet entsetzlich durcheinander. Endlich aber gelang es uns doch, den Leichnam in den Sarg zu legen. Die Pumpmeistersfrau sprang auf, brachte die Gewänder mit ihren flinken, geschickten Händen in Ordnung und machte den Leichnam wieder schön; soweit man da überhaupt von schön sprechen konnte.

Der Sarg wurde auf den Tisch gestellt. Sogleich warf sich die Garcia über ihr Kind, um ihm den Abschiedskuß zu geben, aber als sie ihre Lippen auf den Mund des Jungen drücken wollte, sah sie, daß gar keine Lippen mehr da waren. Sie wurde den Geruch gewahr, den der arme kleine Tote verbreitete, und sie schnappte nach Luft, wich zurück und fiel beinahe über eine Frau, die ihr im Weg saß.

Die Garcia stand zwei Meter von ihrem Kind weg. Sie warf die Arme hoch, fuchtelte wild in der Luft herum und ließ sie dann ermattet sinken. Nun irrten die Hände über ihr Gesicht, strichen über die Brust und glitten herab, als suchten sie etwas, das verborgen war. Dann krochen die Finger wie kleine Schlangen von neuem über das Gesicht bis in das Haar hinauf, und die Frau zauste sich die Haare so wild und ungestüm, daß ihr zwei Frauen in den Arm fielen, damit sie sich nicht die Kopfhaut herunterriß. Hilflos irrten die Augen umher. Sie machte sich von den anderen frei, kreischte und stürzte zu Boden, als sei sie von einem Keulenhieb getroffen worden.

Die Frauen hoben ihr den Kopf, flößten ihr durch die fest zusammengepreßten Lippen Wasser ein und versuchten, ihr die krampfhaft geballten Fäuste zu öffnen. Sie wurde blau, erst an den Lippen, dann im ganzen Gesicht, aber nur für einen Moment. Langsam kam sie wieder zur Besinnung. Sie öffnete die Augen, richtete sich auf, wischte sich das Gesicht ab, blickte um sich, erkannte ihre Freundinnen und rang sich ein Lächeln ab.

Das war ihr letzter Gruß an das heißgeliebte Kind.

Ihr Mann trat herein, torkelte auf sie zu, zog umständlich eine Flasche Mescal aus seiner Tasche und drückte sie mit liebevoller, verstehender Gebärde der Frau in die Hand.

Die Garcia hielt die Flasche in den Händen, als sei es ein geweihter Gegenstand, erhob sich von der Erde und verschwand in dem kleinen Vorratsraum. Ich konnte sie durch die Ritzen zwischen den Knüppeln beobachten, aus denen die Wand bestand, und ich sah, wie sie einen Zug machte, der einen alten Seebären sofort umgeworfen hätte. Sie setzte die Flasche ab, betrachtete sie und nahm dann noch einen Schluck, der zwar nicht ganz so groß war wie der erste, aber, gemessen an einer Literflasche, immerhin zwei Fingerbreit ausmachen mochte. Als sie die Trost spendende Medizin genommen hatte, kam sie wieder zum Vorschein und gab die Flasche ihrem Herrn und Gebieter zurück; denn sie war eine brave, anständige Frau. Sie wischte sich mit dem Handrücken den Mund, und in ihren eingesunkenen Augen war ein zufriedener Ausdruck.

Da der alte Garcia die Flasche aus der Hosentasche geholt und sich so sehr hatte plagen müssen, um sie herauszubekommen, benutzte er gleich die Gelegenheit, um auch selbst einen anständigen Schluck zu nehmen. Feste muß man feiern, wie sie fallen.

Der Sargmacher zog aus seiner Tasche einen Hammer und aus einer anderen zwei dicke verrostete Nägel. Er dachte wohl, daß er auf diese Weise deutlicher als mit irgendwelchen Worten zu verstehen geben konnte, was er vorhatte.

Die Garcia begriff sofort. Sie trat an den Sarg, nahm das Tuch herunter und betrachtete, was von dem Gesichtchen übrig war, das gestern noch so voll von Leben und Freude gewesen. Sie starrte schaudernd in das Gesicht ihres Kindes und deckte es dann hastig wieder zu.

Eine Minute lang stand die Frau, als warte sie auf etwas. Dann ging sie mit raschen Schritten zu dem kleinen Bord, auf dem das Bild der Heiligen Jungfrau stand. Sie nahm die kleine Hawaii-Gitarre und legte sie dem Kleinen in den Sarg. Darauf dachte sie wieder nach, als versuche sie sich an etwas zu erinnern. Noch einmal ging sie zu dem Bord, nahm sämtliche Spielsachen des Kindes – das verbeulte Blechauto, den Angelhaken, die Schnüre, den zerbrochenen Korken und die paar anderen kleinen, nichtigen Dinge, die ihr Junge so gern gehabt hatte –, trug das Ganze zu dem Sarg und legte alles hinein. Ganz leise sagte sie: «Er soll sich nicht verlassen vorkommen, nein, nur das nicht.» Sie verweilte ein paar Sekunden und dann sagte sie: *«Adiós, Carlitos! Adiós, Carlosito mio!»*

Niemand rührte sich in der Hütte. Keiner sprach ein Wort. Kein Tuscheln war zu hören. Es schien, als hielten alle den Atem an, während die Mutter zum letzten Male mit ihrem Kinde sprach.

Die Garcia neigte den Kopf, drehte sich langsam herum, bis sie dem Sarg den Rücken zukehrte und trat an die Wand, durch deren Ritzen sie das Feuer draußen sehen konnte.

Rasch legte der Sargmacher den Deckel auf die Kiste und heftete ihn mit ein paar leichten Hammerschlägen provisorisch fest, so daß er am Grabe noch einmal abgenommen werden konnte.

32

Von nun an ging alles sehr schnell. Vier junge Burschen, alle ungefähr vierzehn Jahre alt, hoben den Sarg auf, und schon setzte sich der Leichenzug in Bewegung. Männer, Frauen und Kinder schlossen sich den Sargträgern an. Die Frauen trugen ihre Babys, in Rebozos gewickelt, auf dem Rücken.

Nach wenigen Augenblicken kam der Leichenzug an die Stelle der Brücke, von der das Kind vermutlich hinabgestürzt war. Wie auf geheime Verabredung blieben die Sargträger stehen.

Alle Männer nahmen die Hüte ab. Die Garcia weinte bitterlich. Sie schrie nicht, aber ihre Tränen gingen den Trauergästen mehr zu Herzen als zuvor ihr Geschrei. Die Pumpmeistersfrau küßte die Mutter und redete beruhigend auf sie ein. «Weinen Sie sich nur aus», sagte sie, «wenn Ihnen davon leichter wird. Kommen Sie her, schneuzen Sie sich einmal.» Sie drückte der Mutter ihr Taschentuch in das verschwollene Gesicht.

Die Sargträger setzten ihren Weg fort.

Sleigh stand mit den anderen einen Augenblick auf der Brücke. Als er den Leichenzug weitermarschieren sah, drehte er sich um und ging zurück. Er sagte zwar nichts, aber ich war überzeugt, daß er wieder einmal eine verlaufene Kuh suchen mußte.

Der Zug verließ die Brücke und kam an der Pumpstation vorbei. Auf diesem schlechten, stellenweise versumpften Dschungelpfad konnte die Prozession beinahe den ganzen Nachmittag brauchen, bis sie auf dem Friedhof anlangte.

Die Trauergäste marschierten keineswegs in mustergültiger Ordnung. Garcia torkelte zwischen zwei Freunden dahin, die große Mühe hatten, ihn auf den Beinen zu halten, da sie ja selbst nicht mehr im Vollbesitz ihrer Kräfte waren.

Die Mutter ging an der Seite der Pumpmeistersfrau. Sie hatte sich eingehängt. Noch immer trug sie ihr meergrünes Gazekleid, sie wußte das anscheinend gar nicht mehr. Von ihren Alltagslumpen abgesehen, hatte sie auch nichts anderes, was sie zu einer solchen feierlichen Gelegenheit hätte anziehen können. Das Kleid war mit Blut und Lehm besudelt und an mehreren Stellen klafften lange Risse. Die Blumen waren abgefallen, aber die Sicherheitsnadeln, die sie gehalten hatten, die waren noch da.

Auch die Pumpmeistersfrau und überhaupt so gut wie alle anderen Frauen trugen noch die Kleider vom Vorabend, nur waren sie nicht so schmutzig und zerrissen.

Als man die Brücke hinter sich hatte, fühlten sich alle irgendwie erleichtert. Eine neue Welt lag vor ihnen, und die unheilvolle Brücke sollte bald vergessen sein.

Nachdem der Zug eine Viertelstunde lang schweigend vorangetrabt war, kam allmählich Leben in die Trauergesellschaft. Es war, als sei jedem einzelnen ein schwerer Stein vom Herzen gefallen.

Die Musiker – ein Geiger und ein Gitarrenspieler, beide Indianer – setzten ihre Instrumente an. Sie wußten nicht, daß es so etwas gab wie Grabgesänge, Trauermärsche und Nocturnos, mit denen man Geister aus ihren Kaminen und Dachluken locken und vor einem entzückten Publikum tanzen lassen kann. Daß es Choräle gab, wußten sie wohl; denn sie kannten sie ja aus der Kirche. Aber sie konnten dergleichen nicht spielen, und sie hätten so was, Gott weiß, warum, auch gar nicht spielen wollen, selbst wenn sie es gekonnt hätten. Wozu in aller Welt waren denn die amerikanischen Jazzkompositionen eigentlich da, wenn man sie nicht jederzeit und zu allen Gelegenheiten spielen konnte, ob es nun eine Hochzeit war, eine Taufe, ein Heiligentag, ein Tanz oder ein Begräbnis? Musik war Musik, immer und überall, und es war töricht, je nach dem Anlaß etwas anderes zu spielen. Das sollten die Leute machen, die es nicht besser verstanden. Aber wie dem auch war, der kleine Junge mußte jedenfalls mit Musik zu Grabe getragen werden, und da war jede Musik recht; denn er war ja schon unterwegs zum Himmel.

Ich fürchtete schon, sie würden vielleicht so etwas spielen wie «Home, Sweet Home» oder «My Old Kentucky Home». Aber so weit waren diese braven indianischen Musiker denn doch nicht vom Pfade der Zivilisation abgeirrt. Sie standen uns Amerikanern viel näher. Hier konnte ich einmal ganz deutlich sehen, daß keinerlei politische Grenzen und Unterschiede in der Hautfarbe der Ausbreitung unserer grandiosen Kultur im Wege stehen.

So also spielten die Musiker (und das paßte ganz gut zu dem Matrosenanzug) Taintgonnarainnomo, das neueste aus ihrem Repertoire.

Die Tatsache allein jedoch, daß dieser Schlager hier im Dschungel als Trauermarsch gespielt wurde, war ein unmißverständlicher Beweis dafür, daß dieser Auswurf unserer Zivilisation, zumindest in diesem Erdenwinkel, auf eine undurchdringliche Wand gestoßen war. Den Tod begreifen die Menschen, aber was sie nicht begreifen, das ist die Heuchelei, mit der wir, die Anhänger Christi, unsere Toten begraben. So konnten die amerikanischen Tanzweisen ihre Gefühle nicht in Verwirrung bringen, während geistliche Lieder und fromme Choräle sie bloß kopfscheu gemacht hätten. Für ihr Empfinden paßte so etwas gar nicht zu diesem großen Mysterium, der Auslöschung des Lebens.

Doch was spielt das alles für eine Rolle? Was kümmert sich die Sonne um unsere Toten, um weinende Mütter, Begräbnisse, amerikanische Foxtrotts und Enthaarungsmittel? Was kümmert es sie, ob wir echte Kultur oder Talmizivilisation haben, ob gute Musik oder Lärm aus Messingtrichtern? Die herrliche Sonne schert sich nicht einen Pfifferling darum, ob sich jemand darüber ärgert, wenn der Weiße seine Abfallkübel über den Köpfen von Menschen ausleert, die er für minderwertig hält. Was immer wir für Kummer, Schmerz und Sorgen haben mögen, wirkliche oder eingebildete, die Sonne zieht unberührt davon gewaltig und unnahbar ihre Bahn durch das Weltall. Sie ist Gott, ist der einzige Gott, der Erlöser, der Heiland; der einzige sichtbare, der allgegenwärtige, der ewig junge, ewig lächelnde Gott, ein nie verstummendes, frohlockendes Lied von der ewig sich erneuernden Schöpfung. Die Sonne ist Schöpferin, Erhalterin, Erzeugerin und Gebärende. Sie schenkt und vergeudet zur gleichen Zeit. Sie hört niemals auf, die Erde mit Früchten, mit Schönheit zu segnen, und doch fordert sie keine Gebete, keine Verehrung, keinen Dank. Und niemals droht sie mit Strafen.

Was machte sich die Sonne droben aus unserem Begräbnis? Sie stand direkt über uns, und ihre sengenden Strahlen brannten auf uns hernieder. Wir zogen schwankend unseren beschwerlichen Weg, strauchelten über Wurzeln und Baumstämme, stolperten in Löcher hinein und versanken in schlammigen Rinnen. Wir schlängelten uns durch dorniges Gestrüpp und stapften durch das hohe, zähe Präriegras.

Stunden um Stunden marschierten wir in der Gluthitze.

Die Leute schwatzten, lachten, johlten, kreischten, sangen und pfiffen. Ab und zu spielte die Musik. Foxtrotts, Onesteps, Twosteps, Blues. Gelegentlich spielten sie auch «*Jesusita de Chihuahua*», «*Reina de mi jacal*», «*Amapola del camino*» oder «*Adelita*», um sich zu erholen; denn diese Weisen konnten sie im Schlaf. Wären sie allerdings bei diesen schönen Liedern geblieben, hätten die Trauergäste sie für altmodisch gehalten, und damit niemand glaubte, sie seien engstirnig und wollten nur das tun, was ihre Großväter getan, ließen sie ihre herrliche Volksmusik lieber wieder beiseite. Dann sahen die Leute wenigstens, wie amerikanisiert sie schon waren. Und so schwebten durch die flimmernde Luft die Klänge dieses musikalischen Glanzstückes des Jahrhunderts, des großen amerikanischen Tedeums «*It ain't goin' ta rain no moa*».

Der Sarg schwankte bedenklich auf den Schultern der Burschen, die ihn trugen. Wenn einer über einen Stein oder über eine Baumwurzel stolperte oder in einem Loch versank, schrie die ganze Korona: «*La caja, la caja!* Die Kiste, die Kiste!»

Alle, die in der Nähe des Sarges gingen, sprangen hinzu und stützten den Kasten; denn sonst konnte es leicht einmal passieren, daß er über die Wegböschung hinunterkollerte. Es ist nicht auszudenken, was passiert sein würde, wenn der Sarg wirklich hinuntergefallen und aufgegangen wäre.

Zu beiden Seiten des Weges gaben uns die Geier das Geleit. Manche flogen vor uns her, andere folgten uns. Einige ließen sich immer wieder in den Bäumen oder im Gebüsch nieder, blieben dort eine Weile sitzen, schwangen sich aufs neue in die Lüfte und kamen wieder näher. Ganz dicht wagten sie sich niemals an uns heran, aber doch so weit, daß wir deutlich ihre hungrigen Augen und ihre trockenen, harten Schnäbel sehen konnten.

Wir näherten uns einer Reihe von termitenzerfressenen Zaunpfählen. Von einigen hingen verrostete Stacheldrahtenden herab. Ein Dutzend Geier belegte die Pfahlreihe mit Beschlag. Da hockten sie nun auf den Pfählen. Es war ein schauerlicher Anblick für uns, die wir hier entlangzogen, um ein totes Kind zu begraben; denn die Geier saßen in Reih und Glied wie eine Schildwache. Einer aus dem Trauergefolge wollte einen Witz machen. Er sagte: «Mit ihren schwarzen Gehröcken sehen die Vögel aus wie Leichenbestatter.» Ein anderer meinte kichernd: «Der da sieht genauso aus wie unser Cura, der vorigen Herbst unsere Neugeborenen getauft hat.»

Auch ich fand, daß sie eher wie Geistliche aussahen als wie Leichenbestatter, wie Geistliche, die niemals einen Fehler verzeihen und die am überzeugendsten wirken, wenn sie vom Höllenfeuer und von den sadistischen Freuden des Satans predigen.

Vor dem Sarg marschierte der schwachsinnige Bruder. Er war umringt von einer Schar lärmender, schreiender Kinder. Ein Junge schwang die ganze Zeit einen dicken Stecken mit glimmender Spitze, damit immer ein kleines Flämmchen da war, mit dem man die Knallfrösche anzünden konnte, von denen alle Augenblicke welche explodierten. Als die ersten Frösche, knatternd wie eine Gewehrsalve, losgegangen waren, hatten die Geier erschreckt die Flucht ergriffen und sich im Busch verborgen. Inzwischen aber hatten sie sich an den Lärm gewöhnt, und so begleiteten sie uns jetzt unbekümmert. Niemand wirft in diesen Gegenden Steine nach den Geiern oder tut ihnen sonst absichtlich etwas zuleide. Es gibt ein Gesetz, das diese Vögel schützt. Aber selbst wenn es kein Gesetz zum Schutz der Geier gäbe, würden die Leute sie in Ruhe lassen; denn sie wissen, daß sie die Gesundheitspolizei sind und das Aas beseitigen.

Manuel ging ganz allein, als gehöre er nicht zu dem Trauerzug. Zweimal gesellte ich mich zu ihm und sprach mit ihm über Texas und über seine Arbeit dort. Er gab mir auch Antwort und versuchte sogar, sich ein Lächeln abzuringen; aber als ich sah, wie schwer ihm das Reden fiel, ließ ich ihn in Ruh.

Der alte Garcia blieb alle naslang stehen, zog die Flasche aus der Hosentasche und nahm einen Schluck. Seine beiden Freunde, die ihm halfen, den Friedhof auf eigenen Füßen zu erreichen, halfen ihm auch die Flasche leeren. Ab und zu meldete sich auch der eine oder andere seiner sonstigen Freunde, sie bekamen alle ihr Teil. Garcia konnte es sich leisten, freigebig zu sein; denn für den Fall, daß die eine Flasche nicht reichte, hatte er noch eine zweite bei sich.

Die Mutter schritt mitten in dem großen Haufen. Wer sie jetzt sah, wäre nicht auf den Gedanken gekommen, daß sie die Hauptleidtragende war. Sie stützte sich nicht mehr auf den Arm der Pumpmeistersfrau. Das war bei der Hitze und auf dem unebenen Weg auch gar nicht gut möglich. Aber die Pumpmeistersfrau ging noch immer neben ihr, und auch ein paar andere Frauen hielten sich in ihrer Nähe, damit die Mutter sich nie, nicht einen einzigen Augenblick allein fühlen sollte. Alle schwatzten, um den Weg abzukürzen und um die Sonnenglut zu überstehen. Sie redeten von tausenderlei Dingen, aber nicht mehr von dem Kind. Sie marschierten wieder zurück in das gewohnte Alltagsleben.

Die Burschen begannen sich zu raufen. Keiner wollte den Sarg tragen. Niemand mehr war auf diese Ehre erpicht, obwohl sie sich zuerst darum gerissen hatten. Selbst den Abgebrühtesten war der Geruch im Umkreis des Sarges zuviel geworden. Alle hatten sich ihre Taschentücher über Mund und Nase gebunden, um sich, so gut es eben ging, gegen den grauenhaften Leichengeruch zu schützen, den die Kiste ausströmte. Es war eigentlich ein Wunder, wie tapfer die Garcia da mit den Leuten marschierte, wenn man bedenkt, daß sie sechsunddreißig Stunden kein Auge zugemacht hatte; daß sie den furchtbarsten Schicksalsschlag hatte hinnehmen müssen, der eine Mutter auf Erden überhaupt treffen kann; daß sie durch zwanzig Stunden geweint, geschrien und gejammert hatte wie nie zuvor in ihrem Leben und daß sie seit dem späten Nachmittag des Vortages nichts mehr zu sich genommen hatte.

Und noch etwas war ein Wunder: die Musik. Die ganze Nacht hindurch hatten die Musiker zum Tanz aufgespielt, ein Stück nach dem anderen, ohne jede Pause. Wenn die Indianer tanzen, dann tanzen sie. Keinen einzigen Tanz lassen sie aus, und sie setzen sich auch nicht hin und schauen in den Mond. In den Mond können sie schauen, soviel wie sie wollen, wenn keine Musik da ist.

Wenn ich mir die Gesellschaft so ansah, dann mußte ich mich fragen, ob das überhaupt noch jemand für einen Trauerzug halten konnte. Die Leute zogen alle zum Friedhof, schön und gut, aber irgendwie sah es so aus, als habe man sich des Toten schon lange entledigt, und als beziehe der Marsch seinen Sinn nur noch aus der Musik, die da gespielt wurde. Trotz aller meiner stillen Proteste und gräßlichen Flüche hatten die amerikanischen Tanzweisen und schmalzigen Liebeslieder letzten Endes doch die Oberhand gewonnen. Sie beherrschten die Gemüter der Trauergäste, die diese Musik anscheinend der einheimischen vorzogen. Mit all meinen erhabenen Gedanken war ich nur ein Prediger in der Wüste, und die Leute wären bestimmt der Meinung gewesen, ich hätte einen Sonnenstich, wenn ich laut gesagt hätte, wie sehr mir unsere zweifelhaften Errungenschaften mißfielen.

Vielleicht hatten diese Menschen ganz recht. Warum sollte man schließlich an Tod und Begräbnis denken? Die Welt um uns her war grün und voll von pulsierendem Leben. Der Himmel war blau, die Sonne leuchtete golden. Schmetterlinge, manche so groß wie zwei Hände und andere schöner als die kostbarsten Juwelen, schwirrten zu Tausenden in der Luft herum und zeichneten sich gegen die dunklen Wände des Dschungels ab. Vögel, die das Dickicht den Blicken verbarg, zwitscherten. Der Dschungel fiedelte, sang und zirpte so durchdringend, daß er die Musik sekundenlang übertönte. Ringsumher, überall war Leben, und wir klammerten uns hier an die läppische Idee, einen Trauerzug veranstalten zu müssen. Warum hatten wir das Kind nicht im Fluß liegen gelassen? Warum hatten wir es nicht einfach vergessen und Kind Kind sein lassen? Wozu das ganze Theater? War der Junge im Fluß nicht viel besser aufgehoben als in einer Grube auf dem Friedhof, wo ihn Hunde und Schweine ausgraben und auffressen würden, was von ihm noch übrig war? Gott gab ihm den Fluß als Spielgefährten, und da hätten wir ihn liegen und auf seine Art glücklich werden lassen sollen. Warum hatten wir ihn aus dem Grab herausgeholt, das der Herr für ihn bereitete? Natürlich: da wir nun einmal das Christentum angenommen hatten, konnten wir nicht einfach wie Heiden handeln und mußten tun, was wir für unsere Christenpflicht hielten.

Teufel noch mal! Wenn ich mich nur auf den Weg hätte konzentrieren können und nicht in einem fort mit meinen Gedanken anderswo gewesen wäre! Da stecke ich jetzt in einem Schlammloch, und alle lachen mich aus. Das kommt davon. Ich will ein braver Kerl sein; darum latsche ich hier um einer törichten Idee willen durch die Gegend und stolpere über Baumwurzeln.

Lang lebe die Welt, in der es so viele komische Dinge gibt! Was bedeutet der Welt des Lebendigen diese kleine Kiste mit verwesendem Fleisch? Nichts. Wie bedeutungslos ist der Mensch für den Kosmos! Wie nichtig sind seine Kümmernisse, seine Kriege, seine Anstrengungen und seine Ambitionen, seine Bemühungen, die Konkurrenten zu übertrumpfen! Was ist von dem großen Cäsar übriggeblieben? Ein Rom gäbe es auf jeden Fall, mit oder ohne Cäsar. Vielleicht wäre es nicht am Tiber, aber es wäre Rom. Was wird morgen noch von den Dutzenden kleiner Cäsaren von heute übrig sein, die da glauben, sie könnten eine neue Welt bauen und die Menschheit in Schrecken setzen? Was haben all die Kriege, Diktaturen und Bolschewismen für einen Sinn, wenn die Menschen dann am Ende doch immer das tun, was ihnen am besten bekommt, große Männer und andere? Warum soll man da nicht das Leben, die Liebe, das fröhliche Treiben genießen? Und wenn der Mensch all das eines Tages nicht mehr genießen kann, dann soll er sterben und vergessen sein. Dann soll er keine Geister zurücklassen. Das ist das Paradies.

33

Und da war nun endlich das Dorf. Hütten, Palmhütten, Grashütten und dazwischen die jämmerliche Imitation eines amerikanischen Bungalows. Scharenweise liefen nackte Kinder umher. Hühner, Schweine, Truthühner, Maultiere, Ziegen, Hunde vor den Hütten, dazwischen und in den Hütten.

Die Dorfbewohner kamen aus ihren Hütten heraus und erwarteten in tiefem Schweigen den Trauerzug. Und in tiefem Schweigen ließen sie ihn vorüberziehen. Die Männer nahmen die Hüte ab, als die ersten Trauergäste herankamen. Sogar die nackten Kinder unterbrachen Spiel wie Geschrei und starrten uns aus weit aufgerissenen Augen an. Eine Frau mit einem Baby auf dem Arm kreischte, als der Zug vorüberkam. Eine andere blickte mit ängstlichen Augen um sich, packte ihr Kind, das zu ihren Füßen spielte, hob es auf und schloß es in ihre Arme, als wolle es ihr einer fortnehmen. Dann schrie sie klagend auf, und viele der Frauen in dem Trauerzug, auch die Garcia, fielen mit ein und heulten in der gleichen Weise auf; wie Tiere, die ihresgleichen Antwort geben.

Aus dem Kaufladen kam ein Mann getorkelt. Er trug einen billigen weißen Baumwollanzug mit Jacke. So einen Anzug hatte ich schon seit Wochen nicht mehr gesehen. In der rechten Hand hielt er einen Stekken, mit dem er ziellos in der Luft herumfuchtelte. Er konnte sich kaum auf den Beinen halten.

Der Mann war der Lehrer aus dem Nachbardorf. Er war dort nur für zwei Monate angestellt; denn der Staat zahlte das Lehrergehalt für dieses Dorf nicht länger. Es waren fünfundsiebzig Centavos pro Tag. Mehr als zwei Monatsgehälter konnte der Staat für dieses Indianerdorf nicht ausgeben. Wenn die Zeit um war, mußte der Lehrer in die Stadt zurück, wo er seine Familie hatte. Dort wartete er, bis er wieder einen neuen Posten bekam. Das konnte bald sein, es konnte lange dauern, es konnte auch ganz ausbleiben. Es hing von den persönlichen Freunden des Lehrers ab und von ihren Beziehungen zu einem Diputado oder sonst einem Politiker.

Das Geld für die Heimfahrt mußte der Lehrer sich gewöhnlich dadurch beschaffen, daß er von Hütte zu Hütte ging und die Eltern seiner Schüler um eine kleine Spende bat. Soviel sie eben geben konnten, und das war nicht viel; denn es waren lauter arme indianische Bauern.

Ich hatte den Lehrer kennengelernt, als er zweihundert Kilometer von hier in einem anderen Indianerdorf wirkte. Ich hielt mich damals ein paar Monate dort auf, und zum Zeitvertreib hatte ich ihn auf seinen Samstagsausflügen mit den Kindern begleitet, auf denen er ihnen Grundbegriffe in Geographie, Botanik und Insektenkunde beibrachte.

Er hielt dort auch eine Abendschule für Erwachsene, da es in dem ganzen Dorf nur fünf oder sechs Personen gab, die des Lesens und Schreibens mächtig waren, und nicht mehr als ein Dutzend, die ihre Namen kritzeln konnten.

Wer den Lehrer jetzt sah, mußte ihn für einen notorischen Säufer halten. Ich wußte allerdings, daß er genauso solide war wie jeder andere Lehrer. Er war kein Indianer, wahrscheinlich mehr spanischer Abstammung mit einem starken maurischen Einschlag. Wenn er heute betrunken war, so hatte offenbar der Zufall seine Hand im Spiel. Ich wußte, daß nun irgend etwas anders kommen würde, als man erwartet hatte. Nur ahnte ich noch nicht, was und wie es sich abspielen würde. Irgend etwas bahnte sich an. Sonst wäre der Lehrer nicht betrunken gewesen.

Bekannte der Garcias, die in jenem Dorf wohnten, hatten den Lehrer gebeten, am Grabe des Kindes ein paar Worte zu sprechen. Der Lehrer kannte das Kind, weil es eine Woche lang bei ihm zur Schule gegangen war. Damals hatte der Vater gerade bei der Eisenbahn Arbeit gefunden. Er behielt den Job nur eine Woche, aber in dieser Woche hatte die Mutter den Kleinen in die nahe Schule geschickt, und er hatte gelernt, den Spruch herzusagen: «Ein i ohne Punkt ist kein i.»

Der Lehrer hatte die Einladung, am Grabe zu sprechen, angenommen und war in das Dorf gekommen, in dem sich der Friedhof befand. Hier traf er mit Vätern seiner Schüler zusammen. Da er nicht wußte, wo er sich sonst hinwenden sollte, war er erst einmal in den Kaufladen gegangen und hatte sich ein Sodawasser bestellt. Dann war ein Mann aufgetaucht, dessen zwei Söhne er unterrichtete. Der Vater begrüßte den Lehrer und lud ihn ein zu einer kleinen Copita Mescal. Bier war zu teuer. Da es kein Eis gab, war es warm und hätte auch nicht geschmeckt. Wenn der Lehrer die freundliche Einladung ausschlug, konnte der Vater am Ende glauben, er sei zu hochnäsig, um mit einem Indianer zu trinken. Der Lehrer hatte ein gutes Herz. Er wußte, wie er den Vater kränken würde, wenn er ablehnte. Sogar ein Sodawasser oder eine Orangeade kostete mehr als eine Copita, und so hatte der Lehrer den scharfen Mescal getrunken. Nun war der Vater eines anderen Schülers erschienen, und da der Lehrer die Einladung des einen Vaters angenommen hatte, konnte er dem zweiten nicht gut einen Korb geben. Dann kam noch ein Vater, der gehört hatte, daß der Lehrer im Dorf sei, und so wurde noch einer gekippt. Es war jedesmal nur eine kleine Copita Mescal, aber wie immer man zählt: wenn genügend Copitas zusammenkommen, wird doch einmal ein halber Liter daraus. Die Hitze besorgte das übrige. Gott im Himmel, wie betrunken der Lehrer war!

Der Leichenzug marschierte weiter. Viele Leute aus dem Dorf schlossen sich den Trauergästen an und zogen mit. Weit hinter allen anderen torkelte der Lehrer. Er brauchte die ganze Straße für sich allein. An seinem linken Arm hing der Bekannte der Garcias, der den Lehrer eingeladen hatte, am Grabe zu sprechen. Dieser Mann hatte noch mehr geladen als der Lehrer. Der Lehrer mochte weich in den Knien sein, aber er war wenigstens noch halbwegs bei Sinnen. In der Hitze einen stockbetrunkenen Kumpan mitschleppen zu müssen, der nicht die geringste Anstrengung machte, sich auf den Beinen zu halten, das war gewiß nicht leicht für einen, der selbst schwer genug mit den Geistern zu kämpfen hatte, die dem Menschen nach den ersten drei Gläsern so gute Freunde sind, nach dem zehnten aber zu garstigen Gesellen werden.

Der Lehrer tat sein Bestes, um zu zeigen, daß er eine Respektsperson war. Sein Kumpan jedoch, der praktisch auf den Knien ging, zerrte den armen Lehrer alle paar Schritte auf die Erde. Der betrunkene Freund stolperte und stürzte in einem fort, doch der gutmütige Lehrer brachte ihn jedesmal wieder auf die Beine. Diese schwere Aufgabe ließ den Lehrer viel betrunkener scheinen, als er tatsächlich war, als der Trauerzug in dem Dorf ankam.

34

Der Trauerzug war am Friedhof angelangt. O dieser Friedhof! Er war wieder ein Beweis dafür, daß das Christentum noch gar nicht bis zu diesen Indianern gedrungen war, lediglich eine heruntergekommene, verfälschte Religion, aufgeputzt mit inhaltslosen Riten, dem römischen Katholizismus der ersten Hälfte des sechzehnten Jahrhunderts entlehnt.

Das Friedhofstor bestand aus zwei hölzernen Staketflügeln. Es war nur fürs Auge da; man konnte zu beiden Seiten des Tores ebenso ungehindert ein- wie ausgehen, weil der Zaun längst vermodert und zusammengefallen war. Von Pfählen hing verrosteter Stacheldraht, und streckenweise schlängelte sich der Draht auf der Erde. Von der Spitze des mittleren Torpfostens herab grüßte den Friedhofsbesucher ein Kreuz. Drei kleine Grabhügel mit verwelkten Blumen und einfachen Kreuzen ohne Namen waren das einzige, was an einen Friedhof erinnerte. Alles andere sah so aus wie die Welt am Jüngsten Tag, spät nachmittags.

Überall waren kleine Erdhaufen zu sehen, aber keiner hatte die Form eines Grabes. Die Haufen waren alle von zähem Gras und niedergetrampeltem Dornengestrüpp überwuchert. Die meisten Hügel waren aufgegraben, anscheinend wohl von Hunden, Schweinen und wilden Tieren, die hier nach ein paar Leckerbissen gesucht hatten. Der ganze Friedhof war mit Knochen übersät, die das hohe Gras allerdings gnädig zudeckte. Überall lagen vermoderte Bretter von zerfallenen Särgen herum. Ein paar Dutzend primitive Kreuze lagen flach auf dem Boden, und dieser Boden war, wo man hinsah und hintrat, reich geschmückt mit dem Dung von Kühen, Pferden, Burros, Maultieren und Hunden. Doch mir gefiel dieser Friedhof. Wenn meine Leiche nicht ins Meer gesenkt werden kann, was mir auf jeden Fall das liebste wäre, dann möchte ich in aller Stille auf einem Friedhof von dieser Art begraben werden. Und bitte, nur keine Blumen!

Wir machen viel zuviel Geschichten mit unseren Toten. Wir halten sie für göttlich oder heilig und gehen dementsprechend mit ihnen um. Wer tot ist, ist tot. Er ist von uns fortgegangen, und wir sollten ihn in Frieden lassen. Man sollte ihn vergessen, sobald er unter der Erde oder in Rauch aufgegangen ist. Die Milliarden, die wir für unsere Toten ausgeben, würden der Menschheit bessere Dienste leisten, wenn sie für Krankenhausneubauten, Arztrechnungen und medizinische Forschungen verwendet würden. Es wäre viel humaner und gewiß auch kultivierter, wenn das Geld, das wir für die Toten aufwenden, den Lebenden zugute käme, damit sie geistig und körperlich gesund und länger in unserer Mitte bleiben. Allein an den Blumen, die wir den Toten streuen, die sie nicht sehen und deren Duft sie nicht genießen können, würden wir so viel Geld einsparen, daß damit jedes Jahr zehntausend Babys betreut und deren Mütter glücklich gemacht werden könnten.

Ob der Lehrer und sein Begleiter wohl jemals bis auf den Friedhof kommen würden? Bald lag der eine am Boden, bald der andere. Endlich standen wir vor der offenen Gruft. Totengräber gab es nicht. Die Grube muß der Vater graben, ein Verwandter oder ein Nachbar. Dieses Grab hatte Manuel ausgehoben. Er hatte es am frühen Morgen getan, als es noch kühl war. Dann war er zu Pferd zurückgeeilt, um noch im Leichenzug mitgehen zu können.

Der Sarg wurde neben der Grube auf die Erde gestellt. Der Sargmacher zog die beiden Nägel heraus und nahm den Deckel ab, damit die Mutter sich ihr Kind noch zum letzten Male ansehen konnte. Auch schrieb ein Gesetz vor, daß der Sarg, bevor er in die Erde gesenkt wird, noch einmal aufgemacht werden muß, damit die Trauergäste sich davon überzeugen können, daß man die richtige Leiche und nicht vielleicht eine falsche bestattet. Außerdem war es für den Toten die letzte Gelegenheit, wieder zum Leben zu erwachen, wenn er vielleicht meinte, noch nicht ganz tot zu sein. In dem offenen Sarg war von der Leiche so gut wie gar nichts zu sehen. Es schien, als sei in der Kiste nur ein Wust von Buntpapier mit einer goldenen Krone und einem Zepter, von dem das Papier sich schon ablöste. Das Gesicht wurde von der Krone verdeckt, die sich darübergeschoben hatte und die schrecklich entstellten Züge verbarg. Die entblößten Zähne, die unter der Krone hervorgrinsten, waren das einzige, was darauf hinwies, daß sich unter dem aufgeweichten Knäuel aus nassem Buntpapier der Leichnam eines Menschen verbarg.

Mit einem fürchterlichen Aufschrei warf die Garcia sich über den offenen Sarg, und sie schloß die ganze Kiste in ihre Arme. Langsam ebbten ihre Schreie zu einem anhaltenden, herzzerreißenden Wimmern ab. Dabei wurde sie am ganzen Leibe von heftigen inneren Krämpfen geschüttelt, und aus ihrem Busenausschnitt fiel auf einmal die kleine hölzerne Pfeife, die sie aufgefangen hatte, als sie dem Kind nach der Bergung des Leichnams aus der Hosentasche gekollert war. Nun lag die Pfeife auf dem Boden. Die Frau starrte sie an, hörte augenblicklich zu wimmern auf, nahm das Pfeifchen in die Hand, drückte es an die Lippen und verbarg es hastig, als könnte sie das am Ende noch vergessen, zwischen den Papierhemdchen. Dann sagte sie leise: «Da, *mi nene, chiquito mio,* vergiß deine Pfeife nicht! Und verzeih mir, *chiquito mio,* mein lieber Kleiner; verzeih mir, daß ich dich geschlagen habe, wenn du nicht aufhören wolltest, mir mit dieser Pfeife die Ohren voll zu blasen. Ich bin eben in Wut geraten. Du verzeihst mir doch, nicht wahr, *Carlosito mio*?»

Als die Frauen hörten, wie die Garcia da mit ihrem Jungen sprach, der sie doch gar nicht mehr hören konnte, fingen sie fürchterlich zu schluchzen an.

Garcia trat torkelnd und strauchelnd an das Grab. Er lehnte sich gegen die beiden Männer, die ihn die ganze Zeit gestützt hatten. Allein konnte er nicht mehr stehen; denn inzwischen hatte auch seine Reserveflasche dran glauben müssen.

Er hielt es für sein gutes Recht, vor allen anderen Leuten hier neben der offenen Kiste zu stehen. Er war ja der Vater, betrunken oder nicht. Er machte den Mund auf, um etwas zu den Trauergästen zu sagen. Vielleicht wollte er auch schreien, aber es kam nur ein jämmerliches Krächzen dabei heraus. Mit einer Hand wischte er sich die dicken Tränen ab, die ihm über die Wangen rollten. So betrunken er war, so schwer ihm der Kopf sein mochte, erkannte er jedenfalls mit aller Deutlichkeit, daß sein kleiner Junge nun für immer von ihm ging. Alle Frauen weinten bitterlich, als sei das Kind das ihre. Die Pumpmeistersfrau trat zusammen mit einer anderen an die Kiste und hob die Garcia, die unterdes erschöpft zusammengestürzt war, vom Boden auf.

Sobald der Sargmacher das sah, legte er den Deckel auf, und in wenigen Sekunden war er festgenagelt, dieses Mal endgültig. Dann wurde der Sarg an die Grube gestellt.

35

Alle Gesichter wenden sich jetzt zum Eingangstor. Jeder wartet darauf, daß der Lehrer erscheint. Er ist immer noch draußen. Er schämt sich, in seinem Zustand vor die weinende Mutter und die Trauergäste zu treten, und weigert sich, auf den Friedhof zu kommen. Schließlich schiebt ihn sein Begleiter aber doch durch das Tor. Der Lehrer denkt allerdings nicht daran, einen Schritt weiterzugehen, aber der andere Kerl, so betrunken er ist, hat immerhin so viel Verstand, daß er einen zweiten Mann heranwinkt, der auch sogleich herbeieilt und den Lehrer an das Grab führt.

Es kostet viel Mühe und Zeit, aber endlich steht der Lehrer doch am Rande der offenen Grube. Alle sehen ihn an und warten auf seine Ansprache.

Bedrohlich schwankend, stiert der Lehrer die Mutter an. Die Augen werden ihm feucht. Er gibt sich einen gewaltigen Ruck, dreht sich um und läuft davon. Sein Begleiter, der Bekannte der Garcias, schreckt für einen Augenblick aus seinem Dämmerzustand auf, gerade lange genug, um die Flucht des Lehrers zu bemerken. Er grölt hinter ihm her, fordert ihn auf, sofort zurückzukommen und wie ein Mann sein Versprechen einzulösen und der gottverdammten Wirklichkeit tapfer ins Antlitz zu sehen. Da der Lehrer sich gar nicht um die Schreierei kümmert, fängt der Mann ganz entsetzlich zu fluchen an, bis ihm zwei Männer endlich eins über das Maul geben, so daß er ruhig ist. Die Maßregelung bringt ihn dermaßen aus der Fassung, daß er ganz vergißt, was er eigentlich wollte und warum er gebrüllt hat.

Ein paar andere Betrunkene setzen die Schreie fort. Sie grölen, der Lehrer dürfe die Armen und Unwissenden nicht im Stich lassen. Nüchterne Männer versuchen, die undisziplinierten Krachmacher zu beruhigen, reden auf sie ein, den Lehrer in Ruhe zu lassen; sie könnten ja sehen, in was für einem Zustand er sei. Aber das nützt absolut nichts. Einer der betrunkenen Radaubrüder fängt wie ein gereizter Stier zu brüllen an, nur um den anderen zu zeigen, daß kein Mensch auf der Welt, nicht einmal dieser elende Sohn eines alten Schlampen, der Präsident der ganzen Dreckrepublik, ihm vorschreiben kann, was er tun soll. Und er beschimpft den Lehrer in der unflätigsten Weise.

Allmählich kommt auf diese Art doch noch Leben in die Leichenfeier.

Da die nüchternen Männer kein anderes Mittel wissen, die Betrunkenen zur Räson zu bringen, und da sie zu wohlerzogen sind, um den Kerlen gleich hier auf dem Friedhof ihre wohlverdiente Prügel zu verabreichen, gehen sie dem Lehrer nach und bitten ihn, er möge doch zurückkommen und nur ein paar kurze Worte sprechen, *muy pocas palabras;* das sei genug. Über seinen Zustand brauche er sich keine

Gedanken zu machen; das verstehe schließlich jeder. Alle seien bloß Menschen; keiner nehme sich heraus, seinen Mitmenschen etwas am Zeug zu flicken, ihnen Vorwürfe zu machen.

Der Lehrer kann keine verständliche Antwort mehr geben. Er stammelt nur unzusammenhängendes Zeug, dreht sich um und versucht ungeschickt, von den Männern loszukommen, die ihn zurückholen wollen. Wie er so kämpft, sieht er auf einmal die weinende Mutter, die ihm still, aus tränenüberströmtem Antlitz in die Augen blickt. Er hört sofort auf und glotzt die Mutter an, als erwache er aus einem Traum. Vielleicht gerade weil er benebelt ist, entdeckt er in dem starren Blick der Mutter Dinge, die anderen verborgen bleiben. Ein paar Sekunden lang verharrt er so, als lausche er einer Stimme, die von innen heraus zu ihm spricht, und seine Blicke bleiben fest auf das Antlitz der Mutter geheftet. Dann tritt er langsam an das Grab heran.

Zum zweitenmal steht der Lehrer an der Grube. Er schwankt nach allen Seiten und fuchtelt eine Weile mit beiden Armen in der Luft herum, bevor er die Lippen öffnet. In der rechten Hand hält er noch immer den Stecken. Wild blickt er um sich, als müsse er mit einem unsichtbaren Feind kämpfen, der mit dem Säbel gegen ihn antritt. Die stumpfen, glasigen Augen starren ins Leere. Die hundert oder mehr Gesichter da vor ihm müssen auf seinen umdämmerten Geist einen fürchterlichen Eindruck machen. Er sieht in diesem Meer von Gesichtern offenbar ein Untier, das auf ihn zukommt; denn seine Züge sind verzerrt vor Entsetzen.

Lampenfieber kann das nicht sein. Ich habe ihn schon an einem Staatsfeiertag sprechen hören und weiß daher, daß er ein ganz guter Redner ist, dem es nichts ausmacht, vor einer größeren Menschenmenge zu stehen.

Und nun wirft der Lehrer plötzlich beide Arme hoch. Er öffnet den Mund, schließt ihn aber gleich wieder, beinahe mechanisch. Das wiederholt sich ein paarmal. Es sieht so aus, als glaubte er zu reden, doch hört man kein Wort.

Jetzt aber ruft er mit lauter Stimme: «Wir alle, die wir hier versammelt sind, wir tragen große Trauer. Wir sind wirklich sehr, sehr traurig ... das sind wir ... alle, die wir uns hier zusammengefunden haben; Gott und die Menschen wissen, warum und wozu.»

Selbst wenn er zu sechstausend Menschen spräche, die über eine weite Fläche verstreut stehen, könnte ihn jeder hören, so laut brüllt er diese Worte hinaus.

Wieder schreit er los, diesmal so, als habe er zwanzigtausend Menschen vor sich: «Der kleine Junge ist tot. Er ist mausetot, das ist sicher. Wir werden ihn nie wiedersehen. Solange diese Welt auch bestehen mag, werden wir doch nie wieder sein unschuldiges frohes Lachen hören.»

Tränen steigen ihm in die Augen.

Alles das war noch gar nichts. Er erhebt seine Stimme nun mit einer Gewalt, als wollte er den Himmel zum Bersten bringen: «Auch die Mutter dieses kleinen Jungen aus unserer Mitte ist sehr traurig. Ja, liebe Leute, glaubt mir, sie ist sehr traurig; denn sie ist die Mutter, und sie hat nun ihr Kind nicht mehr, kann nicht mehr mit ihm spielen.»

Der Lehrer läßt die Blicke über alle Versammelten gleiten, ohne den einzelnen anzusehen, und schreit: «Ich sage euch, Leute, die Mutter ist gramgebeugt. Sie weint. Ihr könnt es selbst sehen. Sie hat diese ganze furchtbare Nacht durchweint... jawohl, und ihr, ihr Leute, ihr müßt mir das glauben.»

Während er diese Worte hinausschreit, faßt er seinen Stecken fester und läßt ihn mit aller Kraft durch die Luft sausen, als wolle er jemand erschlagen, der zu bezweifeln wagt, daß die Mutter traurig ist und um ihr Kind weint.

Dieser Schlag gegen den unsichtbaren Feind, in dem der Lehrer wohl auch einen Feind der Mutter sieht, war gut gemeint und gewiß nicht von Pappe, aber er war zuviel für seinen schwankenden Leib. Der Lehrer fällt vornüber und stürzt direkt in die Grube. Zum Glück fällt er nicht ganz hinein. Das hat er den beiden Stangen zu verdanken, die man für den Sarg auf die Gruft gelegt hat. Gott sei Dank, steht der Sarg noch nicht darauf. Dieser Akt der Zeremonie ist in dem Wirbel um den Lehrer, der nicht an das Grab zurückkehren wollte, ganz vergessen worden, und so steht die Kiste noch immer am gegenüberliegenden Rand der Grube.

Der Lehrer hat eine dieser Stangen erwischt und hängt nun hilflos in der Luft. Mit den Beinen macht er komische Verrenkungen, um auf den Rand hinaufzukommen und herauszuklettern. Seine Mühen erweisen sich als vergeblich, und wenn ihm in diesem entscheidenden Moment nicht brüderliche Hilfe zuteil geworden wäre, hätte ihn nichts vor einem Sturz in die Grube retten können. Er wäre dann wohl vor dem anderen Morgen nicht wieder zum Vorschein gekommen.

Und jetzt geschieht etwas Absonderliches.

Der Sturz des ehrbaren Lehrers, sein klägliches, hilfloses Gezappel, das Bild, wie er da gleich einem alten, lahmen Esel an der Stange hängt, und das alles in so einem feierlichen Augenblick: es ist das Urkomischste, was ich mir denken kann. Trotzdem lacht kein Mensch über den Lehrer, nicht ein Mann, nicht eine Frau, kein Mädchen und kein Junge. Gewöhnlich kann ich mir nur sehr schwer das Lachen verbeißen. Mehr als einmal habe ich eine Kirche eilig verlassen müssen, um kein Aufsehen zu erregen, weil mich alle Geistlichen mit ihrer vorgetäuschten Würde und ihren albernen Predigten anfangs zum Schmunzeln und bald darauf zu offenen Heiterkeitsausbrüchen reizen. Ich kann nichts dagegen tun, daß ich an den Dingen zumeist das Komische sehe. Und wenn ich an den allgemein als weihevoll geltenden Handlungen und Reden einmal nichts Komisches finde, dann spüre ich wieder die Ironie, die sich dahinter verbirgt.

Trotz allem kann ich hier nicht lachen. Selbst wenn mich einer gekitzelt hätte, man würde mich nicht zum Lachen gebracht haben; denn ich kann an dieser Situation weder etwas Komisches noch etwas Ironisches entdecken. Ganz im Gegenteil, zum erstenmal, seit das Kind aus dem Fluß gezogen wurde, muß ich weinen.

Jahre sind vergangen seit jenen vierundzwanzig Stunden, da der große Musikmeister zu einem der wildesten, feurigsten Tänze aufspielte, die ich je erlebt, und doch kann ich bis auf den heutigen Tag noch immer nicht über dieses scheinbar komische Bild lachen. Keiner lachte, und ich weiß heute so wie damals, warum kein Mensch lachte. Niemand lachte, auch ich nicht; denn ich war einer von ihnen, und es war mein Junge, der da begraben werden sollte, genauso wie er das Kind von jedem der Trauergäste war.

Was da rang, um aus dem Grab herauszukommen, das war ja nicht der Lehrer. Ich sah nur eine große brüderliche Nächstenliebe. Die war in das Grab gefallen, plagte sich so sehr, wieder hochzukommen. Ich kann über tausenderlei Dinge und Situationen lachen, sogar über die Brutalitäten des Faschismus, die, wie ich es sehe, nichts weiter sind als Exzesse einer geradezu komischen, grenzenlosen Feigheit. Niemals aber kann ich über Liebe lachen, die den Mühseligen und Beladenen von ihren Mitmenschen dargebracht wird. Diese Liebe, deren Zeuge ich war, kam direkt aus dem Herzen. Sie war aufrichtig und wahrhaftig, wie nur eine Liebe es sein kann, für die kein Dank erwartet wird; denn jeder von uns, die wir da versammelt waren, auch der Lehrer, wir alle hatten ein geliebtes Kind verloren.

Und wieder steht der Lehrer am Grabe, immer noch den Stecken in der rechten Hand. Nicht einmal in seinem verzweifelten Kampf hat er ihn losgelassen, als sei es der Stab, auf den er sich stützt, um in einer grausamen Welt bestehen zu können.

Er steht da und sieht aus, als habe er mit all dem, was sich soeben abgespielt, nicht das geringste zu tun; als sei es jemand anderem widerfahren, einem, den er gar nicht kennt; und so steht er, als warte er darauf, daß die Unruhe sich lege, damit er in seiner Rede fortfahren kann.

Lauter als je zuvor hebt er von neuem an: «Auch der Vater, der an diesem unseligen Tag in unserer Mitte weilt, ist sehr, sehr traurig. Ja, meine Freunde, glaubt mir, der Vater ist sehr traurig, und er weint so wie die Mutter. Ihr müßt das glauben, Leute.»

Wieder saust der Stecken durch die Luft, aber dieses Mal nimmt der

Lehrer sich besser in acht. Er steht ungefähr einen Meter vom Rand des Grabes entfernt, so weit, daß er nicht mehr hineinfallen kann, wenn er wieder das Gleichgewicht verliert. Außerdem führt er den Schlag nun nicht nach vorn. Er hat aus seinem Fehler gelernt. Diesmal läßt er den Stecken an seiner Rechten entlangsausen, als säße er hoch zu Roß. So kann er wenigstens nicht auf das Grab zu fallen. Er dreht sich bloß ein paarmal um seine eigene Achse; aber nach einer Weile steht er wieder fest und sieht die Trauergäste an. Niemand lacht.

«Der kleine Junge mußte früh sterben», brüllt er und läßt den Stekken durch die Luft sausen. «Der brave, kleine Junge mußte schon so früh sterben, und nun ist er tot. Wir haben ihn alle sehr liebgehabt. Wir waren glücklich, solange er bei uns war. Nun ist er fort. Darob sind wir sehr betrübt und geben niemand die Schuld. Es hat so sein sollen. Er ist tot. Jetzt wollen wir ihn begraben. *Adiós*, mein kleiner Junge, *adiosito*!»

Der Geier soll diese ganze Beerdigung holen! Ich schluchze und heule wie ein alter schottischer Schloßhund um Mitternacht, dem die Ahnfrau in Gestalt eines klappernden Laternenpfahls erscheint. Ich schluchze und heule, und die ganze Trauergesellschaft schluchzt und heult; die ganze Trauergesellschaft, Männer, Frauen, Kinder, und sogar die trockenen Erdbrocken vergießen Tränen und heulen. Es ist nicht mehr das gleiche Gezeter wie in der Nacht. Es ist ein klagendes Geheul. Es hört sich an, als gelte es etwas längst Vergangenem, das durch eine gut geschriebene Erzählung wieder ins Bewußtsein trat.

Was geht mich dieses Kind an? Ein Indianerjunge, den ich kaum beachtet habe, den ich überhaupt erst seit ein paar Stunden kenne. Trotzdem weine ich über ihn. Vielleicht ist er am Ende mein Junge, meiner genauso wie der aller anderen hier. Mein Junge wie der aller Mütter auf Erden. Warum soll er der Junge von jemand anderem sein? Er ist mein Junge, mein kleiner Bruder, mein Nächster. Er konnte leiden wie ich, lachen wie ich und sterben, wie ich eines Tages sterben werde.

36

Man will den Sarg mit Stricken, die jeder aus fünf verschiedenen Bindfäden zusammengeknüpft sind, herunterlassen. Aber die Stämme wakkeln hin und her, und die Stricke lassen sich der vielen Knoten wegen nicht recht handhaben.

Da springt ein Mann kurz entschlossen in die Grube. «Reich mir die Kiste zu!»

Der Mann klimmt heraus.

Mutter und Vater werfen Erde darauf. Dann fliegen Hände voll Erde von allen Seiten polternd auf die Kiste.

Die Musik hat sich da aufgestellt, wo der Lehrer, der sich unauffällig entfernte, während seiner Rede gestanden hatte. Die Musik wird nun spielen: «O heilige Jungfrau, voller Gnaden, du segensreiche Dulderin».

Ich bin erlöst. Die Musik hat Geschmack und Takt. Sie weiß den wahren Ton für die leidende Menschheit zu treffen. Sie heuchelt nicht und macht keine Heuchelei mit. Diese Todsünde begeht sie nicht. Sie ist echtes Geblüt des Dschungels. Sie hat den bemerkenswerten Mut, Dinge beim rechten Namen zu nennen, immer und überall; sie hat unerschütterliche Urkraft, den Dingen, deren Sinn von der Gedankenlosigkeit eines taumelnden Geschlechts verwirrt wurde, den ursprünglichen Sinn zurückzugeben, der die Gestalt und das Wesen des Dinges bestimmt.

Und sie spielt den großen Trauermarsch der Menschheit: *«It ain't goin' ta rain no moa».*

Und als der Choral, der mit Ewigkeiten Marmeln spielt und mit dem Entsetzen des Weltalls Stiefel putzt, verklungen ist, mehrere Burschen emsig Erde in die Grube schaufeln, andere die Blumen und Kränze ordnen, die Mutter weinend in einem Knäuel weinender Frauen steht, die sie umarmen und küssen, die Männer ihre Hüte aufsetzen und sich Zigaretten drehen und niemand den Friedhof verläßt, bis die Mutter das Zeichen zum Aufbruch gibt, fühlt die Musik, noch immer am Kopfe der Grube stehend, daß man noch etwas von ihr erwartet, weil sie erst die Hälfte ihrer Aufgabe erfüllt hat.

Da besinnt sie sich auf den Trauermarsch von gestern, glorreich wie der beendete Fischzug von gestern, der die Säcke der Wissenden und Verständigen mit Gold füllte, und die Rippen der Begeisterten und Gläubigen mit Nickelstahl. Jenen Trauermarsch, der die Faust, die sich erhob, während man die Säcke zählte, recht dienstbeflissen und geschickt mit Nagelputzcreme behandelte und zur selben Zeit den Unknown Warrior, den Unbekannten Krieger, zur Hilfe aufrief, um der Faust die Krallen zu stutzen. Jener Trauermarsch kam zur guten Stunde, um das herannahende Weltdonnerwetter abzuleiten in die goldbronzierte Inschrift: «Arbeiten, damit die andern nicht verzweifeln. *Do It Now!*»

Und dieser Trauermarsch kommt auch jetzt zur guten Stunde und fällt den Musikern am rechten Platze ein: *«Yes, we have no bananas, we have no bananas today».*

Adiós, mein kleiner Junge! *Adiós!* Es leben die Maden und Würmer! *Adiós!* So wie du wurde noch kein König begraben!

146/4